悪銭

Easy Money

南 英男

Minami Hideo

文芸社文庫

目次

第一章　札束の甘い匂い

1

焦《じ》れてきた。

約束の時間は、とうに過ぎていた。あと数分で、午後九時半になる。

九時の約束だった。だが、待ち人は未《いま》だに現われない。

神竜生《じんりゅうせい》は溜息をついて、煙草《たばこ》に火を点《つ》けた。

両切りのキャメルだ。日に六、七十本は喫《す》っている。

西新宿にある自分のオフィスだ。

雑居ビルの五階にあった。窓から、都庁のツインタワー庁舎が見える。

七月上旬のある夜だ。外は蒸《む》し暑かった。

事務所は狭い。

ひどく殺風景だった。チーク材の机とコンパクトな応接セットがあるだけだ。ＯＡ機器の類《たぐい》は何もなかった。

神の表向きの職業は、輸入雑貨商ということになっている。

しかし、その素顔は遣《や》り手の故買屋《こばいや》だった。仲間はいない。一匹狼である。

神は特定の倉庫荒らしや窃盗グループから古美術品、貴金属、高級衣料などの盗品を安く買い叩き、闇の市場《ブラックマーケット》に流していた。

原則として、洋酒は買わない。あまり儲けにならないからだ。収入には波があるが、月に数千万円を稼ぐこともあった。

神は三十五歳だった。

無類の女好きだが、結婚はしていない。気が多くて、とてもひとりの女に絞りきれないのだ。ほぼ一年置きに、恋人を替えている。

神は大柄だった。

身長百八十三センチで、体重は八十六キロある。

体躯《たいく》は逞《たくま》しい。ことに下半身の筋肉が異常に発達している。下肢《かし》は、乗馬ズボンを穿《は》いているような体型だ。筋肉が瘤《こぶ》状に盛り上がった太腿《ふともも》は、女の腰よりもはるかに太い。

胴回りや尻も、プロ野球の選手並だ。当然、既製品のスラックスは穿《は》けない。

おまけにO脚気味である。そのせいか、神の後ろ姿は殿様蛙《とのさまがえる》にそっくりだ。典型的な蟹股《がにまた》だった。

マスクも人目を惹《ひ》く。

額がフランケンシュタインのように張り出し、眉が濃くて太い。奥目の両眼は狩人のように、冷徹で鋭かった。

それとはアンバランスに、鼻はやや丸っこい。唇も大きく、いくぶん厚めだ。

決してハンサムではないが、女に不自由したことはない。粗野だが、包容力があるからだろう。

神は三年前まで、競輪界でＳ級のスター選手として活躍していた。

追い込み型の選手だった。強靭《きょうじん》な脚力で信じられぬような追い込みをかけることから、ライバルたちに〝鬼脚《おにあし》〟の異名で恐れられていた。

いつからか、それがニックネームになってしまった。いまでも親しい者たちは、その綽名《あだな》で神を呼ぶ。

現役時代の成績も群を抜いていた。四つのタイトルをものにし、史上三人目の五大記念競走制覇《グランドスラム》も目前だった。

だが、思いがけない形で足を掬《すく》われることになった。

女好きの神は広域暴力団の組長の情婦の色仕掛けに引っかかり、八百長《やおちょう》レースを強《し》いられる羽目に陥《おちい》ってしまった。組長の背後には、利権右翼の大物が控えていた。

負けん気の強い神は、最初から敵に屈《くっ》したわけではなかった。組長が持ちかけてきた八百長話を敢然と蹴った。

するると、敵は新たな美女を密《ひそ》かに接近させてきた。

神は、罠を見抜けなかった。女の肉感的な肢体に目が眩《くら》み、つい相手を抱いてしまった。数人の筋者《すじもの》が女の部屋に押し入ってきたのは、行為の最中だった。女が手引きしたことは明らかだ。

神は不様な姿を写真に撮《と》られ、婦女暴行魔に仕立てられそうになった。

それだけではなかった。ペニスに匕首《あいくち》を押し当てられ、半殺しの目にも遭《あ》った。

それでも神は、相手の要求を突っ撥《ぱ》ねた。

敵は、それで諦《あきら》めたかに見えた。しかし、それは早合点だった。

数日後、敵は神の姉のひとり娘を拉致《らち》した。

姪は、まだ五歳だった。さすがの神も命令に逆《さか》らえなくなった。そんな経緯《いきさつ》があって、彼は競輪界から追放されたわけだ。

煙草が短くなった。

神は喫《す》いさしのキャメルの火を消した。

ちょうどそのとき、机の上の固定電話が鳴った。神は受話器を摑《つか》み上げた。

「待たせて申し訳ない！」

二本松真《にほんまつまこと》だった。事務所に来ることになっていた男だ。

真はスタントマン崩れの泥棒《ノビシ》だった。神よりも三つ若い。

「真、どういうつもりなんだっ。てめえ、おれをからかってやがるのか」

神は声を尖《とが》らせた。三十分も待たされ、気が立っていた。

「鬼脚《おにあし》の兄貴、怒らねえでくれよ。ちょっと事情があって、そっちに行けなくなったんだ」

「事情って、なんなんだ?」

「妙な奴らが、おれを尾《つ》けてるようなんだよ。おそらく連中はヤー公だろう」

「電話で言ってた品物《ブツ》は、どっから盗《ギ》ってきたんだ?」

「そいつは言えないね。でも、いただいた品物《ブツ》は上物だよ」

二本松が確信に満ちた声で言った。

「上物かどうかは、品物を見てみねえとな」

「兄貴、悪いけど、こっちに来てくれない?」

「いま、どこにいるんだ?」

「歌舞伎町のサンシャインホテルに逃げ込んだんだよ」

「部屋は?」

「九〇三号室だよ」

「わかった。そこで待っててくれ。これから、そっちに向かう」

神は電話を切った。

サンシャインホテルは、区役所通りに面している。一応、シティホテルだが、情事に使われることが多い。

神は机から離れ、黒いポロシャツの上に麻の白いジャケットを羽織《はお》った。下はグリーングレイのスラックスだ。どちらもオーダーメイドだった。

空調装置のスイッチを切り、事務所を出る。靴は、いつもの鉄板入りの編み上げ作業靴だ。

神は一年中、その種の革靴を履《は》いている。足腰が鈍《なま》ることを防ぐためだった。喧嘩にも役立った。

鉄板を仕込ませた靴は、とっさの武器になる。裏稼業には争いごとが絶えなかった。いちいち尻尾《しっぽ》を丸めていたら、この稼業はつづけられない。牙を剝《む》く者は、とことんぶちのめす必要があった。

神は格闘技は何も心得ていなかった。

しかし、これまでは負けたことがない。勝つまで闘うからだ。どんな卑怯《ひきょう》な手段を用《もち》いても、相手の闘志を殺《そ》げばいい。それが神の喧嘩哲学だった。

雑居ビルの廊下には、粘《ねば》りつくような温気《うんき》が澱《よど》んでいる。人気《ひとけ》はまったくなかった。

神はエレベーターで地下駐車場に降り、濃紺のパジェロに乗り込んだ。もう二年ほど乗り回している車だが、エンジンは快調だった。

四輪駆動車を発進させる。

道路は、さほど混《こ》んでいない。十分足らずで、目的のホテルに着いた。

神は車を地下駐車場に駐《と》め、エレベーターで九階に上がった。

エレベーターを降り、左右をうかがう。

怪しい人影は目に留《と》まらなかった。どうやら二本松は、うまく尾行を撒《ま》いたらしい。

神は、九〇三号室に急いだ。

ドアをノックする。ややあって、ドア越しに二本松の声が聞こえた。

「鬼脚の兄貴かい？」

「そうだ。早く開けてくれ」

神は急《せ》かした。

すぐにドアが開き、二本松の陽灼《ひや》けした顔が見えた。細面《ほそおもて》で、割に彫《ほ》りが深い。

中肉中背だった。

「女とセブ島にでも行ってきたのか？」

「セブ島じゃなく、ニューカレドニアにちょっとね」

「いいご身分じゃねえか。こっちは貧乏してて、江の島にも行けねえよ」

神は軽口をたたいて、部屋に入った。

後ろ手にドアを閉《し》める。シングルの部屋だった。狭くて息が詰まりそうだ。天井も低く感じられる。

神はベッドに腰かけた。

プリント柄の半袖シャツを着た二本松が立ったまま、愛想よく言った。

「ビールでもどう？」

「商談が先だ」

神は素っ気なく応じた。

二本松がにっと笑い、クローゼットに歩み寄った。扉《とびら》の奥には、紫色の風呂敷に包まれた二つの品物があった。

二本松がそれを大事そうにベッドの上に運び、手早く包みを解《と》いた。

神は目を凝《こ》らした。

片方は、ガラスの水差しだった。飴色《あめいろ》で、把手《とって》の部分がわずかに破損している。もう一つは、蓋《ふた》付きの青磁《せいじ》の壺だった。割に大きい。

「両方とも、かなり古い物みてえだな」

神は奥目を和《なご》ませた。年代物の古美術品は、利幅が大きかった。

「水差しのほうは、古代ペルシャ時代の物らしいよ」

「古代ペルシャ時代の物だと!? おれが古美術品に弱《よえ》えと思って、てめえ、いいかげんなことを言うんじゃねえ」

「はったりじゃないんだ。知り合いの鑑定家に見てもらったんだよ」

　二本松が早口で言った。

「そいつとは長いつき合いなのか？」

「いや、まだ一年そこそこのつき合いだよ。渋谷のバーで知り合って、時々、一緒に飲み歩いてるんだ」

「不用心な野郎だな。もう少し慎重にやらねえと、そのうち手錠《ワッパ》ぶち込まれることになるぜ」

「口の堅そうな男だから、心配ないって。青磁の茶壺は宋代の物だってさ」

「宋代の物なら、いい値で捌《さば》けるな」

　神は口許《くちもと》を緩《ゆる》め、複雑な模様の入った青磁の茶壺を撫《な》でた。ひんやりとする肌触りが心地よい。女の素肌よりも滑《なめ》らかだ。

「両方で百五十万でどう？　高くはないと思うよ」

「二、三日、こいつを預からせてくれ」

「例の骨董屋《こっとうや》のおっさんに鑑定させる気だね？」

「ああ、そうだ。贋作《がんさく》なんか摑《つか》まされたんじゃ、目も当てられねえからな」

「兄貴も疑り深いね」

「預かっても、いいな?」

「いいけど、いくらか保証金を払ってもらわないとね」

二本松が言った。掛け引きする気になったらしい。

「いくら欲しいんだ?」

「五十万は無理かな。できたら、そのくらいは欲しいね」

「三十万だな」

「兄貴、せこい掛け引きはなしにしようや」

「三十万じゃ、不服か?」

「はっきり言って、ちょっとね。どっちも、そうざらに手に入る代物《しろもの》じゃないんだ」

「固定電話、借りるぜ」

神は腰を浮かせた。二本松が怪訝《けげん》そうな表情になった。

「電話!? 兄貴、どこにかけるんだよ?」

「警察《サツ》だ。おまえがどこかの美術館か博物館から、この品物《ブツ》をかっぱらってきたことを密告《チク》ってやる」

「汚《きたね》えな」

「真《まこと》、よく覚えておけ。裏社会に、きれいな商売《ビジネス》なんてねえんだ。甘い考えを捨てねえと、いまに泣きをみるぜ」

「それにしても、兄貴とおれの仲じゃないか」

「そこが甘《あめ》えんだよ。どうする？　保証金三十万で手を打つ気になったか？」

「悪党！　あんたがくたばったら、赤飯炊《た》いてやるからなっ」

二本松が憎々しげに毒づいた。だが、その目に怒りの色は溜《た》まっていなかった。

——きょうも、おれのペースに嵌《は》まりやがったな。

神はにんまりして、上着の内ポケットから無造作に札束を掴み出した。札入れは持たない主義だった。

神は三十枚の万札を二本松に渡し、盗品の梱包《こんぽう》をさせた。

二本松は白いフォームラバーで丁寧《ていねい》にガラスの水差しと青磁の茶壺をくるみ、さらにそれぞれ風呂敷で包んだ。

「鑑定で本物《モノホン》とわかったら、あと七十万払ってやるよ」

神は言った。

「七十万⁉　つまり、今回の取引は百万ってことかい？」

「そういうことだ。先月、三十五グロスのカミュをそっちの言い値で引き取ってやったろうが。いまどき割の合わねえ洋酒を引き取る故買屋なんて、どこにもいねえぜ」

「兄貴にゃ、かなわねえな。他人《ひと》の尻《けつ》の毛まで抜くもんなあ」

「文句があるんなら、取引の話はなかったことにしようや」

「わかった、今回は百万で泣くよ」

「泣くだと？　よく言うぜ。そっちは元手が一銭もかからねえ稼業だろうが」

「それは、そうだけどさ」

二本松がきまり悪げに笑い、ソファに坐り込んだ。

「二、三日中には、残金を払ってやらあ」

「ひとつよろしく！」

「真、今回の仕事《ヤマ》でヤー公ふうの男たちに追われてるのか？」

神は、ふたたびベッドに浅く腰かけた。

「そのへんが、どうもはっきりしないんだよ」

「おかしな連中《ヤサ》に、いつから尾《つ》けられてるんだ？」

「家を出たときから、ずっとだと思う」

「しばらく東京を離れたほうがいいかもしれねえな」

「そうだね。美寿々《みすず》と避暑地のホテルに出かけるか」

二本松が呑気《のんき》に言った。

美寿々というのは、彼の恋人だった。新宿の高級クラブに勤めている。まだ二十三、四歳だ。気立てのいい女だった。

「兄貴も、このホテルに部屋をとらない？」

「なんでえ、唐突によ」

神は訝《いぶか》しんだ。

「ここ、デリヘル嬢を呼べるんだよ。白、黒、黄色と選《よ》り取り見取りだぜ」

「どうせ南米や東南アジアあたりから流れてきた出稼ぎ娼婦なんだろ？」

「そうじゃないんだ。どの娘《こ》も、れっきとした留学生なんだよ。この前呼んだカナダ女は、上智の学生だったんだ。おれ、その娘《こ》の学生証を見せてもらったんだけど、偽《ガセ》じゃなかったよ」

「留学生でも体を売ってりゃ、ただの娼婦さ」

「だけど、まだ素人っぽくて、初々《ういうい》しいんだ。兄貴、一緒に女を買おうよ」

「おれはオリる」

「体調が悪いのかい？」

「おれのマラは、いつだって健康優良児さ」

「だったら……」

「おまえと何とか兄弟になりたくねえんだよ。ひとりで娯《たの》しみな」

神は二つの古美術品を抱《かか》えると、勢いよく立ち上がった。

二本松は微苦笑《びくしょう》したきりだった。

部屋を出ると、神は地下駐車場に直行した。

パジェロに乗り込み、エアコンの設定温度を低める。神は車内に涼気が回ってから、懐の携帯電話を取り出した。

電話をかけたのは、四谷にある『創雅堂《そうがどう》』だった。

骨董店だ。店主の沢渡宗距《さわたりむねのり》にちょくちょく故買の古美術品の鑑定を頼んでいた。目利《めき》きは確かだった。これまで一度も鑑定を誤ったことはない。

沢渡は六十三歳である。かつて名門私大で、西洋美術史を教えていた人物だ。競輪選手時代のファンのひとりだった。

沢渡は、資産家の跡取り息子として育った。学究の徒《と》で、とんと世事には疎《うと》かった。友人に頼まれるまま何の疑いも持たずに、借金の連帯保証人になった。

そのために田園調布にあった宏大な家屋敷を他人に取られ、五年前にいまの商売を始めたのである。住まい付きの店舗は、自分の不動産ではなかった。

コールサインが虚《むな》しく鳴るだけで、先方の受話器は外れない。留守のようだ。おおかた沢渡は早々に店を閉め、赤坂のトップレスバーに出かけたのだろう。

元大学教授の骨董屋は、その店の十九歳のダンサーに数カ月前からご執心《しゅうしん》だった。

神は電話を切って、パジェロを荒っぽくスタートさせた。

急に女を抱きたい気分になったのだ。二本松が部屋にコールガールを呼ぶという話を聞いたせいだろうか。

靖国《やすくに》通りに出ると、神は車を杉並の梅里に向けた。その町に、半年あまり前から交際している女が住んでいた。

松居奈緒《まついなお》という名で、二十六歳だった。

奈緒は神田のビジネス街の一画で、金券ショップを経営している。親から引き継《つ》いだ商売だった。いつも店は、午後七時半に閉めている。道草を喰《く》っていなければ、もう自分のマンションに戻っているはずだ。

青梅街道を十分ほど走ると、高円寺陸橋に差しかかった。

その先が梅里だった。五日市《いつかいち》街道に入って、すぐに左折する。ほどなく馴染《なじ》み深いミニマンションが見えてきた。

三階建てで、茶色の磁器タイル張《ば》りだった。

洒落《しやれ》た造りだが、専用駐車場はなかった。むろん、エレベーターもない。

神はパジェロをマンションの前に駐《と》め、三階まで駆け上がった。奈緒の部屋は三〇五号室だ。

逸《はや》る気持ちで、インターフォンを鳴らす。

だが、応答はなかった。まだ奈緒は帰宅していないらしい。神は上着のポケットを探《さぐ》った。あいにく部屋の合鍵は持っていなかった。

落とした覚えはない。代々木八幡《よよぎはちまん》の自宅マンションにあるはずだ。

奈緒は、もうじき帰ってくるだろう。

神は玄関のスチール・ドアに凭《もた》れて、紫煙をくゆらせはじめた。

奈緒とは半月近く会っていなかった。煙草をぼんやり吹かしていると、脳裏に奈緒のグラマラスな裸身が浮かんだ。

そのとたん、股間が熱くなった。

奈緒の帰りが待ち遠しい。一刻も早く昂《たか》まった欲望を鎮《しず》めたかった。

しかし、無情にも奈緒はいっこうに帰ってこない。いつしか首筋が汗ばみはじめていた。

夜になっても、気温はたいして下がらなかった。大気は熱を孕《はら》んだままだった。

歩廊《ほろう》は風通しが悪く、やけに蒸し暑い。その上、蚊もまとわりついてくる。

神は、車の中で奈緒を待つことにした。

二本目の煙草を喫《す》い終えると、階段の降り口に足を向けた。

2

不審な人影が目についた。

どこか荒《すさ》んだ感じの男だった。まだ三十歳前だろう。

白ずくめの身なりだった。男は、パジェロの車内を覗き込んでいる。

神は大股で男に近づいた。

革の編み上げ靴の音が高く響く。足音で、怪しい男が振り返った。巨体の神を見て、男はいくらか怯《ひる》んだ様子だった。

「そこで何をしてるんだっ」

「別に何もしちゃいねえよ」

「そうかい」

神は立ち止まった。

男がパジェロから離れ、すぐに身構えた。痩せこけ、背も高くない。だが、全身に凄みが漲《みなぎ》っている。堅気《かたぎ》ではなさそうだ。

神は唇をたわめるなり、だしぬけに男の股間を蹴り上げた。得意の先制攻撃だった。的《まと》は外さなかった。睾丸の潰《つぶ》れる音がした。

男が短く呻《うめ》いた。いったん背伸びをするようにのけ反り、すぐに身を大きく屈《かが》めた。両手で急所を押さえている。

すかさず神は、相手の首筋に手刀《しゅとう》を叩き込んだ。

男が唸《うな》って、その場に頽《くずお》れた。這《は》いつくばるような恰好《かっこう》だった。

「何者だ？」

神は鋭く問いかけた。

返事はなかった。神は、男の腹を蹴る気になった。そのとき、白っぽい光が閃《ひらめ》いた。刃風《はかぜ》も湧いた。男は匕首《あいくち》を握っていた。

「やっと本性を見せやがったな」

神は跳《と》びのき、低く言った。

男が敏捷に立ち上がった。匕首の刃渡りは三十センチ近かった。

「車の鍵《キー》を寄越《よこ》しな」

「ふざけんじゃねえ！」

神は怒鳴り返した。

「怪我してえらしいな」

「どっから、おれを尾けてきやがったんだっ」

「てめえ、いい根性してんな」

男が薄く笑って、匕首を中段に構えた。

神は前に踏み込むと見せかけ、素早く横に跳《と》んだ。誘いだった。

案の定《じょう》、男が刃物を斜めに薙《な》いだ。

白っぽい閃光《せんこう》が揺曳《ようえい》し、空気が裂《さ》けた。男は、やや前屈《かが》みになっていた。

神は足を飛ばした。

右脚だった。丸太のような腿《もも》が躍《おど》り、風が湧き上がる。鉄板入りのワークブーツは、男の脇腹に深く埋まった。

男が突風に煽《あお》られたように、大きくよろけた。神は間髪《かんはつ》を容《い》れず、男を分厚い肩で弾《はじ》いた。

男はパジェロの車体に激突した。重く呻いた。弾き返され、路上に転がる。

神は無言で、男の腰を蹴りつけた。肉と骨が鈍く軋《きし》んだ。男は悲鳴をあげながら、手脚《てあし》を縮めた。匕首は路面に落ちていた。

神は刃物を遠くに蹴りつけ、男に命じた。

「立て！」

「てめえ、このままじゃ済まねえぞ」

男は息巻《いきま》いただけで、身を起こそうとしなかった。早くも闘志が萎《な》えてしまったらしい。

神はせせら笑って、男の腹に強烈なキックを浴びせた。作業靴の半分近くが、肉の中にめり込んだ。

男が獣じみた唸《うな》り声を放ち、体を左右に揺すった。

喰いしばった歯の間から、血の泡が噴《ふ》いている。どうやら内臓が破裂したようだ。

「何を狙ってたんだっ」

「なんの話でえ?」

「汚え面《つら》を血塗《まみ》れにしてやろうか。えっ!」

「や、やめてくれ。壺だよ、青磁の茶壺を取り戻せって……」

男が喘《あえ》ぎながら、苦しそうに言った。

「誰に頼まれた?」

「もう勘弁してくれよ。おれは、まだ何も盗《と》っちゃいねえんだ」

「泣き言なんか聞きたくねえな」

神は言いざま、男の胸板を蹴りつけた。

男の体が独楽《こま》のように回転する。弾《はず》みで、口から血の雫《しずく》が飛び散った。肋骨《ろっこつ》が折れ、その先端が肺かどこかを突き破ったのかもしれない。

神は、少しもうろたえなかった。もちろん、後悔や同情も湧いてこない。

男が凄まじい声を轟かせながら、のたうち回りはじめた。暗がりの底から、血臭が立ち昇ってくる。

神は、あたりを見回した。

近くの住民が騒ぎを聞きつけ、表に飛び出してくるような気がしたからだ。しかし、誰も路上には現われない。

「お、おれが悪かったよ」

男が呻きながら、弱々しく詫《わ》びた。

「だから、何だってんだっ」

「もう赦《ゆる》してくれねえか。このままじゃ、おれ、死んじまうよ」

「そんだけ喋《しゃべ》れりゃ、くたばりゃしねえさ」

「あばら骨が折れたみてえで、息もつけねえんだ。頼むから……」

「楽になりたかったら、早く白状《ゲロ》するんだな」

神は言い放って、男の言葉を待った。だが、男は口を開こうとしない。

「世話焼かせんじゃねえよ」

神は長身を屈《かが》めて、男を摑み起こそうとした。

そのときだった。背後に人の気配を感じた。

男の仲間か。振り向く前に、神は何か固い物で後頭部を強打されていた。

神は一瞬、気が遠くなった。

腰がふらつき、片方の膝が路面に落ちた。その瞬間、後ろから肩を思うさま蹴られた。

神は前屈《かが》みに転がった。

跳《は》ね起きると、剃髪頭《スキンヘッド》の男が立っていた。
三十二、三歳だろう。肩幅が広く、胸も厚い。
男の手には、裏革《バックスキン》の巻かれたバールが握られている。三十センチほどの長さだった。

「パジェロのドアを開けろ」

「そうはいかねえな」

神は、男との距離を目で測《はか》った。三メートル弱だった。

踏み込んで、前蹴りを放つ。キックはあっさり躱《かわ》されてしまった。

男がバールを振り翳《かざ》した。殺気立っていた。

神は、やや腰を落とした。

次の瞬間、倒れていた男が両手で神の脚《あし》にしがみついてきた。頭をつるつるに剃《そ》り上げた男が、バールを勢いよく振り下ろす。空気が鋭く鳴った。

神は左手で男の腕を払い、右フックを見舞った。

パンチは、男の顔面にヒットした。男がよろける。

神は男に頭突きを浴びせた。

男が後ろに吹っ飛んだ。バールが落ちた。

神は、しがみついている男を振り飛ばした。すぐさまバールを拾い上げる。

スキンヘッドの男が起き上がった。

神はバールを振り上げた。だが、そのまま動けなくなった。剃髪頭の男が自動拳銃を手にしていたからだ。

デトニクスだった。コルト・ガバメントを小型化した拳銃だ。四十五口径である。侮《あなど》れない。

「おとなしくしてねえと、撃《ハジ》くぞ！」

「こんな場所でぶっ放したら、てめえはすぐに逮捕《パク》られることになるぜ」

神は言い返した。

男が薄い唇を歪《ゆが》め、スライドを滑らせた。初弾を薬室《チエンバー》に送り込んだのだ。あとは引《ト》き金《リガー》を絞れば、銃弾が飛び出す。

至近距離でまともに撃たれたら、命を落とすことになる。

神は、いくらか緊張した。しかし、相手に弱みは見せられない。喉の渇きを覚えながら、少しずつ間合いを詰めていく。

「動くんじゃねえ！　てめえ、死にてえのかっ」

「撃《ハジ》く度胸があんのかい？」

「なめやがって！　ぶっ殺してやらあ」

男が吼《ほ》えた。だが、それは虚勢だった。男は一歩ずつ退《さ》がりはじめた。

「どうした？」

神は歩幅を大きくとった。

その直後だった。口から血の泡を噴いた男が、またもや神の腰に組みついてきた。

スキンヘッドの男が安堵した顔で、後退する足を止めた。

「てめえ、ゲイか。二度もしがみつくんじゃねえ。暑苦しい野郎だっ」

神は上体を捩《ねじ》って、白ずくめの男の頭に肘《ひじ》打ちを落とした。

骨と骨がぶつかり合い、硬い音を刻んだ。男が野太《のぶと》く呻き、ゆっくりと頽《くずお》れた。

神は後ろ蹴りで男を倒し、すぐに地を蹴った。高く舞いながら、バールを大きく振りかぶる。

拳銃を持った男が狼狽し、棒立ちになった。隙《すき》だらけだ。

神は、裏革の巻かれたバールを力まかせに振り下ろした。風切り音が高かった。

強《したた》かな手応えがあった。

バールは剃髪頭の男の左肩で大きく弾んだ。

ほとんど同時に、乾いた銃声が夜の静寂を劈《つんざ》いた。

銃口炎《マズル・フラッシュ》が瞬《また》き、白い硝煙が拡散する。

神は、左の脇腹に灼熱感を覚えていた。まるで焼け火箸《ひばし》を肌に押し当てられたような感じだった。

痛みは、あまり強くない。放たれた銃弾が表皮を掠《かす》めただけなのだろう。神はバランスを崩し、横倒れに転がった。

「おい、逃《フ》げ《ケ》るんだ！」

スキンヘッドの男が仲間に喚《わめ》き、二弾目を放ってきた。

神は横に転がった。

数十センチ離れた路面で、火花が上がった。

神は衝撃波を感じたが、銃弾は命中しなかった。跳弾《ちょうだん》は民家の石塀に当たったようだ。目で確かめる余裕はなかった。

「この野郎！」

神は怒号を放ち、勢いよく起き上がった。

剃髪男が両手保持の姿勢で、狙いを定めている。

三弾目が夜気を震わせた。銃口炎《マズル・フラッシュ》が、男の手を赤く染める。

とっさに神は頭を低くして、バールを投げつけた。無意識の行動だった。

それはスキンヘッドの男の右脚に当たり、アスファルトの上に落ちた。男がよろめいて、脚に手を当てた。

反撃のチャンスだ。

神は、男に向かって走った。すると、男が急に身を翻《ひるがえ》した。逃げる気らしい。

「待ちやがれ！」

神は追いかけはじめた。

男が右脚を引きずりながら、懸命に逃げていく。逃げながらも、四弾目を放ってきた。だが、それは標的から大きく逸《そ》れていた。

神は執拗に追った。
七、八メートル先で、男が道を折れた。
神は全速で疾駆《しっく》した。角を曲がると、ちょうど一台の黒っぽい車が急発進したところだった。メルセデス・ベンツだ。

逃げた男は、後部座席に乗っていた。仲間が車の中で待機していたにちがいない。

神はベンツを追った。

足は速いほうだった。いまでも百メートルを十一秒台で走ることができる。

しかし、みるみる距離が開いていく。

競輪用自転車《レーサー》でもあれば、充分に追いつける距離だった。それが、なんとも忌々《いまいま》しい。

さらにベンツが遠ざかった。尾灯が次第に小さくなり、やがて闇に紛《まぎ》れた。

「くそったれ！」

神は追うのを諦《あきら》め、パジェロのある場所に駆け戻った。

路上には、五、六人の男女がたたずんでいた。

どの顔も不安げだった。さきほどの銃声を聞きつけ、恐る恐る家の中から出てきたのだろう。

神は、白ずくめの男を目で探した。

どこにも見当たらなかった。とっくに逃げてしまったらしい。

「何があったんです？」

浴衣《ゆかた》姿の初老の男が声をかけてきた。団扇《うちわ》を手にしている。

「やくざ同士がドンパチやってたんですよ。おれは、仲裁に入ったんです」

神は言い繕《つくろ》った。

「そうでしたか。あなた、一部始終を見てたんでしょ？」

「ええ、まあ」

「それじゃ、証言をお願いしますね。もう間もなく、パトカーが駆けつけるはずです
ので」

「弱ったな。実は、急いでるんですよ」

「ご事情がおありでしょうけど、あなたが唯一の目撃者ですんで……」

「いずれ警察に出向いて、目撃したことを話しますよ。それじゃ、そういうことで！」

神は適当なことを言って、慌《あわ》ただしくパジェロに乗り込んだ。

野次馬たちは、道の中央に立ったままだった。彼らを警笛で蹴ちらし、大急ぎで現場から走り去った。五日市街道に出ると、前方からサイレンをけたたましく鳴らしたパトカーが走ってきた。

神は車を路肩に寄せた。

二本松に警告の電話をかける気になったのだ。局の番号案内係に、サンシャインホテルの代表番号を問い合わせる。

それは、造作なくわかった。ホテルの交換台から、二本松の部屋に電話を回してもらう。

少し待つと、二本松の探《さぐ》るような声が響いてきた。

「おたく、どなた？」

「おれだよ」

「なんだ、鬼脚《おにあし》の兄貴か。もう品物《ブツ》の鑑定が済んだのかい？」

「そうじゃねえんだ。おまえの耳に入れておきたいことがあってな。それで、電話したってわけだ」

神はそう前置きして、二人の男に襲われたことを手短に話した。

「そいつらは、おれを尾けてた連中じゃないよ」

「しかし、おそらく同じ仲間だろう」

「そうかな。それはそうと、兄貴、怪我は？」

「弾《たま》が脇腹に軽くキスしただけだ」

「気障《きざ》な台詞《せりふ》だね。でも、その程度の怪我でよかったよ」

「真《まこと》、念のために別のホテルに移ったほうがいいな。おおかた奴らは、そのホテルからおれを尾けてきやがったんだろう」

「もうおっ始《ぱじ》めちゃったんだよ」

　二本松が言った。

「そこにコールガールがいるんだな？」

「そうなんだ。少し前から、ベッドで日仏親善試合をね」

「早いとこ勝負をつけて、ホテルを替えるんだな」

「そうするよ。それじゃ……」

「ちょっと待て！　真、例の品物《ブツ》の持ち主は誰だったんだ？　あまり危《ヤバ》い商品は扱いたくねえからな」

「兄貴に迷惑はかけないよ。おれを信用してくれって。兄貴とは、二年越しのつき合いじゃないか」

「友情ごっこは通用しねえぜ。場合によっては、品物《ブツ》をおまえに返すことになる」

「兄貴も野暮だね。その話は、後《あと》にしてよ。パリ生まれのお嬢さんが焦《じ》れて、おれのピストルをしゃぶりはじめてるんだ」

「ばかやろう！　女どころじゃねえだろっ」

「とにかく、いったん切らせてもらうよ」

二本松の声が途切れた。

神は苦く笑った。脇腹が、かすかに疼《うず》く。

黒いポロシャツは血を吸って、肌にへばりついていた。白い麻のジャケットも破れ、赤い染《し》みが付着している。

――奈緒を抱き損なっちまったな。今夜は、おとなしく塒《ねぐら》に帰るか。

神は胸底で呟《つぶや》いた。

何気なくフロントガラスの向こうを眺めると、見覚えのあるシルエットが視界に飛び込んできた。なんと奈緒だった。

顔が自然に綻《ほころ》ぶ。

神は何か拾い物をしたような心持ちになった。同時に、何がなんでも奈緒の肌を貪《むさぼ》りたい気分になってきた。

神はホーンを短く鳴らした。

奈緒が足を止めた。しかし、まだ神に気がつかない。

もう一度、警笛を響かせた。ようやく奈緒は神に気がつき、小走りに駆け寄ってきた。

神は体を傾け、助手席のドアを押し開けた。

「こんな所で何してるの？」

奈緒が訝《いぶか》しそうに訊《き》き、助手席に形のいい尻を沈めた。

綿ジョーゼットのワンピースだった。若草色だ。

腕には、生成《きな》りのジャケットを抱えている。奈緒は個性的な顔立ちの美人だ。髪はショートボブだった。

「さっき、奈緒のマンションに行ったんだよ」

「そうなの。部屋で待っててくれればよかったのに」

「あいにく合鍵を忘れちまってな」

「そうだったの」

「あんまり待たされたんで、坊主がもう寝ちまったよ」

神はにやつきながら、奈緒の右手を自分の股間に導いた。

「どっかで悪さしてきて、疲れちゃったんじゃないの？」

「そっちこそ、どこで浮気してたんだ？」

「今夜はお店を閉めてから、ずっと帳簿の整理をしてたの。あなたとは違うわ」

奈緒が笑顔で言い、しなやかな白い指でスラックス越しに神の分身を軽く叩いた。

「あっ、坊主が目を覚ましやがった」

「それじゃ、わたしの部屋で寝かしつけてあげる」

「そうしてもらいてえとこだが、奈緒のとこは今夜はまずいんだよ」

「あら、どうして？」

「実は、あのマンションの前でちょっと立ち回りをやっちまったんだ」

神は経過をかいつまんで話した。

と、奈緒が心配顔で神の脇腹を覗《のぞ》き込んだ。

「だいぶ出血してるじゃないの。すぐに病院に行きましょうよ」

「ただの掠《かす》り傷さ。傷口にウイスキーでもぶっかけときゃ、そのうち治るよ。それより、おれの部屋に行こう」

神は言うなり、パジェロをせっかちに走らせはじめた。

奈緒は何か言いかけたが、途中で口を噤《つぐ》んだ。

神が借りているマンションは、小田急線の代々木八幡駅のそばにある。環七通りから井の頭通りをたどって、およそ二十分後に自宅マンションに着いた。

十一階建てだった。

神の部屋は十階にある。地下駐車場にパジェロを駐《と》め、神は後部座席の古美術品を摑み上げた。

「マイセンの陶磁器か何か輸入したの？」

奈緒が訊《き》いた。彼女は、神が輸入雑貨商だと信じて疑わない。

「いや、古美術品なんだ。知り合いに頼まれて、何日か預かることになっちまったんだよ」

「大事そうに抱えてるから、よっぽど高価な物なのね？」

「安くはねえだろうな。しかし、おれはこんな物にゃ興味ねえから、いくらぐらいするものか、訊いてもみなかったよ」

「あなたは、生身の女にしか関心がないんでしょ？」

「銭《ぜに》も嫌いじゃねえけどな」

「単純明快な俗物ね」

「おれは自分に正直なだけさ。出よう」

神は奈緒を促《うなが》し、先に車を降りた。

さりげなく周囲に目を配る。不審な人影は見当たらない。

神は、ひとまず安心した。奈緒とともに、エレベーターで十階に上がる。神の部屋は、いわゆる１ＬＤＫだった。

室内の空気は蒸《む》れていた。

神は、真っ先にエア・コンディショナーのスイッチを入れた。二つの古美術品を居間の飾り棚に置き、血で汚れた麻の上着を脱ぐ。

「マキロンか何か消毒液はないの？」

「薬は何もねえな。薬屋で買ったのは、極薄《ごくうす》のコンドームぐらいだ」

「そんなことばかり言って！　とにかく、傷口を見せて」

「どうってことねえさ。何か飲むか？」

「ううん、何も欲しくないわ」

奈緒が首を振った。

神は黙って奈緒を抱き寄せ、大きく背を丸めた。

奈緒が瞼《まぶた》を閉じた。長い睫毛《まつげ》が小さく震えている。

神は唇を重ねた。

ルージュの甘い味が口中に拡《ひろ》がった。二人は短く唇をついばみ合うと、舌を深く絡《から》めた。

ひとしきり濃厚なキスがつづいた。

神は舌を乱舞させながら、奈緒の乳房と張りのあるヒップを同時にまさぐりはじめた。

欲望が急激に膨《ふく》れ上がる。すぐに熱く脈打ちはじめた。ビートは速《はや》かった。

神は、昂《たか》まった性器を奈緒の鳩尾《みぞおち》に押しつけた。

奈緒が舌を閃《ひらめ》かせながら、微妙に体を揺らめかせはじめた。ペニスに刺激を加えていることは明らかだ。

神は一段と猛《たけ》った。

奈緒の動きも、どこか切なげだった。体をそよがせながら、時々、乳房を強く押しつけてくる。

神は顔を離し、そのまま両膝を落とした。

ひざまずくなり、ワンピースの裾から両腕を差し入れる。尻の方に手を回し、ランジェリーをひとまとめにして一気に引きずり下ろした。

奈緒が小さな声をあげ、こころもち腰を引いた。

神は奈緒の片方の足首を浮かせ、パンティーを片側に寄せた。ワンピースの裾を大きくはぐり、奈緒の繁みに顔を近づける。

「だめよ。シャワーを使ってからにして……」

「もうブレーキが外れちまったよ」

神は奈緒の腿《もも》を大きく開かせると、はざまに舌を這《は》わせはじめた。そこには、女特有の体臭が仄《ほの》かにこもっていた。

「お願いだから、体を洗わせて！」

奈緒が哀願した。

神は言葉を返さなかった。片手で逆三角形に繁った飾り毛を掻《か》き上げ、舌の先で木の芽に似た突起を舐めはじめる。奈緒が短い声を洩らし、身を小さく震わせた。

神は、そそられた。両手で尻を揉みながら、舌を熱心に使った。奈緒の息が乱れた。喘《あえ》ぎは、じきに呻きに変わった。

いつしか奈緒の体は、しとどに潤《うる》んでいた。

にじんだ愛液があふれ、神の舌に朝露のように滑り落ちてくる。濃密な味だった。

神は、硬く痼《しこ》った部分や花びらを丹念に愛撫した。

ついばみ、吸いつける。甘咬《あまが》みすることも忘れなかった。

「そのぐらいにして……」

奈緒が神の頭を布地ごと抱え込み、上擦《うわず》った声で訴えた。

本気で迷惑がっている気配はうかがえない。自分の羞恥心が、快感に捩伏《ねじふ》せられることを半《なか》ば予期しているような声だった。

神は屈折《くっせつ》した女の感情に一層、淫蕩《いんとう》な気分を掻き立てられた。小さく尖《とが》った敏感な部分を集中的に慈《いつく》しんだ。

数分経《た》つと、奈緒が悦《よろこ》びの声を放った。

その声は震えを帯びていた。仄暗《ほのぐら》いスカートの中で、むっちりした白い腿が鋭く震えている。漣《さざなみ》を連想させる肉の震えは、ひどく猥《みだ》りがわしかった。

「あとはベッドでやろう」

神は中腰になって、奈緒を左の肩に担《かつ》ぎ上げた。

奈緒が小さく抗《あらが》った。だが、強く拒んだりはしなかった。

神は奈緒を担いだまま、寝室に急いだ。

3

空気が腥《なまぐさ》い。

情事の名残《なごり》だった。

神はベッドで煙草を喫《す》っていた。腹這《ば》いだった。

奈緒は仰向《あおむ》けの姿勢で、余情に身を委《ゆだ》ねていた。ともに全裸だった。ほんの少し前まで、二人は烈《はげ》しく肌を求め合っていた。

実際、狂おしいほどの交わりだった。

奈緒は幾度も昇りつめ、間断《かんだん》なく歓喜の声をあげつづけた。

元競輪選手の神は、並の男よりもはるかに足腰が強い。スタミナもある。肺活量も大きかった。

神は性の技巧にも長《た》けていたが、何よりも持久力に恵まれていた。彼はまるでマシンのように、抽送《ちゅうそう》を繰り返すことができる。

奈緒は官能を刺激され、たちまち牝《めす》になった。大胆に裸身を晒《さら》し、恣《ほしいまま》に振る舞った。快感が極《きわ》まると、奈緒はきまって神の肌に爪を立てた。そのつど、憚《はばか》りのない声を放つ。

奈緒の乱れる様《さま》を見て、神は大いにそそられた。自分も牡《おす》になりきって、体の渇《かわ》きを癒《いや》した。ふだんよりも、射精感は鋭かった。ほんの一瞬だったが、頭の芯が痺《しび》れたほどだった。

「傷、痛くない？」

奈緒が問いかけてきた。情感の籠《こも》った声だった。

「ああ、大丈夫だ」

「あなたとは、もう別れられなくなりそう。きょうも最高だったわ」

「奈緒の体も男を蕩《とろ》かすよ」

「ほんとに？」

奈緒は、半信半疑の顔つきだった。

「おれは、女に嘘ついたことなんかないぜ」

「そういう男に限って、平気で女を裏切ったりするのよね」

「昔の男がそうだったってわけか」

「誤解しないで。一般論よ。わたしのことより、あなたの昔の女《ひと》、ものすごく感度がよかったみたいね」

「え？」

「ごまかそうとしたって、だめよ。ほら、あなたの体のあちこちに歯形の痣《あざ》がいくつも……」

「どれもドーベルマンに噛まれた痕《あと》さ」

神は煙草の火を消して、仰向けになった。

「嘘ばっかり！」

「ほんとにドーベルマンに噛まれたんだ」

「どんな悪さをしたわけ？　いたずら半分に蹴ったの？」

奈緒が好奇心を露《あらわ》にした。

「そうじゃねえんだ。牝のドーベルマンと獣姦をやらかそうとして、失敗《ドジ》っちまったんだよ」

「とぼけちゃって！　でも、本当のことは話さなくてもいいわ。話を聞いたら、なんだか、ジェラシーを感じることになりそうだから」

「嬉しいことを言ってくれるじゃねえか」

神は、まんざら悪い気持ちではなかった。

「調子がいいんだから。ねえ、先にシャワーを浴びてきてもいいかしら？」

「ああ、いいよ。だけど、少しは匂いを残しといてくれよな。まるっきり無臭ってのも、なんか楽しみがねえからさ」

「いやねえ。もう少し品のある言い方してちょうだい」

奈緒は神をぶつ真似《まね》をして、ベッドから抜け出た。

そのまま彼女は、ドアに向かった。くりくりと動く白桃のような尻が悩ましい。

ほどなく後ろ姿が見えなくなった。

――女って、妙なものを見てやがるんだな。

神の体には、二十数カ所の咬傷《こうしょう》の痕が残っていた。

いくつかは、肉が抉《えぐ》れている。傷痕が醜く引き攣《つ》っている箇所もあった。ドーベルマンに嚙まれたという話は事実だった。

神は一年数カ月前に、仕事絡みのトラブルに巻き込まれたことがあった。

仕入れた盗品の超高級腕時計を二十個ばかり売り捌《さば》いたとき、取引相手がコピー商品だと難癖をつけて代金を払おうとしなかったのだ。代金は総額で七百万円近かった。

取引相手の男は一介のバッタ屋を装っていたが、実は新興暴力団の大幹部だった。

若い時分から武闘派として鳴らし、現に抗争で数人を殺している。通算十年あまりを刑務所で過ごした男だ。

売ったオーデマ ピゲの仕入れ総額は、二百八十万円だった。取りはぐれても、商売に響く額ではなかった。

しかし、神は泣き寝入りはしなかった。筋者《すじもの》にいちいち怯《おび》えていたら、故買屋稼業は務まらない。

ある日、神は組事務所に乗り込んだ。

男は日本刀をちらつかせて、頑《かたく》なに代金を払おうとしなかった。それどころか、逆に神の弱みを恐喝材料にし、口止《くちど》め料を要求する始末だった。

神はいったん引き下がったが、脅しに竦《すく》み上がったわけではなかった。

事務所の外で待ち伏せして、男を尾行した。護衛の組員の姿が消えると、神は男に襲いかかった。背後から、コンクリートの塊《かたまり》でいきなり男の頭をぶっ叩いたのだ。

暴《あば》れ者と恐れられていた男だったが、まったく反撃する姿勢は見せなかった。

神は血みどろの男をさんざん痛めつけてから、自宅に電話をさせた。数十分後に、男の妻は代金を現金で持ってきた。

神は札束を懐《ふところ》に突っ込み、悠然と立ち去った。

行きつけのバーに飛びきりの美女がふらりと入ってきたのは、翌日の晩だった。

女は、神のかたわらに坐った。神は、さっそく女を口説《くど》きはじめた。女は脈のある素振りを見せた。

頃合を計って、神は女をホテルに連れ込むつもりだった。

その前に、女が自分の家で飲み直そうと誘いかけてきた。神は、二つ返事で誘いに乗った。

女は、新宿区の下落合《しもおちあい》にある一軒家に住んでいた。小ぎれいな家だった。

そこには、前夜痛めつけた男が待ち受けていた。五人の舎弟が一緒だった。女は、男の愛人だったのだ。

敵の男たちは散弾銃《ショットガン》や拳銃を持っていた。

神は逃げられなかった。車に乗せられ、ビルの地下室に閉じ込められた。

頭に繃帯《ほうたい》を巻いた大幹部は、飼い犬らしい二頭のドーベルマンをけしかけた。

二頭の大型犬は同時に跳躍し、神に組みついてきた。振り払っても振り払っても、ドーベルマンは挑みかかってくる。

神は肉を嚙み千切《ちぎ》られながらも、必死に闘った。やっとの思いでドーベルマンを蹴り殺したときは、全身が鮮血に塗《まみ》れていた。

大幹部は逆上し、ショットガンを持った組員に目配せした。

神は撃たれる前に、組員に躍《おど》りかかった。散弾銃を奪い取り、組員のこめかみに銃口を押し当てた。敵の男たちは短く迷ってから、次々に武器を捨てた。

神は五人の組員をショットガンの銃身で撲《なぐ》り倒し、地下室に閉じ込めた。

大幹部だけを連れ、女の家に舞い戻った。女が大型水槽の中で、十数匹のピラニアを飼っていたことを思い出したからだ。

神は大幹部をブリーフだけにして、リビングボードに縛りつけた。

男の目の前で、女を非情に犯した。女は初めのうちこそ少し抗《あらが》っていたが、そのうち自《みずか》ら腰を使うようになった。みごとな迎え腰だった。

男は愛人を口汚なく罵《ののし》り、神を呪《のろ》いつづけた。

女が浴室に消えると、神は熱帯魚の水槽に歩み寄った。掬《すく》い網で二匹のピラニアを捉《と》え、それを男のブリーフの中に投げ入れた。

男は小便を洩らしながら、全身で暴《あば》れた。

少し経《た》つと、ブリーフは血で斑《まだら》に染まった。男は白目を剝《む》きながら、命乞いをした。

神は取り合わなかった。

女に命じて、浴槽にぬるい湯を張らせた。

神は、残りのピラニアをすべて湯船に移した。それから女に手伝わせ、男を浴室に運んだ。男は悶絶寸前だった。

神は、男の体半分を湯船に押し込んだ。下腹部から流れる血が、ゆっくりと拡がった。

そのとたん、十匹あまりのピラニアが男の体に群がった。獰猛《どうもう》な肉食魚は派手な水音をたてながら、われ先に男の肉を貪《むさぼ》りはじめた。

浴槽の湯は、たちまち真紅に染まった。

女が洗い場のモザイクタイルにしゃがみ込み、胃の中のものを吐きはじめた。男はもがきながら、気を失ってしまった。

神は男の呼吸が停止する前に、浴槽から引き出した。洗い場に移しても、何匹かの猛魚は貪婪《どんらん》に人間の肉を喰《くら》いつづけていた。男の尻と太腿は、半分近くなかった。

女が這って浴室を出た。四肢《しし》が震えていた。

神は嘲笑しながら、女を追った。這ったままの女をふたたび後ろから貫いた。さすがに女の中心部は潤《うる》まなかった。

神は白けた気分に陥り、行為を中断した。女は這いながら、寝室に逃《のが》れた。すぐに内錠を掛け、大声で狂犬と罵った。

神はうっそりと笑い、男の上着の懐《ふところ》を探った。

六十数万円入りの札入れと各種のカードが入っていた。現金とカードを抜き、女の家を出た。

その翌日、神は男のカードで貴金属品や毛皮のコートを買いまくった。どれも、女たちへのプレゼントだった。重傷を負った男は、四カ月近く入院生活を送らなければならなかった。その間、愛人だった美女は姿をくらました。

退院後、男は組から破門された。個人的なことで、組に迷惑をかけたことの責任を取らされたのだろう。噂によると、男は生まれ故郷に戻ったらしい。

神は回想を断《た》ち切って、またキャメルに火を点けた。

浴室から、湯の弾ける音が響いてきた。

奈緒は、どこを洗っているのか。淫《みだ》らな想像をしていると、不意に官能が息吹《いぶ》いた。

風呂場で奈緒を抱くか。

神は煙草をふた口喫《す》っただけで、灰皿の中で火を揉み消した。

ベッドを降りたとき、居間の電話が鳴った。

時刻は午前零時近かった。神は生まれたままの姿で、隣室に急いだ。

電話機は、応接セットのコーヒーテーブルの上に置いてある。神は立ったまま、受話器を取り上げた。

「兄貴、おれだよ」

二本松だった。いつになく声に張りがない。

「何かあったみてえだな」

「ちょっと事情が変わって、例の品物《ブツ》売れなくなったんだ」

「なんだと⁉　きちんと説明してみろ」

「何も訊《き》かずに、預けた物をパールホテルに持ってきてくれないか」

「そのホテル、どこにあるんだ？」

「サンシャインホテルの斜め前だよ。おれ、ここに移ったんだ。部屋は一一〇一号室だよ」

「真、そこに誰かいるんだな？　おまえ、誰かに脅されてるんじゃねえのか？」

神は声をひそめて早口で訊いた。

二本松は沈黙したままだった。

「おい、何とか言えよ」

「頼むから、おれの言う通りにしてくれないか。三十万は返すよ」

「やっぱり、妙な奴らに押し入られたんだな。そうなんだろ？」

「ああ。兄貴が来てくれなかったら、おれと美寿々は……」

二本松が途中で短く叫び、声を途切らせた。

神は大声で呼びかけた。数秒すると、別の男の低い声が流れてきた。

「話はわかったな！」

「てめえら、どこの者《もん》だっ。堅気《ネス》じゃねえことはわかってるんだ」

「喚《わめ》くんじゃねえ。青磁の茶壺と古代ペルシャの水差しを持って、このホテルに四十分以内に来い！」

「ちょっと待てや」

「うるせえ！　早く来やがれっ」

電話が乱暴に切られた。不快な音が耳を撲《う》つ。

神は受話器を置くと、まっすぐ飾り棚に歩み寄った。

二つの古美術品を改めて検《しら》べてみる。ガラスの水差しには、何も秘密めいたものは感じられない。

神は青磁の茶壺の蓋《ふた》を取って、中を覗いてみた。

仄暗《ほのぐら》くて、よく見えない。壺を傾け、電灯の光に翳《かざ》す。

すると、茶壺の内側のくびれた部分に何か棒状のものが粘着テープで貼りつけてあった。

――何なんだ、こいつは⁉

神は壺の中に二本の指を突っ込み、爪で粘着テープの端を掻《か》き起こした。

少しだけ端が捲《めく》れ上がった。その部分を抓《つま》み、一気に引き剝《は》がす。

茶壺の中に隠されていたのは、一枚のUSBメモリーだった。

青磁の壺を棚に戻し、神はパソコンの前に坐った。裸の尻で腰かけたせいか、なんとも気分が落ち着かない。

しかし、いまはそんなことを気にかけてはいられなかった。

大急ぎでパソコンにUSBメモリーをセットし、登録された文書を呼び出す。

待つほどもなくディスプレイに、二十の算用数字が並んだ。

〈8 9 13 9 20 19 21 23 1　8 1 3 8 9 14 15 14 1 11 1〉

登録文書は、謎めいた数字だけだった。

何かの暗証番号にしては、数字が多すぎるだろう。暗号文なのか。

神は、ディスプレイに映った二十の数字を何度も口の中で唱《とな》えてみた。

しかし、まるで解読できなかった。

正体不明の男たちは、このUSBメモリーを取り戻したくて躍起《やっき》になっているのではないか。そうだとしたら、この数字の中には何かの秘密が隠されているにちがいない。

——秘密ってやつは、銭《ぜに》になるもんだ。おとなしく品物《ブツ》とメモリーを返しちまったら、みすみす〝おいしい話〟をドブに捨てることになるな。

神は、預かった二つの古美術品の中身をすり替えることを思いついた。

青磁の茶壺の代わりに、益子焼《ましこやき》の花器をフォームラバーで包んだ。安物のアイスペールを古代ペルシャ時代の水差しに化けさせた。丸めた新聞紙でもっともらしく形を整え、風呂敷で包む。

　秘密の匂いのする茶壺と水差しはダスターでくるんで、物入れの奥に突っ込んだ。USBメモリーは、机の引き出しの奥に仕舞った。

　それから間もなく、奈緒が浴室から出てきた。胸高《むなだか》にクリーム色のバスタオルを巻きつけている。肌は鴇色《ときいろ》に輝いていた。

「そんな恰好で何をしてるの？」

「電話がかかってきたんだ。先に寝ててくれ」

　神は言った。すぐに奈緒が問いかけてきた。

「出かけるの？」

「ああ、新宿までな。預かった古美術品を急に返さなきゃならなくなっちまったんだ」

「明日じゃ、まずいの？　もう真夜中よ」

「先方が急いでるんでな」

「そうなの」

「二、三時間で戻ってくる。あとで、またレ、ス、リ、ン、グ、をやろうや」

　神は奈緒を寝室に押しやり、浴室に駆け込んだ。

　浴室には、髪の毛一本落ちていなかった。奈緒がシャワーを使ったあと、きれいに後始末をしてくれたにちがいない。

神はざっと汗と血を洗い流すと、手早く衣服をまといはじめた。脇腹の傷に湯が沁《し》みたが、何も手当てはしなかった。もう痛みは感じなくなっていた。

神は中身をすり替えた二つの包みを抱え、部屋を飛び出した。エレベーターで地下駐車場に降り、大急ぎでパジェロに乗り込む。

パールホテルの駐車場に潜《もぐ》り込んだのは、二十数分後だった。

神は包みを持って、十一階に上がった。

教えられた部屋のドアをノックする。なんの応答もなかった。ノブは回った。

神は警戒しながら、室内に足を踏み入れた。

ツインベッドの部屋だった。片方のベッドの上に、全裸の女が転がされていた。美寿々だった。

両手足の自由を麻縄で奪われていた。口は、布製のガムテープで塞《ふさ》がれている。いかにも苦しそうだ。豊満な胸が大きく波打っている。

美寿々のほかには、誰もいなかった。

神の姿に気づくと、美寿々は何かくぐもり声を発した。早く縛《いまし》めを解《と》いてくれと訴えたらしい。

美寿々の目許《めもと》は黒ずんでいた。涙で溶けたマスカラのせいだ。

神はベッドに走り寄り、最初にガムテープを剝《は》がしてやった。ほとんど同時に、美寿々が太い息を吐いた。

「真《まこと》は、男たちに連れ去られたのか？」

「ええ、十分ぐらい前に」

「なんだって、あんたがここにいるんだ？」

神は、後ろ手に縛られた美寿々の麻縄をほどきはじめた。

裸身が目に眩《まぶ》しかった。長く眺めていたら、下腹部に変化が生まれそうだった。

「お店に二本松さんから電話があって、今夜は一緒にここに泊まろうって言われたの。シャワーを浴びてるときに、やくざっぽい男たちが部屋に押し入ってきて……」

「そうか。服はどこにある？　取ってきてやるよ」

神は足首のロープの結び目を緩《ゆる》めながら、俯《うつぶ》せになった美寿々に言った。

「男のひとりが、ランジェリーごとそっくり服を持ち去ったの。わたしがフロントに駆け込めないようにしたんだと思うわ」

「だろうな。男たちに何かされたのか？」

「体をあちこちいじられたけど、レイプはされなかったわ」

「真の奴、黙って見てたのか？」

「ううん、わたしに手を出すなって何度も怒鳴ってくれたわ。でも、男たちのひとりがピストルを持ってたから……」

「男たちは何人いたんだ？」

「三人よ」

　美寿々はそう言うと、すぐに毛布の下に潜り込んだ。鎖骨のあたりまでブランケットを引っ張り上げ、裸身を覆い隠した。

「三人の中に、スキンヘッドの男は？」

「ええ、いたわ。神さん、そいつのことを知ってるの？」

「おれも何時間か前に襲われたんだよ」

「ええっ。なぜなの？」

「わからねえんだよ、何がなんだかな。奴らは、いったいどういうつもりなんだっ。なんで、部屋で待ってねえんだ」

「外から、あなたに電話をするつもりみたいよ。そんなことを話しながら、あいつら、ここから出て行ったの」

「真は、だいぶ痛めつけられたのか？」

　神は問いかけた。

「ええ、何度も蹴られてたわ。鼻血を出して、それから唇からも血を流してたわね」

「そうか。あんた、裸じゃ、動きがとれねえな。誰か知り合いに電話をして、着るものを持ってきてもらえよ」

「あとで、そうするわ。それより、二本松さんは何をやったのかしら？」

「心配するな。あいつとおれは、何か勘違いされてんだと思うよ」

「それだけじゃないみたいだったけど……」

「余計なことは考えねえほうがいいな。真のことは、おれが何とかする」

「早く救《たす》けてあげて！」

美寿々が叫ぶように言った。円《つぶ》らな瞳は、涙で盛り上がっていた。

会話が中断したとき、部屋の電話が鳴った。

神はベッドとベッドの間にある電話機に腕を伸ばした。無言で受話器を耳に当てると、ホテルの者が外線電話がかかっていることを告げた。

「繋《つな》いでくれ」

「わかりました。そのまま、お待ちになってください」

相手の声が遠ざかった。

神は息を詰めた。待つほどもなく、聞き覚えのある声が流れてきた。

「品物《ブツ》を持ってきたな？」

「ああ。この部屋にいた男は、無事なんだろうな！」

神は確かめた。

「すぐに会わせてやるよ。そのホテルを出たら、職安通りに向かって歩け。少し歩くと、左側にバッティングセンターがあるから、その前で待ってろ。車で迎えに行くよ」

「どんな車だ?」

「こっちから声をかけるから、てめえは黙って待ってりゃいいんだっ」

男がうっとうしげに言って、先に電話を切った。

「くそったれめ!」

神は受話器をフックに叩きつけた。ほとんど同時に、美寿々が口を開いた。

「彼は、どこかに監禁されてるの?」

「わからねえんだ。しかし、真《まこと》に妙な真似はさせねえよ。早く知り合いに来てもらって、ここから出たほうがいいな」

神は言って、素早く二つの包みを抱え上げた。

部屋を出て、エレベーターで一階に降りる。ロビーに人の姿はなかった。神はフロントの前を抜け、区役所通りに出た。

午前一時を回っていたが、人通りは絶えていない。

水商売関係の男女や酔っ払いが目立つ。東南アジア系の若い女も多かった。

神は二つの包みを両脇に抱えて、バッティングセンターまで歩いた。

フェンスの前の車道に、何台かの車が駐めてあった。いずれもドライバーの姿はなかった。

神は舗道にたたずみ、道の左右を見た。

近づいてくる車はない。

数分待つと、新宿区役所のある方向から黒い車が滑るようにやってきた。奈緒のマンションの近くで見かけたベンツのようだ。

ベンツが、神の前に停まった。

後部座席のドアが開き、剃髪頭《スキンヘッド》の男が降り立った。見覚えがあった。デトニクスをぶっ放した男だった。男は丸めた週刊誌で、巧《たく》みに自動拳銃を隠している。

「また、てめえか。おれの知り合いは、どこにいる？」

神は訊《き》いた。

スキンヘッドの男が車を見ながら、無言で顎《あご》をしゃくった。神はベンツの後部座席に乗り込んだ。すぐに男が神の横に坐り、銃口を押しつけてきた。

「逃げやしねえよ」

「勝手に喋《しゃべ》るんじゃねえっ。さっきの礼は、たっぷりさせてもらうぜ」

男が凄《すご》み、運転席にいる若い男の肩を叩いた。

初めて見る顔だ。流行遅れのパンチパーマをかけていた。二十六、七歳だろう。

助手席には、誰も乗っていなかった。

ベンツが走りだした。職安通りを右折し、最初の交差点の少し手前で左に折れる。

そこは、狭い道だった。

マンションとラブホテルが混然と建ち並んでいる。街灯が少なく、薄暗かった。

ベンツはしばらく直進し、大久保通りの数百メートル手前で右に曲がった。

すぐに行き止まりになった。袋小路だ。

神は車から摑み出され、突き当たりにある古ぼけた家屋に連れ込まれた。パンチパーマの男が先に玄関のガラス戸を開けた。

空き家だった。

家財道具は何もなく、裸電球だけが侘《わび》しく灯《とも》っている。廊下も和室の畳も埃塗《ほこりまみ》れだ。

「包みを足許に置きな」

神の後ろで、スキンヘッドの男が言った。

玄関のすぐ横にある和室だった。

「知り合いの顔を見るまでは、どっちも渡せねえな」

「突っ張りやがって。パールホテルにいた野郎は、奥の部屋にいるよ」

「そうかい」

神は蟹股《がにまた》で前に進み、仕切りの襖《ふすま》を蹴倒した。隣室は真っ暗だった。

暗がりを透《す》かして見る。人の姿は見当たらない。

「いないじゃねえか！」

神は体を反転させた。

そのとき、不意に電灯が消された。次の瞬間、神は左の向こう臑《ずね》を強く蹴られた。

神は呻いて、やや腰を沈めた。すると、何か固い物で側頭部を殴打された。拳銃の銃把《グリップ》らしかった。

神は一瞬、息ができなかった。

頭の芯まで痛みが響いた。視界も翳った。

二つの包みを抱えたまま、神は畳の上に倒れた。弾みで、床板が沈んだ。黒い影が横に動いた。

「騙《だま》しやがったな。野郎、ふざけやがって」

神は反動をつけて、一気に起き上がろうとした。

その前に、背中を蹴られた。前のめりに倒れ込んだ。包みのひとつが畳の上に落ちた。

首筋に冷たい金属を押し当てられた。

間を置かずに、全身に痺《しび》れに似た感覚が走った。

放電音も聞こえた。それは、線香花火のような音だった。

神は意識が霞みはじめた。体に力が入らない。高圧電流銃《スタンガン》の電極棒を押し当てられたようだ。

薄らぐ意識の底で、神はそう思った。

数秒後、またもや首筋に熱い痺れを覚えた。放電音は、なかなか鳴り熄《や》まない。急激に意識が混濁した。

それから、どれくらいの時間が経過したのか。

神は、ふっと自分を取り戻した。唇が腫《は》れた感じで、口の周《まわ》りが薬品臭かった。気を失った後、エーテルかクロロホルムを嗅がされたようだ。頭の芯に、船酔いに似た不快感が残っていた。

室内は暗かった。人のいる気配はうかがえない。

神は頭を振って、立ち上がった。

そのとき、爪先《つまさき》が何か弾力のあるものに触れた。どうやら倒れた人間に足をぶつけたらしい。

真《まこと》が殺《や》られたのか。

神は手探《さぐ》りで、裸電球のスイッチを捻《ひね》った。

足許に倒れ込んでいるのは、初老の男だった。その筋張《すじば》った細い首には、針金が幾《いく》重《え》にも巻きついている。

男の顔には、まったく見覚えがなかった。

髪は半白で、きちんとした身なりだった。肉体労働者ではなさそうだ。

男は苦しそうに顔を歪《ゆが》め、舌をだらりと垂らしている。呼吸音は聞こえない。すでに完全に息絶えていた。

神は部屋の中を見回した。

二つの包みは掻き消えていた。スキンヘッドの男が持ち去ったにちがいない。

――真は、奴らに連れ去られたのか。それとも、どこかで殺されちまったんだろうか。それにしても、なぜ、ここに死体が転がってるんだ⁉　そうか、敵はおれを殺人犯に仕立てる気なんだな。

神は思い当たって、慄然《りつぜん》とした。

すぐに電灯を消し、表に走り出る。袋小路を出たとき、神は運転免許証がないのに気づいた。

だが、戻るのは危険だ。足は止めなかった。

4

「何か心配事があるんじゃない？」

奈緒がコンパクトを覗き込みながら、神に声をかけてきた。

翌朝の九時過ぎだった。二人はダイニングテーブルを挟んで向かい合っていた。

「寝不足で、ちょっと頭が重いだけだ」

「無理してサービスしてくれるからよ」

「ぼちぼち店に行かねえと、いつもの時間にオープンできねえぞ」

神は言って、飲みかけのコーヒーを啜《すす》った。

奈緒が腕時計をちらりと見て、慌《あわ》てて椅子から立ち上がった。神も腰を上げる。

「何か悩みがあるんだったら、相談に乗るわよ。たいした力にはなれないと思うけど」

「そんなもんねえよ。経営者が遅刻したんじゃ、従業員に示しがつかねえぞ」

神は奈緒に近寄り、ヒップを軽くはたいた。

奈緒が笑いながら、玄関ホールに足を向けた。神も玄関口に向かった。

頭がひどく重い。

自宅に戻ったのは、明け方だった。それまでパールホテルで、二本松を待ってみたのだ。しかし、二本松はついに帰ってこなかった。

神は奈緒を見送ると、ドア・ポストから朝刊を抜き取った。

リビングソファに腰かけ、社会面に目を通す。昨夜の出来事は、まだ一行も報じられていなかった。

新聞をコーヒーテーブルの上に投げ出し、神は電話機を引き寄せた。世田谷の池尻にある二本松のマンションに電話をかける。いくら待っても、先方の受話器は外れなかった。

禍々《まがまが》しい予感が、鳥影《ちょうえい》のように胸を過《よぎ》った。

昨夜、神は故買品の中身をすり替えた。そのことで、二本松の立場が悪くなったのではないのか。

神は暗い気持ちで、受話器をフックに戻した。

それを待っていたように、すぐに軽やかな着信音が鳴り響きはじめた。神は、素早く受話器を摑み上げた。

発信者は美寿々だった。神は、二本松の救出に失敗したことを短く伝えた。

「やっぱり……。わたし、なんか悪い予感がしてたの」

「済まねえ」

「神さん、あの男《ひと》を捜して！」

「もちろん、そのつもりだ。最近、真《まこと》に何か変わった様子はなかったか？　たとえば、何かに怯《おび》えてたとかさ」

「別にそういうことはなかったわ」

「そうか」

「警察に知らせたほうがいいんじゃないかしら？」

美寿々が思い詰めたような口調で言った。

「もう少し様子をみたほうがいいだろう。敵を下手に刺激すると、真の身が危《ヤバ》くなるかもしれねえからな」

「ええ、そうね」

「とにかく、おれが調べてみるよ。そっちは、時々、真のマンションに電話をしてみてくれ」

神は先に受話器を置いた。

卓上の遠隔操作器《リモート・コントローラー》を使って、黒い大型テレビのスイッチを入れる。五十インチだった。画面には、主婦向けのワイドショー番組が映し出された。物真似で人気を得たタレントが、少年時代の思い出話をしていた。

神は次々にチャンネルを換えた。

ある局で、ニュースを報じていた。神は画面を凝視した。東名高速道路で起こった多重衝突事故のニュースだった。

ほどなく画像が変わった。

見覚えのある袋小路が映っていた。昨夜、神が気絶させられた古い家屋がアップになった。

神は音量を高め、耳に神経を集めた。

「今朝《けさ》、新宿区大久保の空き家で男性の絞殺死体が発見されました」

二十代後半の女性アナウンサーがいったん言葉を切り、すぐに言い継《つ》いだ。

「殺された男性は杉並区久我山《くがやま》の美術商、秋葉輝夫《あきばてるお》さん、五十四歳とわかりました。秋葉さんは去年の春まで、東京博物館の学芸員として働いていました。警察は、仕事上のトラブルによる殺人事件という見方を強めています。そのほか詳《くわ》しいことは、まだわかっていません。次のニュースです」

また、画面が変わった。昨夜の現場に自分の運転免許証は落ちていなかったようだ。

神は安堵した。テレビを消して、立ち上がる。

机に歩み寄り、引き出しの奥からＵＳＢメモリーを取り出した。それをパソコンにセットし、謎の数字を呼び出す。

二十の不可解な数字をじっと見つめつづけた。

暗号文であることは間違いなさそうだ。しかし、隠されたトリックの見当がつかない。

子供のころに読んだ探偵小説には、この種のトリックがよく使われていた。

それらの暗号トリックは、さほど複雑ではなかった。伝達文にわざと余計な文字をちりばめたものや回文が多かった気がする。

しかし、羅列《られつ》された算用数字には、どちらのトリックも使用されていなかった。

——おれ、こういうのにゃ弱《よえ》えんだよな。

神は苦し紛《まぎ》れに、数字に〝あいうえお〟の順位の文字を置いてみた。

8には〝く〟を当て、9には〝け〟を嵌《は》めた。だが、当て嵌めた日本語はまるで意味をなさない。

いろは順にも試みてみた。しかし、徒労に終わった。

——真《まこと》が敵におれの塒《ねぐら》を吐いちまったかもしれねえな。一応、メモっておこう。

神は奇妙な数字を手帳に書き写し、USBメモリーを引き抜いた。

パソコンから離れ、物入れに足を向ける。神は問題の古美術品を取り出し、着替えに取りかかった。骨董屋の沢渡を訪ねる気になったのだ。

目的は鑑定依頼だけではなかった。

古美術品に造詣《ぞうけい》の深い沢渡なら、青磁の茶壺や古代ペルシャ時代の水差しが誰の蒐集品《しゅうしゅうひん》だったか見当がつくかもしれない。それを期待する気持ちもあった。

部屋を出たのは、およそ十分後だった。

神は洗いざらしのTシャツに、チノクロスパンツという軽装だった。二つの古美術品はパジェロの後部座席に無造作に置き、その上に拡《ひろ》げた新聞紙を被《かぶ》せる。

敵の目が、どこで光っているとも限らない。用心のためだった。

車内が涼しくなった。神はパジェロを発進させた。地下駐車場のスロープを一気に登り、表に出た。

陽射《ひざ》しが鋭い。きょうも暑くなりそうだ。

甲州街道に出て、新宿通りを走った。

『創雅堂』は四谷の荒木町《あらきちょう》にある。四谷三丁目交差点から、それほど離れていない。といっても、新宿通りや外苑東《がいえんひがし》通りに面しているわけではなかった。大通りから、一本逸《そ》れた裏通りにあった。

二十分ほどで、目的の店に着いた。

車を店の少し手前に駐《と》め、『創雅堂』に向かう。

店の間口《まぐち》は、二間半だった。

両側にショーウインドーがあり、そこには茶壺、蒔絵《まきえ》細工、刀剣類が飾られている。

どれも値札はついていない。

「おやっさん、いるかい？」

神は奥に声をかけて、店の中に入った。

沢渡の姿はなかった。手洗いにでも立ったのか。

さほど広くない店内は、雑多な骨董品で埋まっていた。

湿っぽい空気が、じっとりと重かった。商品の展示のされ方は、呆《あき》れるほどまとまりがない。

陶器や漆器のすぐ横に、ライカの古い写真機が置かれている。かと思うと、船簞笥《ふなだんす》や長火鉢の間にベネチアン・グラスや江戸切子《きりこ》が配してあった。

掛軸《かけじく》や屛風《びょうぶ》の近くに、年代物の蓄音機があったりする。

桐箱に収められた能面や天目茶碗《てんもく》の陰に、ヨーロッパのオルゴールや人形が見える。仏像の台座は、なんと碁盤や将棋盤だった。

天井から吊るされた自在鉤《じざいかぎ》には、剣道の面具がぶら下がっている。どういうつもりなのか、薙刀《なぎなた》と明治時代のパラソルが一緒に立てかけてあった。

「おれだよ、おやっさん！」

神は奥にある階段の下で、大声を張り上げた。

店主の沢渡は、二階で寝起きをしていた。

独り暮らしだった。妻は十数年前に病死している。長男は大学生のとき、北アルプスで遭難死してしまった。その妹は独身だが、別の所に住んでいる。

少し待つと、涼しげな甚兵衛《じんべえ》をまとった沢渡が階下に降りてきた。総白髪で、気品がある。

「あんまりのんびりしてると、店の品物をごっそり盗《と》られちまうぜ」

「そうだな」

沢渡は呑気な声で言い、瞼を擦《こす》った。

「まさかトップレスバーの踊り子と朝帰りってわけじゃねえんだろ？」

「実は、朝までミミちゃんのお相手をしてたんだよ」

「おやっさん、おれにまで見栄張ることねえのに」

神は苦笑しながら、そう言った。

「嘘じゃないんだ。といっても、二人でしっぽりと濡れてたわけじゃないがね」

「何してたんだい？」

「相談ごとの相手をしてたんだよ。ミミちゃん、照明係の青年に惚《ほ》れてるらしいんだ。しかし、その彼は先輩の踊り子さんと同棲してるらしいんだよ」

「おやっさんも気がいいね。それで、ミミって娘《こ》と朝まで……」

「そうなんだ。ミミちゃんはああいう派手な仕事をしてるけど、とっても純情で気持ちが澄んでるんだよ。それに、あの娘はわたしのアイドルだからね」

「崇高《すうこう》なプラトニック・ラブってわけか。結構、結構！　おやっさんは、やっぱり偉《えれ》えよ」

「こら、鬼脚《おにあし》！　年上の人間をからかうもんじゃない。そういう姿勢はよくないぞ」

「悪かったよ」

神は癖っ毛の短い頭髪を掻《か》いて、素直に詫びた。

口にこそ出したことはなかったが、少年時代に父を亡《な》くした彼は沢渡を実の父親のように慕《した》っていた。沢渡も、神のことを自分の息子のように想《おも》っているようだった。

叱言《こごと》めいたことを言っても、その眼差《まなざ》しは常に温《あたた》かかった。

沢渡は、神が故買屋であることを知っていた。そのことに関しては、一度も説教めいたことは言ったことがない。

沢渡には、どこかアナーキーなところがあった。神とは、その点で波長が合うのかもしれない。

「また鑑定かね」

「そうなんだ。例によって、ちょっとばかり曰付《いわくつ》きの古美術品なんだよ」

「店先じゃ、具合が悪いだろう。階上《うえ》に行こうじゃないか」

沢渡が先に階段を昇りはじめた。

神は鉄板入りのごっつい作業靴を脱いで、元大学教授につづいた。黒光りしているステップを踏むたびに、板が派手に軋《きし》んだ。

建物は、だいぶ老朽化していた。その分、家賃は相場よりもかなり安いらしい。

二階には、六畳と四畳半のふた部屋があった。

手前の部屋が四畳半の和室だった。隣の六畳間には、万年床が敷かれている。

沢渡は四畳半のほぼ中央にどっかりと胡坐《あぐら》をかき、古ぼけた扇風機の風向きを調整した。

　神は沢渡の前に腰を落とし、手早く二つの包みを解いた。沢渡がこれらの古美術品を見て、目を輝かせた。

「おやっさん、かなりの品物《ブツ》らしいな」

「どちらも相当な物だよ。特に水差しのほうは、国宝級だね」

「そいつをおれんとこに持ち込んできた野郎は、古代ペルシャ時代の水差しだとか言ってたが……」

　神は説明した。

　沢渡が大きくうなずき、飴色《あめいろ》に輝くガラス器を両手で持ち上げた。捧《ささ》げ持つような手つきだった。

「ほんとに、そんなに古い物なのかい？」

「まさしく古代ペルシャ時代のガラス器だよ。多分、アケメネス朝《ちよう》の物だろう」

「アケメネス朝？」

　神は即座に訊き返した。まるで馴染《なじ》みのない言葉だった。

「紀元前五百五十年から二百年ほど栄華をきわめた古代ペルシャ王朝だよ。全オリエントを統合し、メソポタミア、エジプト文明を吸収して、独自のイラン文明を形成したんだ」

「ふうん」

「首都ペルセポリスの宮殿遺跡に残る建築物や彫刻は、古代オリエント美術の頂点とさえ言われてるんだよ」

「それじゃ、値のほうも張りそうだな」

「好事家《こうずか》なら、一億円でも手に入れたいと思うだろうね」

「茶壺のほうは、どうだい？」

「どれ、どれ」

沢渡が水差しをそっと畳の上に置き、青磁の壺を両手で掬《すく》い上げた。生まれたばかりの赤ん坊を扱うような慎重さだった。

「そいつも安物じゃないらしいんだがね」

「鬼脚、これは宋代の名品だよ！」

蓋と壺を仔細《しさい》に眺めてから、沢渡が唸《うな》るように言った。

「やっぱり、そうか」

「これはね、青磁多嘴壺《たしこ》と呼ばれてる傑作中の傑作だよ。コレクターがこれを拝んだら、興奮のあまり身震いするだろう」

「それほどの名品となると、そこらの小金《こ》持ちじゃ手に入れられないやね？」

「おおかた二つとも公立の博物館か、それに近い施設にあったんだろう。どっちにしても、両方とも紛《まが》い物なんかじゃない。正真正銘の古美術品だよ」

沢渡が重々しく言った。

――真《まこと》の奴、どこか公立の博物館に忍び込みやがったようだな。

神は、そら恐ろしくなった。

国宝級の逸品となると、おいそれとは買い手はつかない。それどころか、両手が後ろに回る恐れがあった。

沢渡が茶壺を下に置き、腕を組んだ。考える顔つきになった。

「おやっさん、どうしたんだい？」

「この二つをどこか同じ場所で観《み》た記憶があるんだよ」

「どこかの公立の博物館だね？」

「いや、多分、個人の……」

「それは、どこなんだい？　早く思い出してくれないか。ちょっと理由《わけ》があって、元の持ち主のことを知りてえんだ」

「あそこかもしれんな」

「おやっさん、もったいつけてねえで早く教えてくれよ」

神は、沢渡の肩を叩いた。もどかしかった。

沢渡が夢遊病者のように飄然《ひょうぜん》と立ち上がり、六畳間に入っていった。書棚の前で足を止め、アルバムのようなものを繰《く》りはじめた。

神は息を詰めて、沢渡を見守った。

一分ほど経つと、沢渡が静かに言った。

「やはり、間違いないよ。わたしは七年前に、その二点を同じ場所で観《み》てるね」

「そこは、どこだい？」

思わず神は、腰を浮かせかけていた。

「ある企業家の私設博物館だよ」

「そいつの名は？」

「有賀宏太郎《ありがこうたろう》だよ。鬼脚、きみも名前ぐらいは知ってるんじゃないかね？」

「ああ、知ってる。ニュービジネスの先駆者と呼ばれてる奴だろ？」

「そうだ」

沢渡が有賀について、短い説明をした。

説明を俟《ま》つまでもなく、有賀はつとに知られた人物だった。

六十七歳の有賀は一介の食堂経営者から身を起こし、ファミリーレストランのチェーン経営で大成功を収めた立志伝中の人だ。

その後、斬新《ざんしん》な発想による新事業を次々に手がけ、わずか三十年で巨万の富を築いた。有賀の率《ひき》いる『誠和《せいわ》グループ』の傘下企業は、三十社に及ぶ。

業種は外食、情報通信、運輸、寝具、薬品、不動産、観光、土木、金融、専門学校経営と多岐《たき》にわたり、グループ全体の年商は一兆円を超えている。社員四千人を抱える成長企業だった。

総帥《そうすい》の有賀は、これまでに幾度も新聞や雑誌に登場している。神も、写真で有賀の顔を知っていた。

「有賀宏太郎は古美術品の蒐集家としても有名で、自宅の庭に美術館を兼ねた私設の博物館を持ってるんだよ」

沢渡がそう言いながら、神のいる部屋に戻ってきた。神は問いかけた。

「そこは、一般公開してるのかい？」

「いや、一般公開はされてないんだよ。有賀は気の向いたときだけ、美術関係者や博物館の職員なんかを招いて、自分の蒐集品を観《み》せてるんだ」

「おやっさんも、そういう機会に観《み》たってわけか」

「そうなんだ。有賀は、展示物の写真撮影も許可してくれてね」

「ふつう撮影は許可されないいんじゃねえの？」

「だいたい、どこもそうだね。有賀は世間に誇りたい気持ちもあったんだろう。これが、私設博物館を訪ねたときに撮《と》った写真だよ」

沢渡が元の場所に坐り込み、アルバムを差し出した。

神はそれを受け取って、ゆっくりとページを捲《めく》りはじめた。目の前にある古美術品の写真も貼ってあった。

真《まこと》は、有賀の私設博物館に忍び込んだのか。

神はアルバムを見ながら、密《ひそ》かに思った。

「立派なコレクションハウスだったね」

沢渡が言った。

「そうだろうな」

「センサーで館内の温度や湿度をコントロールするようになっていてね、防犯用カメラや赤外線の防犯装置も設置されてたよ。それだけじゃなく、警備会社の者が常時ガードしてるって話だったな」

「当然だろうな。有賀は、どこに住んでるんだっけ?」

「国立市《くにたち》だよ。敷地は三千坪近くありそうだったね」

「儲けてやがるんだな。有賀の博物館には忍び込めないとなると、この二点は誰かに売ったか預けたかってことになるわけか」

「あるいは、何かの理由で脅し取られたかだろうね」

「なるほど、それも考えられるな」

「鬼脚、この二点は買わないほうがいいと思うがね。足がつきやすい品物だし、きっない。


と何か犯罪が絡《から》んでるよ」

「まだ保証金を先方に渡しただけだから、よく考えてみるかな」

神は、あっさり言った。

本気で忠告に従う気はなかった。芝居だった。みすみす大きな儲け話を逃《のが》すことはない。

「ところで、おやっさん、秋葉輝夫って美術商を知ってるかい？」

「ああ、知ってる。彼がどうかしたのかね？」

「今朝のテレビニュースで、殺されたって言ってたぜ」

「そうか。気の毒な奴だ。で、犯人は誰だったんだね？」

「まだ捜査は、そこまで進んでねえみてえだな。犯人のことは何も言ってなかったよ」

「そうかね」

「秋葉って、どんな奴だったんだい？」

「元は博物館の優秀な学芸員だったんだよ」

沢渡がそう言って、前髪を掻き上げた。

「ニュースでも、そんなことを言ってたな」

「そうかね。鑑定家としては一流だったんだが、酒とギャンブルに目のない男でねえ」

「おやっさんだって、賭けごとは嫌いじゃなかったよな。競輪だけじゃなく、オートや競馬《ウマ》にも熱くなってたじゃねえか」

「わたしは、いつだって身のほどを弁《わきま》えてたよ。しかし、秋葉君は熱くなると、見境がなくなってねえ。方々《ほうぼう》に、だいぶ借金があったらしいんだ」

「ふうん」

「そこに目をつけた悪どい美術商が金で秋葉君を抱え込んで、贋作《がんさく》の陶芸品に真作だという折紙をつけさせてたんだよ。そのことが発覚して、秋葉君は職場にいられなくなったんだ」

「運の悪い奴だな」

「その後は、細々と古美術品のブローカーをやってたようだね」

「そう」

「鬼脚、秋葉君とこの二点は何か関わりがあるのかね？」

「いや、この二点とは別の話だよ。おやっさんと似た商売してるんで、ちょっと訊いてみただけなんだ」

「そうかね」

「おやっさん、この茶壺と水差しをしばらく預かってもらえねえかな？」

急に神は考えを変えて、そう頼み込んだ。

「取引相手に返したほうがいいと思うがね」

「実は、そいつが誰かに連れ去られたようなんだよ」

「やっぱり、犯罪が絡んでるようだね。鬼脚、事件に首を突っ込むつもりなんだな？」

「消えちまった奴、気のいい野郎なんだよ。このまま知らん顔もできねえからな」

「それだけかね？　事件の向こうから、金の匂いが漂ってくるんじゃないのか？」

「おやっさんの勘には、シャッポを脱ぐよ。ほんと言うと、何かうまい話にありつけるんじゃねえかと思ってさ」

「欲の深い男だ。ろくな死に方しないぞ」

「その覚悟はできてるよ。で、どうなんだい？」

「きょうの鑑定料の五万円は別にして、一日三万円の預かり料をくれるんなら、相談に乗ろうじゃないか」

　沢渡がそう言い、にやりと笑った。

「おやっさんも勘定高くなりやがったな」

「これも生活の知恵だよ。できたら毎晩、ミミちゃんの顔を見たいからな」

「俗っ気の抜けねえ父《と》っつぁんだな。わかった、条件を呑むよ」

「そういうことなら、この二点は責任を持って預かろう」

　沢渡が芝居がかった仕種《しぐさ》で薄い胸を叩き、青磁の茶壺と水差しを手際《てぎわ》よく包装しはじめた。

――おやっさんにも、悪党《ワル》の素質は充分にあるんだがな。

神は胸の奥で呟《つぶや》き、ポケットの煙草を探《さぐ》った。

5

階下で足音が響いた。

キャメルの火を消したときだった。

神は、無意識に沢渡に視線を走らせていた。沢渡は押入れに半身を突っ込み、茶壺と水差しを隠しているところだった。

「おやっさん、客が来たみてえだぜ」

神は、店主に低く告げた。

沢渡が押入れの襖《ふすま》を閉め、あたふたと部屋を出ていった。神は扇風機の風を自分の方に向けた。

そのとき、階下の店から低い遣《や》り取りが聞こえてきた。

来訪者は男だった。話はよく聞き取れなかったが、ただの客ではなさそうだ。同業者かもしれない。

神は畳に寝そべって、肘枕《ひじまくら》をつくった。

矩形《くけい》の窓から、透明な夏空が見える。

微風さえない。軒下の風鈴は、まったく鳴らなかった。鉢植えの朝顔も、どことなく生彩がない。

十分ほど過ぎると、沢渡が部屋に戻ってきた。

来訪者の遠ざかる足音が聞こえた。神は、ゆっくりと上体を起こした。

「店の客じゃなかったみてえだな」

「知り合いの美術商だよ。鬼脚、きみは運のいい男だ」

沢渡がそう言いながら、胡坐《あぐら》をかいた。甚兵衛の襟元は、少しはだけていた。かさついた生白い皮膚には、老いが感じられた。

「それ、どういうことなんだい？」

「いま訪ねてきた男は、押入れの中に隠した物を探してるそうだ。話ができすぎって気もするがね」

「帰っていった奴、まともな美術商なのかい？」

「ああ、堅い人物さ。彼はある人に頼まれたとかで、青磁多觜壺《たしこ》と古代ペルシャ時代の水差しを探し回ってるらしいんだ。その二点がどこかで売り出されてたら、ただちに情報を寄せてくれと頼まれたそうなんだよ」

「ある人って、有賀宏太郎のことかな？」

「いや、有賀じゃないそうだ。氏名までは教えてくれなかったが、全国消費者生活改善推進会って団体の会長らしいよ」

「何なんだい、その長ったらしい名の組織は?」

神は首を捻った。

「わたしも初めて聞く団体だよ。名称から察すると、何か消費者側に立った市民運動でもしてるんだろう」

「その会長は、情報提供者にどのくらいの謝礼を出すって言ってんだい?」

「三百万出すと言ったそうだよ」

「その会長は、有賀のダミーとして動いてるんじゃねえのか。いや、待てよ。有賀から例の品物《ブツ》をせしめたのかもしれねえな」

「どちらとも考えられるね」

「おやっさん、さっき来た奴の名前と連絡先を教えてくれねえか」

「彼を締め上げて、全国消費者生活改善推進会の会長のことを喋らせる気なのかね?」

「ああ。そいつが、いちばん手っ取り早いじゃねえか」

「少しは、ここを使ったらどうだね」

沢渡が呆れ顔で、自分の頭をつついた。

「何がまずいんだい?」

「わたしの知り合いの口を割らせることは、簡単だろう。しかし、そんなことをしたら、きみの動きが先方の会長にわかってしまうじゃないか」

「なるほど、そうだな」

「考える前に走り出すのは、きみの欠点だぞ。ここは慎重に動いて、相手に警戒心を抱《いだ》かせないことだよ」

「さすがは、おれの知恵袋だ。言うことが違うね。おれなんか、体だけの競輪屋だったからな。学校はCランクの私大を中退したクチだから、頭のほうはどうもね」

「鬼脚、自分を卑下《ひげ》することはない。きみだって、選手時代はいつも緻密《ちみつ》な戦法で逃げや捲《まく》りの連中をゴール前でごぼう抜きにして、華麗なレースを見せてくれたじゃないか。毎回、惚れ惚れするようなレース展開だったよ」

「あれは頭じゃなく、脚質さ」

「いや、そうとは言いきれんよ」

「おやっさん、慰めてくれなくてもいいんだよ。レースでいい思いできたのは、こいつのおかげさ」

神は笑って、原木のような太い腿を軽く叩いた。筋肉は石のように硬い。

「くどいようだが、脚力やスタミナだけで競輪《レース》は勝てるもんじゃない。きみは無意識に頭脳を使ってたはずだ」

「なんか話が脱線しちまったな」

「そうだね」

「おやっさんのアドバイスは、よくわかったよ。怪しげな団体のことを裏から調べてみることにすらあ」

「そのほうがいいね。それはそれとして、鬼脚、ちょっと頼まれてくれないか」

「なんだい、頼みごとって？」

「梨絵《りえ》のとこに、これを届けてやってほしいんだよ」

沢渡が上体を振って、黒檀《こくたん》の飾り棚に載《の》っている絵皿を摑んだ。

梨絵というのは、沢渡の長女だった。数年前までファッションモデルとして活躍していたが、いまはエステティック・サロンを経営している。

息を呑むような美人だ。スタイルも素晴らしい。

「そいつは、おやっさんが大事にしてた古伊万里《こいまり》じゃねえか」

「ああ。こいつを誕生日プレゼントにやろうと思ってね。きょうが、梨絵の二十七回目の誕生日なんだよ」

「そうだったのか。それじゃ、何かおれもお祝いしなくちゃな」

「そんな気遣《きづか》いは無用だよ。あいつが二十七になったからって、別にめでたいことじゃないさ」

「おやっさんが直《じか》に届けてやったほうが、彼女、喜ぶんじゃねえのかな」

「そんなに可愛げのある女じゃないよ。わが子ながら、どうにも扱いにくい娘《むすめ》でな」

「親の目にはそう映るかもしれねえけど、梨絵ちゃんはいい女だよ。クールで、大人の色気もたっぷりだしさ。文句なしにAランクの女だよ」

「だったら、一度、あいつを口説いてみるんだね。大火傷《おおやけど》することを請《う》け合うよ。梨絵は喰《く》えない女さ」

「おかしな父娘《おやこ》だぜ」

「そうだろうか」

沢渡が生真面目《きまじめ》な顔で言い、古伊万里の絵皿を柔らかな布で包みはじめた。

神は煙草に火を点けた。ふた口ほど喫《す》ったとき、沢渡が思いついたような口調で言った。

「ついでに、若女《わかおんな》も渡してやってくれないか」

「なんだい、それは？」

「能面だよ。桃山時代の能面師の作なんだが、表情はまだ生きてる。塗りは、ところどころ剝《は》げかけてるがね」

「そんなに古い物なら、だいぶ価値があるんじゃねえの？」

神は訊《き》いた。

沢渡は曖昧《あいまい》なうなずき方をしただけだった。飾り棚の下から古めかしい桐箱を取り出し、埃《ほこり》を手で払った。

神はキャメルを深く喫いつけ、すぐに煙草の火を消した。

絵皿と能面を抱えて、ゆっくりと立ち上がる。沢渡も、おもむろに腰をあげた。

「おやっさん、きょうの鑑定料だけでも払っておこうか?」

「月末に、保管料と一緒に払ってくれればいいよ」

「それじゃ、そういうことで!」

神は先に部屋を出て、軋《きし》む階段を下《くだ》った。

沢渡に見送られ、店を出る。ぎらつく太陽は、ほぼ頭上で輝いていた。

パジェロに乗り込むと、神はすぐにエア・コンディショナーを作動させた。

競輪選手時代は、汗をかくたびに爽快《そうかい》感を味わったものだ。滝のような汗に塗れたくて、進んでハードなトレーニングに励んだこともあった。

しかし、最近は汗をかくのが厭《いと》わしい。

できれば汗などかかずに、欲しいものを手に入れたいものだ。どうやら暮らしが変わると、物の考え方も変わってくるらしい。

——人生は片道切符の旅なんだ。せいぜい愉《たの》しまなきゃな。

神は自分に言い聞かせて、パジェロを走らせはじめた。

少し行くと、外苑東通りにぶつかった。

六本木方向に進む。梨絵の経営するエステティック・サロンは、南青山にあった。雑居ビルの二階をフロアごと借りていた。

十数分走ると、青山一丁目の交差点に差しかかった。

交差点を右折し、青山通りに入る。数百メートル進むと、ガラス張りの花屋が目に留《と》まった。

神は、その店の前に車を駐《と》めた。

車道だった。ガードレールを跨《また》ぎ越し、フラワーショップに駆け込む。

ふと神は、梨絵の誕生祝いに花を贈ることを思いついたのだ。

店内で少し迷ってから、胡蝶蘭《こちょうらん》を五本買った。花束にしては、いささか量が少ない気もした。

だが、胡蝶蘭は決して安くない。かなり値の張る買物だった。

――とりあえず、この程度でいいだろう。恋人のいる女は、そうたやすく口説けねえだろうからな。

神はパジェロに戻り、さらに渋谷方向に走った。

青山三丁目を過ぎると、目的の白いビルが見えてきた。ビルの脇に、専用駐車場がある。そこに車を駐め、神は階段を使って二階に上がった。

エステティック・サロンのロビーは割に広い。病院の造りに似ていた。

ただ、インテリアの色彩が異《こと》なる。病院よりは、だいぶ華やかだった。環境サウンドと称されるＣＤが低く流れていた。

川のせせらぎや野鳥のさえずりが、ささくれだった神経を和ませてくれる。じっと耳を傾けていたら、そのうち眠りに誘い込まれそうだった。

神は顔見知りの受付嬢に笑いかけ、勝手に奥に進んだ。絵皿と能面を左腕で抱え、右手には買ったばかりの花束を携《たずさ》えていた。

待合室の前を抜ける。

そこには、数人の若い女がいた。いずれも、ＯＬではなさそうだ。

待合室の先に、三室のエステティック・ルームがある。店長室は、その奥にあった。

梨絵は、六人のスタッフを使っていた。

全員、二十代前半の女だった。彼女たちはエステティシャンと呼ばれ、淡いピンクの制服を着ていた。

揃ってマスクは整っていた。プロポーションも悪くない。客寄せのために、女優やモデルの卵を雇っているらしかった。

神は、店長室のドアを軽くノックした。応答を待たずに、ノブを回す。

梨絵はパソコンに向かっていた。

「よう！」

神は笑いかけた。梨絵が椅子ごと体を反転させ、肩を竦《すく》めた。

「相変わらず、マナーがなってないわね」

「いいじゃねえか。別に股をおっぴろげて、何かしてたわけじゃねえんだから」

「これだもんね。つき合いきれないわ」

梨絵がすっくと立ち上がり、甘く睨《にら》みつけてきた。

神は、ぞくりとした。実に色っぽい目つきだった。

「花束なんか持って、どうしちゃったの？」

「こいつは、おれからのバースデイ・プレゼントだ。左腕に抱えてるのは、親父さんからの祝いだよ」

「そう。わざわざ花束を届けに来てくれたんだから、すぐに追い返すわけにもいかないわね。まあ、どうぞ」

梨絵がソファセットを手で示した。

弾みで、肩まで垂れたウェービーヘアが小さく波打った。いい感じだ。

神はソファに腰かけ、改めて梨絵を眺めた。

梨絵は百六十八センチの均斉《きんせい》のとれた体に、ミントグリーンのスーツをまとっていた。よく似合っている。

抱きつきたくなるような体型だった。

梨絵はモデルをしているときから、ぎすぎすした体つきではなかった。胸は豊かに張り出し、ウエストのくびれは深い。腰も、まろやかだ。脚はすんなりと長かった。

「なあに、そんなにまじまじと……」

「二十七歳とは思えねえな。体の線がちっとも崩れてねえから、二十三、四で通るんじゃねえのか？」

「みなさん、そうおっしゃってくださるわ」

梨絵が厭味のない口調で言い、正面のソファに腰を沈めた。すぐに上半身を振り、インターコムのスイッチを押した。

たわわに実った乳房が重たげだ。

梨絵は二人分のコーヒーを持ってくるよう従業員に命じると、ゆっくりと体を正面に戻した。

それから彼女は、さりげなく脚を組んだ。自分の魅力を弁えた所作《しよさ》だった。

さすがは、元モデルだ。いつも他人の視線を気にかけているのだろう。

神はそう思いながら、梨絵の顔をしみじみと見た。

整った細面の顔は、どこか日本人離れしている。鼻梁《びりよう》が高く、肌が抜けるように白い。

くっきりとしたアーモンド形の瞳は、黒々と光っている。唇はやや肉厚で、なんともセクシーだ。頬から項《うなじ》にかけて、どことなく頽廃《たいはい》的な色気がにじんでいる。

神は自然に頭の中で、梨絵と奈緒を比較していた。奈緒には奈緒の魅力があるが、梨絵の熟《う》れた色香にはかなわない。

「せっかくだから、いただいとくわ。ありがとう」

梨絵が卓上の胡蝶蘭を両手で摑み上げ、花芯《かしん》に顔を近づけた。

瞼を軽く閉じ、うっとりと花の香りを嗅ぐ。妙に、なまめかしい表情だった。

「おれのハートの匂いがするだろ？」

「あんまり顔に似合わないことは言わないほうがいいんじゃない？」

梨絵が軽くいなすように言って、つと立ち上がった。

なんとも優美な動きだった。神は、思わず見惚《と》れてしまった。梨絵は胡蝶蘭を花瓶に挿《さ》すと、すぐに席に戻ってきた。

「それじゃ、宗距さんのプレゼントを見ようかな」

「おかしな娘だぜ。実の父親をさんづけで呼びやがるんだから」

「父娘《おやこ》といっても、気持ちは他人ってこともあるでしょ？」

「昔、何があったんだ？」

神は訊いた。

「宗距さんとわたしの間って、そんなによそよそしく見える？」

「ああ、見えるな。女子大生のころ、おやっさんが男のことで何か言ったのか？」

「宗距さんは、それほどの堅物じゃないわ。でも、やっぱり……」

梨絵は何やら含みのある言い方をして、先に絵皿のほうの包みを解いた。

古伊万里の陶器を見ると、彼女はかすかに頬を綻《ほころ》ばせた。しかし、能面の若女には迷惑げな表情を見せた。わずかだったが、顔をしかめさえした。

「その能面、気に入らねえのか？」

神は問いかけた。

「なんか厭味のようで、ちょっとね。宗距さんは、わたしを母のような古いタイプの女に育てたかったのよ」

「そうかね」

「でも、わたしは母とは正反対の生き方をしてきたわ。宗距さんは、それが気に喰わないんでしょうね」

梨絵の口調は、ひどく乾いていた。

「おふくろさんって、どんな女《ひと》だったんだ？」

「典型的な良妻賢母だったわね。愚痴《ぐち》ひとつ零《こぼ》さない人だったけど、内面にはどす黒い感情を秘めてたと思うわ。特に、宗距さんに対してはね」

「おやっさんは、文句のつけようのない男に見えるがな」

神はそう言い、キャメルをくわえた。

「宗距さんは他人には気を遣う男だけど、家族には割に冷淡な面があったのよ。冷淡というのとは、ちょっと違うわね。甘え方が度を越してたと言うべきかもしれないわ」

「おやっさん、そんなふうには見えねえけどな」

「宗距さんには、駄々《だだ》っ子のようなとこがあったの。いまも、昔とほとんど変わってないわね。彼をそうさせたのは半分、母の責任でもあると思うわ」

梨絵が複雑な笑い方をした。

「ずいぶん手厳しいんだな」

「わたしが宗距さんを煙たく思ってることは事実だけど、別に彼を憎んでるわけじゃないのよ。基本的には、善人だと思うわ。ちょっと経済観念とか責任感が稀薄《きはく》だけどもね」

「おやっさんが友達の借金の連帯保証人になって家屋敷を他人に取られちまったことを、そっちは恨んでるらしいな」

神は煙草の灰を落としながら、梨絵の顔を見つめた。

「ううん、そのことを別に恨みには思ってないわ。ただ、彼が自分のダンディズムを貫けたのは、家族の犠牲があったからだということを知っておいてもらいたいわね。

宗距さんは、未《いま》だにそのことに気づいてないようなの」

「そんなこともねえと思うよ。おやっさんは、頭の切れる人だからな」

「知性と感情の細やかさは別のものだわ。わたしは、鈍感な彼が腹立たしいわけ。宗距さんがあのまま死んじゃったら、若死にした母の一生は何だったのっ。あまりにも哀れだわ！」

梨絵が激した声で言い、急にうつむいた。涙ぐんでいるようだった。

――どの家庭にも、他人にはうかがい知れないことがあるみてえだな。

神は梨絵の方を見ないようにしながら、大理石の灰皿に短くなった煙草の火を押しつけた。

それから間もなく、店の従業員がコーヒーを運んできた。キュートな娘だった。笑顔が愛らしい。

神は梨絵を盗み見た。梨絵は、ふだんの表情に戻っていた。従業員は、すぐに下《さ》がった。

「さっきのは、嘘泣きだったのか？」

神は、からかい半分に訊いた。

「そうじゃないわ。女は生まれながらに、誰も女優の素質を持ってるのよ。その気になれば、いくらでも涙なんか出てくるの」

「なんか怖え話だな」

「実際、その通りよ。女って、強《したた》かで怖い動物だから、少し気をつけなさい」

梨絵は本気とも冗談ともつかない語調で言い、コーヒーを勧《すす》めた。

神はブラックでひと口啜《すす》ってから、話題を変えた。

「商売のほうはどうなんだい？」

「おかげさまで、割に数字はいいの」

「そいつはよかった。それにしても、いい商売に目をつけたよ。美しくなりたいって気持ちは、女どもの永遠の願望だろうからな」

「美容整形外科のほうが儲かることはわかってるんだけど、あちらはドクターの資格が必要でしょ？　でも、こちらは素人でも開業できるのよ」

「料金の規制もねえんだろ？」

「ええ、法的な規制はね。だけど、相場ってものがあるから、そう無茶な料金は取れないわ」

「それでも脱毛や染《し》み取りで、六、七万はふんだくってるんだろ？」

「それぐらいはいただかないと、採算が合わないの。うちはアメリカ製の最新の機器を使ってるから、美顔《フェイシャル》や痩身《そうしん》コースのお客さんが増えないと、あまり旨味《うまみ》がないのよ」

「五、六キロ減量してもらうのに、三、四十万はかかるって話じゃねえか」

「ええ、まあ」

「その程度のダイエットなら、別にこんな所に来なくったって、いいんじゃねえの？」

「自分でダイエットするのって、かなり大変なのよ。だから、みなさん、こういうサロンの会員になってくれるわけなの」

「美顔にしても、痩身にしても、科学的な裏づけはあるのかい？」

「あると言えばあるし、ないと言えばないかな」

「それじゃ、詐欺《さぎ》みてえなものじゃねえか」

「そこまで言うことないんじゃない？　わたしたちは効果そのものよりも夢を売ってるわけだから、何も疚《やま》しさは感じてないわ」

梨絵はそう言って、にやりとした。

おおかた彼女は本音と建前を巧《たく》みに使い分けて、せっせと金儲けにいそしんでいるのだろう。若いながら、たいした度胸だ。

――こういう女とコンビを組んだら、おれももっとリッチになれるんだろうがな。

神は胸底で呟き、またコーヒーを口に運んだ。

「母が不器用な女だったから、わたしはうまく世間を渡ろうと思ってるの。そうじゃなければ、なんかバランスシートが合わないでしょ？」

「そんなもんかね。そりゃそうと、今夜、何かうまいもんを奢《おご》ってやるよ。何時ごろだったら、体が空《あ》く？」

「悪いけど、今夜は先約があるの」

「牧野とかいう歯医者とまだつき合ってるのか？」

「あの彼とは、とっくの昔に別れたわ。いまは別の男性と……」

梨絵は言葉を濁し、コーヒーカップを持ち上げた。パールピンクのマニキュアが女っぽさを強調していた。

「新しい彼氏は何者なんだ？」

「いろいろ事業を手がけてる男よ」

「例によって、女房持ちの野郎だな？」

「ええ、まあ」

「独身《シングル》の中にも、いい男がいるぜ。たとえば、このおれなんかお奨《すす》めだと思うがね。てめえで言うのもなんだけど、けっこう稼ぎはあるし、ベッド・テクニックだってAランクだぜ」

「せっかくだけど、わたし、面喰いなの。それに、やっぱり知性の輝きもないとね」

「言ってくれるな。まるっきり脈がないんじゃ、引き揚げるほかねえか」

神は微苦笑して、潔《いさぎよ》く立ち上がった。

それでも梨絵が引き留めてくれることを心のどこかで期待していたが、彼女は何も言わなかった。

神は不貞腐《ふてくさ》れた気分で、梨絵の店を出た。

車に乗り込み、飲み友達が細々と経営している探偵事務所に電話をかける。

コールサインが何回か鳴り、先方の受話器が外れた。

「はい、東都興信所東京本社です」

彦坂伸哉《ひこさかのぶや》の声だった。

昔、キャバレーの専属バンドでアルトサックスを吹いていた男だ。四十二歳だった。

「伸やん、いつ地方に支社ができたんだい？」

「その声は鬼脚《おにあし》の旦那だな？」

「当たり！　伸やん、仕事を回してやるよ」

神は言った。

「そいつはありがてえ。最近は仕事の依頼が減って、調査員たちの給料を払うのが辛くなってな」

「また、見栄を張る！　調査員なんか誰もいねえくせに」

「はい、お電話替わりました」

彦坂が急に裏声で言った。貧乏神に取り憑《つ》かれたような中年男だが、性格は底抜けに明るい。

神は、思わず笑ってしまった。

「で、浮気調査か何か？」

「そうじゃねえんだ。全国消費者生活改善推進会って団体のことを調べてもらいてえんだよ。特に会長のことを詳しくな」

「そこは、ごろつき団体じゃなかったかな。確か事務所は銀座の並木通りにあったと思うよ」

「できるだけ早く調べてもらいてえんだ」

「ちょろい仕事だよ。半日もありゃ、調べは終わると思うぜ」

「それじゃ、夕方六時に新宿の『氷のナイフ』で落ち合おうや」

「了解！　鬼脚の旦那、まだ報酬のことを聞いてないんだがね」

彦坂が、いくらか言いづらそうに切り出した。

「経費別で、日だて三万やるよ」

「もうひと声！」

「粘るね、あんたも。しかし、日給四万以上は出せねえな」

「四万で手を打つよ。それじゃ、夕方会おう」

彦坂の声が途絶えた。

神はいったん電話を切って、すぐに二本松の自宅のプッシュフォンを鳴らした。しかし、いっこうに受話器を取る気配がない。

真は、もう始末されてしまったのか。

神は、胸のうちが厚く翳《かげ》るのを感じた。美寿々に連絡をしてみたが、なんの手がかりも得られなかった。

もしかしたら、事務所のほうに何か連絡があるかもしれない。

神は、車を西新宿に向けた。

第二章　強請《ゆすり》の相続人

1

客の姿はなかった。

無口なマスターがグラスを布で拭《ふ》いていた。『氷のナイフ』だ。午後六時を少し回っていた。

神《じん》はスツールに腰かけた。

カウンターの中ほどだ。

小さな酒場だった。八人しか坐れないカウンターとボックスシートが二つあるだけだ。

店は、歌舞伎町東通りの朽《く》ちかけたビルの二階にある。

階段は急で、ひどく狭かった。酔った客が幾人も転げ落ちて、怪我をしている。一階はポルノショップだった。

「いつものやつを頼むよ」

神は、顔馴染みのマスターに言った。

六十代半ばのマスターが無言でうなずき、酒棚からメーカーズマークを摑み上げた。神のキープボトルだ。

かつて全共闘の活動家だったマスターが、手早くバーボンのロックをこしらえる。

神は煙草をくわえた。

「毎日、暑いね」

マスターがそう言い、神の前にロックグラスを置いた。蒼白い手は、女のように細い。オードブルは、いつものナッツの盛り合わせだった。

「マスター、景気はどうだい？」

「ご覧の通りさ」

「しかし、まだ口開けだからな」

「客があんまり多くても、疲れるだけだよ」

マスターは哲学者じみた深みのある顔に拗《す》ねたような笑みを浮かべ、旧型のレコードプレーヤーに向き直った。

ほどなく板貼りの壁に埋まった黒いスピーカーから、女の嗄《しゃが》れた歌声が響いてきた。ジャニス・ジョプリンだった。四十年も前に、麻薬で命を落としたロックの女王だ。

マスターは、この不幸なロックシンガーをこよなく愛していた。日に何度も、ジャニスのレコードを聴《き》いている。何か思い入れがあるにちがいない。

——全共闘世代ってのは、情緒的な奴が多いからな。ここの店名だって、少々、奇抜すぎるぜ。

神はそんなことを考えながら、グラスを傾けはじめた。

一杯目のロックを空けたとき、店のドアが開いた。

神は首を巡《めぐ》らせた。客は彦坂ではなかった。

常連客の三人だった。いずれも中年に差しかかった男たちだ。彼らは、ＳＭ雑誌の編集者だった。しかし、エキセントリックな雰囲気はみじんもない。銀行員か、地方公務員にしか見えなかった。

男たちは神に目顔《めがお》で挨拶し、ドア寄りのスツールに並んで腰かけた。三人とも、スコッチの水割りを注文した。銘柄はオールドパーだった。

二杯目のロックを呷《あお》っていると、ようやく彦坂が現われた。

「伸やん、遅《おせ》えじゃねえか」

「悪い、悪い！」

彦坂が整髪料で固めた頭に手をやって、軽い口調で謝った。神はグラスとオードブルを持って、ボックスシートに移った。

「おれ、ビールね」

彦坂がマスターに声をかけ、神の前に坐った。ベージュのスーツ姿だった。

「調査のほうは、どうだった？」

神は小声で問いかけた。

「こっちはプロだぜ。仕事は、いつだって完璧《かんぺき》さ」

「やっぱり、全国消費者生活改善推進会はまともな組織じゃなかった？」

「ああ。おれの睨《にら》んだ通りだったよ」

彦坂は言い終えると、いくぶん上半身を反《そ》らせた。マスターがビールを運んできたからだ。

神はカシューナッツを口の中に放り込んだ。会話は中断したままだった。

マスターが下がる。彦坂が派手な柄ネクタイの結び目を緩《ゆる》め、ビールをコップに注《つ》いだ。

「会長は何者なんだ？」

「十年ぐらい前まで総会屋だった男だよ。地引寛幸《じびきひろゆき》って奴だ」

神は低く訊《き》いた。

「年齢《とし》は？」

「五十三らしいよ。地引は、体《てい》のいい強請《ゆすり》屋だな」

彦坂はそう言うと、ビールをひと息に飲み干した。

喉仏が何度か上下に動く。実に、うまそうに飲んだ。

「企業の弱みを握って、ごろつき経済誌を売りつけたり、広告の出稿をさせてるわけか」

「いや、そんな姑息《こそく》な手は使ってないようだぜ」

「もっとストレートに脅しをかけてやがるのか？」

「そうみたいだな。地引は真っ当な消費者団体や婦人団体から一流企業の不正や欠陥商品なんかの情報を入手して、企業告発運動を起こすって揺さぶりをかけてるらしいんだ」

「ずいぶん荒っぽい稼ぎ方をしてるな」

「おおかた地引は、総会屋時代に脅しの勘所を押さえたんだろう。だから、際《きわ》どいことができるんだと思うよ」

「だろうな。下手すりゃ、もろに恐喝で逮捕《パク》られちまう」

「そうだね。しかし、地引って会長は一度も検挙《アゲ》られてないようなんだ」

「ふうん。脅された側が警察《サツ》に泣き込まなかったんだろう。どんな企業にも、公《おおやけ》にはしたくねえ秘密や弱点が一つや二つはあるからな」

　神は低く呟き、キャメルに火を点けた。

　彦坂が手酌《てじゃく》でビールを注ぎ、さらに報告する。

「地引は主に新製品の欠陥をネタに各企業から口止《くちど》め料を脅し取ってるようだけど、金融筋の闇融資、大手スーパーの価格操作、商社の架空取引、建設業の談合なんかも強請の材料にしてるようだぜ」

「しかし、相手が巨大商社やコンツェルンとなると、すんなりとは銭を出さないいんじゃねえのかな」

「そういう場合は、マスコミをうまく利用してるようだぜ」

「マスコミ⁉　ブラックジャーナリズムのことだろ？」

「いや、メジャーの報道機関を使ってるようだぜ。企業告発という恰好のネタなら、大手新聞社もテレビ局も飛びつくからな」

「伸やん、ちょっと待ってくれ。企業の秘密が実際に記事やテレビニュースになったら、もう銭は強請れねえよな？」

「地引は自分で焚《た》きつけておきながら、マスコミが報道する気配を見せると、必ず抑《おさ》えにかかってるみたいなんだ」

「それじゃ、一種のマッチ・ポンプじゃねえか」

神は苦く笑って、煙草の火を消した。

「まあ、そういうことになるね」

「そこまで大胆にやれるってことは、バックにかなりの大物がついてるな」

「ああ、おそらくね。その人物までは探《さぐ》り出せなかったんだ。だけど、地引は関東侠《きょう》友《ゆう》会と繋《つな》がりがあるようだぜ」

彦坂がビールを半分ほど飲んだ。

関東侠友会は、首都圏の約半分を縄張りに持つ広域暴力団である。傘下団体は三十近い。構成員は約八千人だ。

暴力団新法の施行後はどの組も代紋を外して、何らかの経済活動をしている。しかし、それはカムフラージュにすぎない。体質そのものは以前と変わっていなかった。組織によっては、かえって凶暴化している。

例の品物《ブツ》は、地引という強請屋が有賀宏太郎から脅し取ったのかもしれない。神は、そんな気がしてきた。何かの口止め料なのだろうか。

「銀座六丁目にあるオフィスも、かなり立派だよ」

「職員は何人ぐらいいるんだい？」

「十数人だよ。所帯は小さいけど、給料は悪くないようだぜ」

「恐喝に設備投資はいらねえからな。それに、経費もたいしてかかりゃしない」

「会長の地引は運転手付きのロールスロイスに乗って、柿の木坂に豪邸を構えてるんだ。オフィスと地引の自宅の住所は、ここに書いておいたよ」

彦坂が懐《ふところ》から手帳を取り出し、中ほどのページを引き千切《ちぎ》った。

そこには、蚯蚓《みみず》がのたくったような文字が記《しる》されていた。神はそれを受け取って、彦坂に地引の特徴を訊いた。

「そうくるだろうと思って、写真を撮《と》っておいたんだ」

彦坂が少しもったいぶった手つきで、上着の内ポケットからＤＰＥ屋名の入った紙封筒を抓《つま》み出した。

スピード現像という文字が見える。撮影してから、すぐにＤＰＥ屋に駆け込んだのだろう。

神は、写真の束を取り出した。

印画紙の中の地引寛幸は、隙《すき》のなさそうな顔をしていた。色が浅黒く、目つきが鋭い。脂《あぶら》ぎった感じで、いかにも精力的に見える。

グレイのスーツは、見るからに仕立てがよさそうだった。

だが、どことなくいかがわしい印象を与える。手首に光っているのは、ダイヤモンドをちりばめた金無垢《きんむく》の時計だった。やくざや成金たちが好むスイス製の超高級品だ。

「いい物を身につけてても、まともな紳士には見えないよな」

彦坂が言った。いくらか妬《ねた》ましげな口調だった。

「屑《くず》は屑さ。地引にゃ、当然、女房以外の女がいるんだろ？」

「半日仕事だったから、確認はしてないけど、複数の愛人がいるようだよ。どうも秘書にも手をつけてるみたいだね」

「伸やん、いま報告してくれたことはどっから探り出したんだい？」

「地引んとこの若い女秘書を捕まえて、ちょっとした贈物をしたんだよ」

「小遣いを摑ませたんだな？」

「いや、パチンコの景品で取った香水をあげただけさ。一応、フランスの一流ブランド品だがね」

「それだけで、いろいろ喋ってくれたのか。ずいぶん安上がりな女だな」

神は小さく笑った。

「おそらく彼女は、何か地引に個人的な恨みがあるんだろう。ひょっとしたら、強引に姦《や》られたのかもしれねえな」

「考えられるな。そうそう、会長の秘書の名前はわかるかい？」

「そこまではちょっとな。なんだったら、地引の女関係を調査してやってもいいぜ。もちろん、別料金でな」

彦坂が探るような眼差しを向けてきた。

「自分で調べるよ。調査のついでに、女秘書を口説けるかもしれねえからな」

「旦那も嫌いじゃねえなあ」

「そうだ、忘れねえうちに約束のものを払っておこう」

神はポケットを探って、彦坂に四万円を渡した。

「おれ、電話で経費は別だって言ったよな?」

「伸やん、細かいことを言うなって。銀座までタクシーを使ったとしても、たいした額じゃないだろうが。女事務員にあげた香水は、どうせパチンコの景品だしな」

「それはそうだけどさ」

「その代わりってわけでもねえけど、キャバクラを一軒奢《おご》ってやるよ。この時間なら、まだサービスタイムだしさ」

「鬼脚《おにあし》の旦那も、せこくなったな」

「おれは慈善事業をやってるわけじゃねえからな。それじゃ、河岸《かし》を変えようや」

神は彦坂を促し、ソファから立ち上がった。

二人は店を出ると、風林会館の方に歩きだした。風林会館のそばに、神の行きつけのキャバレー風クラブがあった。

間もなく、その店に入った。

まだ時刻が早いせいか、客は疎《まば》らだった。東南アジア系のホステスたちが店の一隅で、所在なげに仲間同士で談笑していた。

神は顔馴染みのフィリピン人ホステスを指名した。

二人だった。どちらも、まだ二十歳《はたち》そこそこだ。片方の女とは弾みで、二、三回べッドを共にしたことがあった。

そのホステスがかたわらに坐ると、神は大声で言った。

「その後、キキの具合はどうだい？」

「神さん、スケベ！」

女がたどたどしい日本語で叫び、嬌声《きょうせい》を迸《ほとばし》らせた。

もうひとりのホステスも恥ずかしそうな笑みを拡《ひろ》げた。キキというのは、タガログ語で女の陰部を意味する。神にそれを教えてくれたのは、嬌声を洩らしたホステスだった。

「何がおかしいんだよ？」

彦坂が、横にいるホステスに訊《き》いた。

さきほど恥じらった女だ。女は少しためらってから、彦坂の耳許で何か囁いた。

彦坂がにやついて、さかんにタガログ語の卑語を連発しはじめた。とたんに、座が盛り上がった。神たち二人はばか話をしながら、二時間ほど陽気に酒を飲んだ。いつの間にか、サラリーマン風の男たちで席は埋まっていた。

店内は、ひどく騒々しかった。

大声を出さなければ、まともに会話も交わせない状態だった。

神は引き揚げる気になって、彦坂に目で合図した。彦坂は何か名残り惜しげだったが、じきに腰を浮かせた。

　勘定を払って、表に出る。たいした額ではなかった。

　店の真ん前で、彦坂が言った。

「なんか中途半端な飲み方だな。鬼脚の旦那、もう一軒行こうよ。次は、おれが勘定を持つからさ」

「今度つき合うよ。きょうは、ちょっと用があるんだ」

「冷てえな。ひとりで飲んでも面白くねえから、お風呂《ソープ》にでも行くか」

「ソープもいいけど、エイズにゃ気をつけろよ。それじゃ、また！」

　神は軽く片手を挙げ、蟹股《がにまた》で歩き出した。

　別段、肩をそびやかして歩いているわけではなかった。それでも行き交う人々が、まるで申し合わせたように路《みち》を譲ってくれる。どうやらバンクで〝鬼脚〟と恐れられた巨体は、街中《ここ》でも他人に威圧感を与えるらしい。誇らしいような、困惑するような複雑な気分だった。

　神は足を速《はや》めた。

　ふと美寿々の勤めているクラブに行く気になったのだ。その店は、花道通りにあった。

　飲食店ビルの六階だった。二本松と一緒に、そこで何度か飲んでいる。

数分で、店に着いた。

だが、美寿々は欠勤していた。

神はカウンター席でジン・リッキーを一杯飲んだだけで、すぐに腰を上げた。飲まずに帰ることもできないわけではなかった。

しかし、神はそういうことのできない性分《しょうぶん》だった。金銭欲は強いほうだったが、しみったれたことはしたくなかった。

金は溜《た》めるためにあるのではない。遣《つか》うためにある。それが、彼の金銭哲学だった。

飲食店ビルを出ると、神は新宿区役所の方に足を向けた。

パジェロは、区役所の近くの有料駐車場に預けてあった。間もなく駐車場に着いた。

車に乗り込んだとき、モバイルフォンが鳴りはじめた。

神はドアを閉め、素早く懐から携帯電話を摑み出した。発信者は美寿々だった。

「真《まこと》から、何か連絡があったんだな。そうなんだろ？」

「神さん……」

美寿々が急に声を詰まらせた。神は悪い予感を覚え、すぐに問いかけた。

「何か真の身に起こったのか？」

「彼が、あの人が死んじゃったの」

「なんだって!?　あいつは殺されたんだな？」

「ええ、そう」

「どこで？　真は、どこで殺《や》られたんだ？」

「八王子の丘陵地で死体が発見されたって、さっきテレビのニュースで報じられてたわ」

「射殺されたのか？」

神は畳みかけた。

「ううん。剃刀《かみそり》で体をずたずたに切られたみたいよ」

「くそっ！　ひでえことをしやがる」

「昨夜《ゆうべ》の男たちは、いったい何者なの？　神さん、なんで彼がこんな目に遭《あ》わなければならないのっ。殺し方が惨《むご》すぎるわ」

美寿々は悲痛な声で叫ぶと、嗚咽《おえつ》を放った。悲鳴に近い声だった。

「なんてことだ……」

神は、全身の力が抜けた。

少し経つと、今度は体が震えはじめた。憤《いきどお》りのせいだった。ショックが大きすぎて、涙は込み上げてこない。

美寿々が電話の向こうで、激しく泣きじゃくりはじめた。

神は、遣《や》り切れない気持ちになった。二本松と美寿々は、この秋に所帯を持つことになっていた。すでに二人は、結婚式場に予約をしてあるはずだ。

美寿々は、いまも二本松の闇稼業を知らない。

二本松は結婚を機に、足を洗う気でいた。彼は美寿々と二人で、私鉄沿線に小さなスナックを開く気だったらしい。

そんなささやかな夢も潰《つい》えてしまったわけだ。なんと運の悪い男なのか。

神は、不幸な形で人生にピリオドを打たされた二本松の運命を哀れに思った。二本松とは悪態をつき合いながらも、どこかで気持ちが通じ合っていた。

——あいつとは、廃業したコマ劇場の裏手にあるビリヤード屋で知り合ったんだっけな。おれより三つも若いくせに、先に死にやがって。

神は、実の弟を失ったような悲しみに包まれた。

「わたし、どうすればいいの⁉」

美寿々が湿った声で呟いた。

「死んだ人間は、もう還《かえ》ってこないんだ。後ろなんか振り向かねえことさ」

「無理よ、そんなこと」

「前を向いて歩いてりゃ、いまにいいことがあるよ。いまのおれにゃ、それしきゃ言えねえな」

「神さん、わたしに力を貸して！」

「どういう意味なんだ？」

神は訊《き》き返した。言葉の真意がわからなかった。

「彼を殺した奴を捜し出して、仇《かたき》を討ってやりたいのよ！　わかるでしょ、わたしの気持ち……」

「気持ちはわかるが、女にできることじゃねえよ。今夜は泣くだけ泣いて、そのまま眠ったほうがいいな」

「もういいわっ」

美寿々が声を尖《とが》らせ、不意に電話を切った。

――おれが、きっちり決着《オトシマエ》をつけてやらあ。

神は静かにモバイルフォンを折り畳んだ。

2

光の帯が幻想的だ。

車の流れに切れ目はなかった。

ヘッドライトの光が連《つら》なり、白い河のように見える。

神はベランダの手摺《てすり》に両腕を載《の》せ、眼下の高速道路を見下ろしていた。

高速三号渋谷線だ。神は、池尻にある二本松のマンションにいた。二本松の訃報《ふほう》に接した翌日の夜である。

神はマンションの管理人に事情を話し、この部屋に入れてもらったのだ。

美寿々は、八王子に二本松の遺体を引き取りに出かけていた。

とうに司法解剖は済み、傷口の縫合《ほうごう》も終わっているはずだ。もう間もなく、亡骸《なきがら》はマンションに戻ってくるのではないか。

――人が不幸な死に方をしても、世の中の営《いとな》みはちっとも変わらねえんだな。

神は、しんみりと思った。

これほど感傷的な気分になっているのは、まだ衝撃が尾を曳《ひ》いているせいだろう。

神は左手首のコルムを見た。もう七時半を過ぎていた。二本松の福島の実家に電話をしてから、かれこれ五時間になる。

だが、二本松の実兄はまだ訪れない。

二本松の父親は他界している。母はアルツハイマー型認知症で、五年も前から入院中らしかった。

二本松は二人だけの兄弟だった。五つ違いの兄は家具メーカーの工員だという話だ。

兄弟の仲は、しっくりいっていなかったらしい。二本松が勝手に工業高校を中退し、東京のスタントマン養成所に入ったことが仲違《たが》いの原因だった。

神はだいぶ前に、酔った二本松から、その話を聞いたことがあった。

上京してから、二本松は会津若松市の生家にはほんの数回しか帰省していない。そんなことから、兄弟の関係は次第に疎遠《そえん》になってしまったのだろう。

ドアの開閉《かいへい》する音がした。

二本松の兄が来たのか。

神は玄関ホールに急いだ。履物《はきもの》を脱いでいるのは、美寿々だった。

地味な服装をしていた。ほとんど化粧もしていない。泣き腫《は》らした目が痛々しかった。

「遺体は地下駐車場か？」

神は低く訊いた。

「もう一階の集会ホールに安置されてるの」

「なんで、ここに運ばなかったんだ？　あいつが暮らしてた部屋で仮通夜をやってやろうや」

「わたしもそうしてやりたかったんだけど、柩《ひつぎ》がエレベーターに入らないらしいの」

「二本松は、もう棺箱に入れられてるのか!?」

「そうなの。ね、彼に会ってあげて」

美寿々が湿っぽい声で言って、絹のハンカチで目頭《めがしら》を押さえた。

神は美寿々の細い肩を軽く叩き、黒いネクタイを締め直した。背広はチャコールグレイだった。

二人は部屋を出て、エレベーターで一階に降りた。その間、どちらも言葉を発しなかった。

集会ホールは、管理人室の奥にあった。

五十畳ほどのスペースだった。会議用の長いテーブルとパイプ椅子は、隅の方に片づけられている。ホールの一隅に、八畳の和室があった。

柩は、ホールの窓の下に置かれている。アルミの台座に載っていた。花も線香も見当たらない。

柩のそばに、二人の男が立っている。

八王子署の刑事だろう。ひとりは五十年配で、もうひとりは三十代の後半に見えた。

神は男たちに目礼し、柩に近寄った。

覗き窓は閉ざされていた。神は、両開きの小さな扉を開けた。

その瞬間、全身が竦《すく》んだ。

二本松の顔面は傷だらけだった。剃刀で切られた痕だ。傷口は一応、縫合されている。だが、縫い目は汚ならしかった。

「もっと丁寧に縫い合わせられなかったのかな」

神は突き出た眉根を寄せ、二人の男を振り返った。すると、年配のほうの男が口を開いた。

「わたし、八王子署の石井《いしい》といいます。連れは、同じ刑事課の田島《たじま》です」

「おれは二本松の友人です」

「あんたのことは、よく知ってるよ。八百長レースをやって、競輪界を追われたんだよな」

「何が言いたいんだい？」

「別に。傷口のことだが、それ以上は無理らしいんですよ」

「なぜ？」

神は即座に訊《き》いた。

「もっと刃の厚い凶器で切られた場合はきれいに縫合できるらしいんだが、剃刀だと駄目らしいんですよ。それに百カ所近くも切られてるんでね」

「で、犯人は？」

「残念ながら、有力な手がかりはないんですよ。そんなわけで、ここに聞き込みにきたわけだ。後で、ちょっと話を聞かせてもらえるかな？」

「かまわねえけど」

神は短く応じ、ふたたび死者の顔を見た。

血の気がまったくなく、紙のように白い。眉間《みけん》に苦悶の皺《しわ》が寄り、唇の端も引き攣《つ》れている。

よく見ると、頬や顎に拭いきれなかった血痕がうっすらと残っていた。それが、妙に生々しかった。

──真、失敗《ドジ》っちまったな。でもよ、これでおまえは永久に警察《サツ》にびくつかなくてもよくなったわけだ。ゆっくり眠んな。

神は瞼を閉じ、両手を合わせた。

たちまち悲しみが胸を領《りよう》した。合掌を解くと、すぐ近くに美寿々がいた。

美寿々は柩を掻き抱くような恰好で、変わり果てた恋人の顔をじっと見つめていた。

「事情聴取にご協力ください」

田島という刑事が神の背をつつき、小声で言った。

神は二人の刑事に導かれ、和室に入った。そこには、天然木を活《い》かした座卓があった。

石井と田島が座卓の向こう側に坐る。神は手前に腰を落として、どちらにともなく問いかけた。

「真《まこと》は、いや、二本松の死体は八王子のどのあたりで発見されたのかな？」

「裏高尾の雑木林の中だよ」

石井が答えた。

「発見者は？」

「近くに住む小学生たちさ。発見時には、すでに二本松さんは失血死してたんだ。これは、剖検《ぼうけん》でわかったことだがね」

「二本松はどこかでリンチされて、そこに捨てられたんだな」

「状況からして、そう考えられるね。おそらく複数による犯行だろう。ところで、神さん、きのうはどこでどうされてたのかな？」

「なんで、おれのアリバイを⁉　おたくら、おれを疑ってんのかっ」

神は二人の刑事を等分に睨《ね》めつけた。

一拍置いて、田島が口を開いた。

「やっぱり、きのう、裏高尾に行ってるんじゃないの？」

「なんだよ、おれを疑ってやがるんだな！　冗談じゃねえぜ」

「死体のそばに、あんたの運転免許証が落ちてたんだよ」

「だからって、おれを犯人扱いしてもいいのかっ。免許証は一昨日《おととい》の夜、新宿あたりで落としちまったんだよ」

「そのとき、誰か連れは？」

「そんな奴、いなかったよ。おれの免許証を拾った奴が、おれに罪をなすりつけるつもりだったんだろう。現場に、おれの足跡でもあったのか？」

「それは確認されてないが、その気になれば、足跡を消すことも不可能じゃない」

「ふざけたことを言うな！」

神はグレープフルーツ大の拳《こぶし》で、座卓を打ち据《す》えた。有田焼の灰皿がわずかに浮き上がって、硬い音をたてた。

田島が険《けわ》しい顔になって、何か言いかけた。それを石井が制し、先に言った。

「何もわれわれは、あんたを犯人と決めつけてるわけじゃないんだよ。ただ、あんたの運転免許証が死体の近くで発見されたんで、一応、アリバイをね」

「きのうは、ずっと自宅にいたよ」

神は少し冷静さを取り戻し、穏やかに答えた。石井が小さくうなずき、早口で訊いた。

「まったく外出されなかったのかな？」

「ああ」

神は、事実を明かす気はなかった。

「弱ったな。それじゃ、アリバイはないってことになってしまう」

「おれを疑っても、時間の無駄だと思うぜ。二本松とおれは、何も利害の対立なんかなかったんだ」

「そのことは、彼女にも聞いてる」

石井がそう言って、美寿々に視線を向けた。

「だったら、おれをおかしな目で見ないでもらいてえな。第一、疑う根拠が素人っぽいぜ。仮におれが犯人だとしたら、運転免許証を死体のそばに落とすようなヘマはやらねえよ」

「うむ」

「誰かがおれを陥《おとしい》れる目的で、ちゃちな小細工をしたのさ」

「思い当たる人物がいるんじゃないのかね?」

「いや、まったくいねえな」

神は、キャメルに火を点けた。

「免許証の紛失届をまだ出してないのは、どうしてなんだね?」

「近々、出すつもりだったんだ。とにかく、おれのことを探《さぐ》っても意味ないぜ。こんな不愉快な話がつづくんだったら、事情聴取にゃ協力できねえな」

「わかった。それじゃ、運転免許証の件は打ち切りにしよう」

「おれの免許証、返してもらいてえな」

「現在、遺留品として署に保管してあるんだよ。すぐ返せると思うがね」

「免許証が戻ってくるまで運転できねえのか。不便だな」

石井が言いさし、黒い手帳を開いた。神は煙草の灰を落として、相手の質問を待った。

「極力《きょくりょく》、早く返すよ。ところで、二本松さんのことなんだが……」

してたのかね？」

「二本松さんはフリーのスタントマンだったようだが、具体的にはどういった仕事を

「テレビドラマやVシネマのカースタントなんかをやってたみたいだぜ」

「制作会社の名は？」

「そこまではわからねえな。あいつは、あまり仕事のことは話さない男だったからね」

「ここは、分譲マンションらしいね？　有名なアクション俳優ならともかく、ただの

スタントマンの収入でこれだけの物件が買えるんだろうか。二本松さんは、何か危な

い副業でもやってたんじゃないのかね？」

「そいつは誤解だよ。二本松は二年ほど前に、ジャンボ宝くじの特賞を当てたんだ。

それで、ここを買ったんだよ」

神は小声で、とっさに思いついた嘘を言った。

声をひそめたのは、美寿々に聞かれたくなかったからだ。短くなった煙草の火を消

す。

「そんなラッキーなことがあるのかねえ。それはそうと、二本松さんは最近、誰かと

トラブルを起こしたことは？」

「そういうことはなかったと思うよ。あいつは誰ともうまくつき合える男だったからね」

「そう。だとすると、何かの事件に巻き込まれたのかもしれないな」

石井が呟くように言って、かたわらの田島に目配せした。田島が小さくうなずき、先に腰を上げた。

「また、あんたに話を訊くことになるかもしれないね。そのときはよろしく！」

石井がそう言い、おもむろに立ち上がった。

二人の刑事は美寿々に会釈《えしゃく》すると、ホールから出ていった。それと入れ違いに、六十絡みの管理人と自治会の役員がやってきた。

弔《とむら》いの手伝いを申し出てくれたのだが、神はひとまず引き取ってもらった。遺族の承諾もなしに、勝手なことはできない。

管理人たちが立ち去って間もなく、二本松の兄がようやく姿を現わした。二本松よりも肉づきがよかったが、目許がよく似ていた。

神は自己紹介し、美寿々と故人の関係も話した。

二本松の兄は通りいっぺんの挨拶をすると、柩に歩《ほ》を進めた。死んだ弟と対面しても、ほとんど表情は変わらなかった。少なくとも、悲しみの色はうかがえない。

「どんな弔《とむら》い方をするおつもりなんです？」

　神は訊いた。

「それは、弟の才覚《さいかく》次第だね」

「才覚？」

「弟が家賃を溜めてるような状態だったら、葬式どころじゃない。そんな暮らしをしてたんだったら、すぐ茶毘《だび》に付して……」

「ここは、どの部屋も分譲ですよ」

「まさか⁉　真が、渋谷に近い分譲マンションなんか買えるわけねえでしょ？」

「嘘じゃありませんよ」

「たまげたな。だけど、部屋は狭いんでしょ？」

「六十平方メートル以上はありますよ。間取りは2ＬＤＫです」

「そ、そしたら、七、八千万円には売れるんじゃないの？」

　二本松の兄の顔が急に明るんだ。

「多分、そのくらいにはなるでしょう」

「権利証は、弟の名義になってるんだね？」

「見たことはないけど、多分、弟さんの名義でしょう」

「真の部屋は何階なんです？」

「七階の七〇五号室ですよ。ドアは開いてます」

「それじゃ、ちょっと部屋に」

二本松の兄は転がるような感じで、あたふたとホールから出ていった。

――現金な奴だ。いやなものを見ちまったな。

神は舌打ちした。

そのとき、美寿々が静かに泣きはじめた。遺族の浅ましい態度を見て、二本松に哀れさを感じたのだろう。神も何か遣《や》り切れなかった。

心の襞《ひだ》が、ざらつきはじめた。

神にも釧路《くしろ》の生家に、母親の異なる兄がいる。その異母兄は七つ上だった。年齢差も大きいせいか、何となく反《そ》りが合わなかった。

それでも異母兄は、二本松の兄ほど冷淡な男ではない。神が競輪界から追放されたとき、家業の水産加工の仕事を手伝う気はないかと打診してきた。

厚意に縋《すが》る気はなかったが、何か嬉しかった。そのときの気持ちをいまでも鮮やかに憶《おぼ》えている。そんなささやかな兄弟愛すらなかったら、家族に背を向けたくなるのは当然だろう。二本松が頑《かたく》なな態度を崩さなかった気持ちがよくわかる。

美寿々の忍び泣きが熄《や》んだとき、二本松の兄が戻ってきた。

蛇腹《じゃばら》の書類袋を胸に抱えていた。マンションの権利証や預金通帳などが入っているにちがいない。

「通夜も告別式も、田舎で盛大に執《と》り行なうことにしましたよ」

「弟さんには、それなりの才覚があったってことですね？」

神は奥目を細め、皮肉たっぷりに言った。

「いやあ、真の奴はたいしたもんだ。マンションはあいつの名義だったし、まとまった額の預金もあったんですよ」

「そうですか」

「ただ、一つだけ厄介な問題を残してくれてねえ」

二本松の兄がわざとらしく、ことさら顔を曇らせた。

「何がどうしたんです？」

「弟は五千万円の生命保険をかけてたんだけど、保険金の受取人が身内じゃないんだよね」

「誰になってるんです？」

「そこにいる彼女の名義になってるんだ」

二本松の兄が小声で言って、恨めしげな目を美寿々に向けた。

「故人が決めたことなんだから、保険金は指定の受取人に渡すべきなんじゃないのかな」

「しかし、まだ二人は結婚してなかったんだし、五千万の大金だからね」

「そこまで欲をかくと、ちょっと見苦しいんじゃねえのかっ」

われ知らずに神は、突っかかるような物言《ものい》いをしていた。

二本松の兄が顔色を変えた。きっと目を攣《つ》り上げ、神を睨みつけてくる。頰が強張《こわば》り唇の端がひくついていた。

神も、相手を鋭く睨《ね》めつけた。

睨み合いは短かった。二本松の兄が体の向きを変え、美寿々に猫撫で声で話しかけた。

「ねえ、どうだろう？　もちろん少々のお礼はさせてもらうつもりだが、弟の死亡届を町役場に出す前に、保険金の受取人の名義をわたしに変更してもらえないかね？」

「ええ、かまいません。おっしゃる通り、彼とはまだ結婚してなかったわけですから」

「そう言ってもらえると、ありがたいね。謝礼については後日、相談ということで……」

「お金なんかいりませんっ。その代わり、今夜だけ真さんをここに置いてやってください。どうかお願いします」

美寿々が深々と頭を下げた。

「しかし、この季節だからねえ。ドライアイスをたっぷり抱かせても、遺体の腐敗が進むんじゃないかな」

「わがままなお願いだとは思いますけど、なんとか今夜だけ彼のそばにいさせてください」

「実は、もう管理人さんに遺体運搬の車の手配をしてもらったんだよね」

二本松の兄は、むっつりと黙り込んでしまった。

美寿々が途方に暮れたらしく、神に救いを求めるような目を向けてきた。神は無言でうなずき、故人の兄に言った。

「少しは、彼女の気持ちも考えてやれよ。あんた、てめえの都合ばかり考えてるじゃねえかっ。いくらなんでも、虫がよすぎるぜ」

「しかし、遺体が傷《いた》みすぎると、田舎で通夜ができなくなってしまうから」

「防腐剤の注射を何本も射《う》ちゃ、なんとかなるだろうが！　つべこべ言ってると、あんたを張り倒して、柩ごと真をかっさらっちまうぞ」

「な、なんてことを言うんだっ」

「怪我したくなかったら、管理人のとこに行って、死体運搬の車をキャンセルしてきやがれ！」

神は大声で怒鳴った。二本松の兄が竦み上がり、逃げるように集会ホールから出ていった。

「神さん、ありがとう」

美寿々が涙混じりに言って、深く体を折った。

「よせよ。おれ、そういうのは苦手なんだ。とにかく、朝まで真のそばにいてやれや」

「え、ええ」

「おれが出入口の前で見張ってて、ここには誰も入れねえよ」

「神さん、悪いけど、お花とお線香、それからブランデーを買ってきてもらえる？」

「いいよ。真はブランデーが好きだったよな。いいブランデーを買ってくるから、口移しで別れの酒を飲ませてやってくれ」

神は集会ホールを飛び出した。

すぐ右側に、地下駐車場に通じる階段があった。そこから、駐車場に降りる。

パジェロに近づいたとき、背後でかすかな足音がした。

神は振り向いた。
二、三メートル先に、剃髪頭《スキンヘッド》の男がいた。
「てめえかっ」

神は、ネクタイの結び目をぐっと緩めた。

「大久保じゃ、失敗《ドジ》をやっちまったよ。まさか中身をすり替えてるとは思わねえもんな」

「甘い野郎だぜ」

「青磁の壺はどこに隠しやがった？　代々木八幡のマンションにはなかったぜ」

「家捜《やさが》ししやがったのか」

「そういうことだ」

「てめえらが二本松を殺《や》りやがったんだなっ。それから、秋葉って美術商もな。おれの運転免許証を二本松の死体のそばに置いたのも、てめえらの仕業《しわざ》だなっ」

「なんの話をしてるんだい？」

「くそったれ！　てめえ、関東俠友会だなっ。組はどこだ？」

「おれは、やくざ者じゃねえぜ。まともな一市民よ」

スキンヘッドの男は不敵な笑みを浮かべ、腰の後ろから消音器を噛ませた自動拳銃を引き抜いた。

いつものデトニクスではない。ワルサーP5だった。ドイツ製の高性能拳銃だ。

神は二十代のころ、モデルガン集めに凝っていた。拳銃《ハンドガン》には精《くわ》しかった。

ロサンゼルスやハワイの射撃場《シューティング・レンジ》で、各種の拳銃を何度となく実射もしている。

その気になれば、拳銃を扱うこともできる。

「茶壺と水差しは、どこにある？」

「あれは、もう処分しちまったよ」

「とぼける気かい。あれは、勝手にゃ売れねえはずだ。二本松って泥棒《ノビシ》が、まだ三十万の保証金しか貰ってねえって吐いたんだよ」

「あいつを痛めつけて、おれの家《ヤサ》を白状《ゲロ》させたってわけか」

「野郎は死ぬ前に、西新宿のてめえのオフィスも教えてくれたぜ。そっちも家捜ししたんだよ」

「とろい男だ。てめえで奴を殺《や》ったことを喋りやがって」

「うるせえ！　白ばっくれる気なら、四本の手脚《てあし》に一発ずつ弾をぶち込むぜ」

男が歯ぎしりして、スライドを滑らせた。

神は足を飛ばした。前蹴りの届く距離ではなかった。それは充分に承知していた。相手の体勢を崩すことが目的だった。

予想通りに男がたじろぎ、及び腰になった。それでも、両手保持でワルサーP5をしっかりと構えていた。

神は身を翻《ひるがえ》した。

ひとまず逃げる気になったのだ。五、六メートル走路を駆け、駐車場の車の間に入り込んだ。

ほとんど同時に、背後でかすかな発射音がした。子供の咳《せき》よりも小さな音だった。

空気の抜けるような音だ。放たれた銃弾は、数台離れたスカイラインの車体を掠めた。

ワルサーP5の装弾可能数は、薬室《チエンバー》に送り込んだ初弾を含めて九弾だ。フルに装弾しているとしても、残弾は八発だった。

弾除《たまよ》けの車が何台もあるから、何とかなるだろう。

神は、沈着さを失わなかった。

銃弾の威力は知っていた。しかし、動く標的を撃ち抜《ぬ》くことは意外に難かしいものだ。ましてや、ここには身を隠す場所がいくらもある。

神はしゃがみ込むと、鉄板入りのごっつい作業靴を片方だけ脱いだ。次に彼は上着の内ポケットから、ジッポーを抓《つま》み出した。

頃合を計って、ライターを思いきり遠くに投げ放つ。

かなり離れた場所で、鈍い金属音があがった。どうやら車に当たったらしい。

すぐに男の走る足音が響いてきた。

それに、軽い咳のような発砲音が重なった。神は、じっと動かなかった。

「どこにいやがるんだ。出て来やがれ！」

頭を剃り上げた男が焦《じ》れて、声を張り上げた。

神は脱いだ靴を右手に持ち、中腰で男の背後に忍び寄っていく。

男は十数メートル先にいた。ＢＭＷとシトロエンの間に立ち、きょろきょろしている。

神はできるだけ男に接近し、二十九センチの重い靴を投げつけた。鉄板入りの編み上げ作業靴は、男の後頭部を直撃した。重い音が響いた。男が呻いて、ＢＭＷの屋根に屈み込む恰好になった。両腕は前に投げ出していた。

神は走った。

ＢＭＷとシトロエンの間に躍《おど》り込み、もう片方の靴で男の腰を蹴りつけた。スキンヘッドの男が横倒れに転がった。

神はもう一発、蹴りを見舞うつもりだった。

だが、一瞬遅かった。男が上半身を起こし、やみくもに撃ってきた。神は跳びすさり、コンクリートの支柱に身を寄せた。

たてつづけに三度、発射音が小さく鳴った。そのうちの一発が支柱に命中し、砕《くだ》けたセメントの欠片《かけら》を四散させる。白い粉が舞い上がった。

「ぶっ殺してやる！」

男が跳ね起き、駆けてきた。殺気立っていた。

神は飛び出す振りをして、素早く支柱の陰に隠れた。男は、さらに二発の無駄弾を使うことになった。

あと二弾しか残っていないはずだ。だいぶ心理的には楽になった。

神は支柱から、中腰で躍り出た。ジグザグに走る。

男が、すぐさま発砲してきた。

一発は駐車中の車のドアミラーを弾き、最後の一弾はコンクリートの壁を穿《うが》った。

「弾切れだな」

神は踵《きびす》を返し、男に向かって突っ走った。

敵が新たな弾倉《マガジン》を銃把に叩き込む前に、勝負をつけなければならない。夢中で駆けた。頭の中は空っぽだった。まだ間に合いそうだ。

神は走りながら、固めた拳《こぶし》を大きく引いた。

男にパンチをぶち込み、すかさず厚い肩で弾いた。男が体を折りながら、走路まで吹っ飛んだ。

拳銃は握っていなかった。それは床に落下し、ステーションワゴンの下に滑り入った。男の手が届く距離ではない。

神は男に駆け寄り、顎を蹴り上げた。

男が体を丸めて、転がりはじめた。神は少し走り、落ちている自分の靴を拾い上げた。それを履《は》き終えたとき、急にワルサーP5を拾う気になった。奪っておいて損はない。

神はステーションワゴンのある場所まで駆け戻り、消音器付きの自動拳銃を拾い上げた。てっきり弾倉は空だと思っていたが、フルに実包が詰まっていた。

——こいつは儲けもんだ。

神は、にんまりした。

そのとき、剃髪頭の男が不意に逃げ出した。

「止まらねえと、撃つぞ」

神は大声をあげた。

しかし、男は走路を走り抜け、スロープに差しかかっていた。神は一発だけ威嚇《いかく》射撃した。それでも、男は立ち止まらなかった。

神は安全装置を掛け、拳銃をベルトの下に差し込んだ。

消音器が腹に当たって、なんとも落ち着かない。しかし、まさか拳銃を握ったままで、マンションの外に出るわけにもいかないだろう。

神はスロープを駆け上がった。

目の前の車道は玉川通りだ。男は、だいぶ遠ざかっていた。六、七十メートルは離れているだろう。

神は追いかけはじめた。

少し走ると、公衆電話ボックスに一台の自転車が凭《もた》せかけてあった。モトクロスタイプの黒い自転車だった。鍵はかかっていない。

持ち主の少年は、ボックスの中で電話中だった。高校生だろう。持ち主は気がつかない。

神は駆けながら、その自転車のバーハンドルを掴んだ。

——坊や、ちょっと借りるぜ。

神は心の中で呟き、素早くサドルに跨がった。

ペダルを力任せに踏み込むと、一気に加速がついた。風が体を包む。

逃げる男に、たちまち追いついた。

神は自転車ごと、スキンヘッドの男に体当たりした。鈍い衝撃が全身に伝わってきた。

男は大きく撥《は》ね上がり、車道に落ちた。

と同時に、絶叫が轟いた。疾走してきたタクシーが男を轢《ひ》いたのだ。

——危《やべ》え！

神は斜めに傾いた自転車を放り出すと、一目散に路地に駆け込んだ。そのまま全速力で、玉川通りから遠のく。

——騒ぎが鎮《しず》まるまで、二本松のマンションには戻れねえな。裏通り伝いに渋谷まで走っちまおう。

神は、夜の住宅街を駆けつづけた。

3

街が赤い。

残照のせいだった。夕陽の届かない場所は、セピアがかっている。

神は銀座の舗道に立っていた。並木通りだった。あくる日の夕方だ。

張り込んで、小一時間になる。

さきほどから神は、斜め前にあるオフィスビルの表玄関を注視していた。そのビルの六階に、全国消費者生活改善推進会の事務所がある。

きょうは車ではなかった。

銀座まで電車を乗り継《つ》いできた。車では尾行しにくいと判断したからだ。

神は、地引会長の秘書が現われるのを待っていた。

秘書は、海老名詩織《えびなしおり》という名だった。すでに、詩織の顔は脳裏に刻みつけてある。日本人形のような顔立ちの美女だった。二十四、五歳だろう。

数時間前に神はビルメンテナンス会社の清掃員に化けて、全国消費者生活改善推進会のオフィスに入ったのである。

最初の計画では、会長の地引にワルサーP5を突きつけて、どこかに拉致するつもりだった。しかし、地引はいなかった。

やむなく神は窓ガラスの内側を拭く振りをしながら、それとなく内部の様子をうかがった。それで地引が、今朝早くヨーロッパに出かけたことや女秘書の名がわかったのだ。

神はキャメルをくわえた。

煙草を吹かしながら、昨夜からの出来事をぼんやりと思い起こす。

夜の住宅街を歩きつづけているうちに、いつしか渋谷にたどり着いていた。神は、美寿々に頼まれた物を買った。ブランデーは書籍の形をしたカミュBOOKを求めた。

買物を済ませると、神は来た道を逆にたどりはじめた。

二本松のマンションに戻ったのは、十時過ぎだった。事故の騒ぎは収まっていた。だが、スキンヘッドの男がどうなったかはわからなかった。

神は集会ホールで夜を明かした。

美寿々は、柩から片時も離れようとしなかった。

神は、その姿に胸を打たれた。二本松の兄は弟の部屋に引き籠ったきりで、一度も仮通夜の席には顔を見せなかった。

淋しい仮通夜だった。弔問客はひとりもいなかった。僧侶も招《よ》ばなかった。

しかし、美寿々は満足しているようだった。そのことで、神は救われた。

陽が昇ると、二本松の兄は柩とともに会津若松に引き揚げていった。

彼は、どこか浮かれた様子だった。思いがけなく弟の遺産が転がり込み、その喜びを隠しきれなかったのだろう。さもしい男だ。

神は美寿々を家まで送り、代々木八幡のマンションに戻った。

剃髪頭《スキンヘッド》の男が言った通り、室内は物色されていた。足の踏み場もないほど荒らされていたが、ＵＳＢメモリーは無事だった。きのうの朝、ふと思い立ってカーテンボックスの裏にセロテープで貼りつけておいたのだ。

まだ事務所は確かめていないが、自宅と同じように家捜《やさが》しされているにちがいない。

朝刊を見ると、昨夜の事故のことが載っていた。

スキンヘッドの男は救急病院に担ぎ込まれる途中、救急車の中で息を引き取ったらしかった。男は、新宿にある重機リース会社の役員だった。

その会社は、関東俠友会の中核組織である鳥羽《とば》組の企業舎弟だ。死んだ男が暴力団員であることは、ほぼ間違いない。

――地引が鳥羽組の連中を動かしてたのかどうか、早く確かめねえとな。

神は短くなった煙草を足許に落とし、鉄板入りのワークブーツの底で踏み消した。

きょうは芥子《からし》色のジャケットに、オフホワイトのスラックスという組み合わせだった。スタンドカラーの白いシャツには、黒の縦縞が入っている。

少し経つと、オフィスビルから海老名詩織が出てきた。

ひとりだった。インド更紗《さらさ》の涼しげなワンピースで、やや細身の体を包んでいる。長いストレートヘアが美しい。

神は眼鏡をかけた。

レンズは薄茶だった。度は入っていない。単なるファッショングラスだ。それで素顔を隠したつもりだったが、果たしてどれほどの効果があるのか。さほど期待はしていない。

詩織が新橋方向に歩きだした。

のんびりとした足取りだった。神は尾行しはじめた。詩織にうまく接触して、地引のことを探り出す気だった。詩織は新橋駅まで歩くと、地下鉄に乗った。

銀座線だ。神は隣の車輌に乗り込んだ。

詩織が尾行に気づいた様子はない。彼女は終点の渋谷まで行き、東急東横線に乗り換えた。

神は一定の距離を保《たも》ちながら、詩織の後を追った。

詩織は自由が丘駅で下車した。駅前広場の脇を抜け、数分歩いた。そして、有名なクレジットデパートに吸い込まれていった。

神も店内に入った。

詩織はエスカレーターを使って、水着売り場に直行した。そこで、フランス製のワンピース型水着とビーチウェアを買った。支払いはカードだった。

詩織は紙袋を提《さ》げながら、今度は婦人洋品売り場を回りはじめた。商品を眺めるだけで、何かを買う素振りは見せない。

なんとか接触するチャンスを摑みたい。

神は焦《あせ》りを覚えはじめた。

いつの間にか、詩織はバーゲン品の載ったワゴンの前に移っていた。シルクブラウスを手に取ったものの、決めあぐねている様子だった。

——あの娘《こ》の紙袋にそのへんにある商品を滑り込ませて、万引き犯に仕立てよう。

神はそう思いついて、近くの陳列台に歩み寄った。

長方形の台の上には、Tシャツやタンクトップが積み上げてあった。

あたりに人の気配がないのを見届けてから、レモンイエローのタンクトップを摑み取った。

すぐに掌《てのひら》の中で丸め込み、さりげなく詩織に近づいていく。三メートルほど進んだとき、意外な展開になった。

あろうことか、詩織が持っている紙袋の中に二枚のブラウスを投げ入れたのだ。鮮やかな手口だった。おそらく万引きの常習犯なのだろう。

手間が省《はぶ》けた。神は大急ぎで、盗んだタンクトップを陳列台に投げ戻した。

詩織がエスカレーターの降り口に向かった。

少しも悪びれた様子はない。実に堂々としていた。

神は大股で追った。

一階に降りると、そのまま詩織は店を出た。

神も表に出る。すっかり暗くなっていた。

詩織がごく普通の歩調で、店から遠のきはじめた。駅とは逆方向だった。
五、六十メートル先で、神は詩織を呼びとめた。
「お嬢さん！」

「わたしのことでしょうか？」

詩織がたたずみ、平然と問い返してきた。

「意外だな。あんたみたいなきちんとした娘《こ》が、あんな大胆なことをやるなんてね」

「はあ？　なんのことでしょう？」

「とぼけんなよ。その手提げ袋の中にゃ、値札のついたブラウスが二枚入ってるはずだ」

「言いがかりだわ！　わたし、万引きなんかしてませんっ」

詩織は言うなり、急に走りはじめた。

神は苦笑しながら、小走りに追った。造作なく追いついた。詩織の片腕を捉《とら》え、紙袋の中から二枚のシルクブラウスを引っ張り出す。

とたんに、詩織が蒼ざめた。

全身が強張っていた。うつむき加減だった。

「いつもやってるな」

「いいえ、初めてです。ちゃんとお金を払いますから、見逃してください」

「そうはいかねえな。このまま歩いてもらおうか」

「わたしをどうする気なの⁉ あなた、保安係の人じゃないんですか？」

「おれに見覚えはねえかなあ？」

神は歌うように言って、ファッショングラスを外した。それを胸ポケットに入れたとき、詩織が驚きの声をあげた。

「あっ、あなたはメンテナンス会社の……」

「さすがは秘書だ。他人《ひと》の顔を覚えるのが早《はえ》えな」

「もしかしたら、会社からわたしをずっと尾《つ》けてきたんじゃない？」

「勘も悪くなさそうだ。あんた、親の家から通勤してるのか？」

「違います。この近くのマンションで……」

「独り暮らしだな？」

「わたしをどうするつもりなの⁉」

「あんたの部屋に案内してくれ」

「いやです！　手を放してくださいっ。放さないと、大声を出すわよ」

詩織が、身を捩《よじ》った。

「やれるものなら、やってみな。その代わり、おれもあんたが万引きしたことを大声で喚《わめ》くぜ」

「何が狙いなの？　お金だったら、あるだけ差し上げます。だから、ここで見逃してください」

「とにかく、あんたの部屋に行こうや」

神は詩織の腕を摑んだまま、大股で歩きだした。

詩織は百六十センチほどの背丈だった。当然、神とは脚《あし》の長さが違う。詩織は、小走りに走る恰好になった。神は詩織に道案内をさせた。詩織は逃げきれないと観念したらしく、素直に進むべき方向を指示した。
六、七分歩いた所に、詩織の住むマンションがあった。
七階建ての南欧風のマンションだった。小屋根のスペイン瓦が洒落《しゃれ》ている。閑静な住宅街の一画に建っていた。

詩織の部屋は五階にあった。

１ＬＤＫだった。神は勝手に冷房のスイッチを入れると、詩織をフローリングの床に直《じか》に正坐させた。自分は、ロータイプの黒いリビングソファに腰かけた。

ベランダ側のサッシ戸は、ドレープのカーテンで閉ざされていた。外から誰かに見られる心配はなかった。

「騒がなきゃ、乱暴なことはしねえよ」

「あなたは誰なの？」

詩織の声は震えていた。

「質問するのは、このおれだ。あんたは、おれの訊《き》いたことに答えりゃいいんだよ。わかったな！」

「は、はい」

「いいマンションだな。家賃はいくらだ？」

「管理費を入れると、約二十二万円です」

「いくら秘書の給料がよくったって、てめえじゃ、とても払いきれねえよな。ここの家賃は、地引寛幸に払ってもらってんだろ？」

神は太くて長い脚を組み、煙草に火を点けた。

「あなた、探偵社の調査員か何かね。地引の奥さんに頼まれたんでしょ？」

「さっき言ったことを忘れちまったのか。あんたは答える方だ」

「ごめんなさい。わたし、つい……」

「で、どうなんだ？」

「家賃は地引が払ってくれてるの」

「やっぱり、そうか、地引とは、いつからの仲なんだ？」

「もうじき二年になります」

「地引のようなおっさんが好みってわけか」

「別にそういうわけじゃないんです。入社して間もなく、割烹旅館で力ずくで……」

「姦《や》られちまったのか？」

「ええ」

詩織は小声で答え、恥ずかしそうに長い睫毛《まつげ》を伏せた。

「なぜ、いまの仕事をやめなかったんだ？」

「一度は、やめようと思いました。でも、理不尽なことをされたわけだから、それだけの代償は払わせてやろうと思い直したの」

「なかなかドライだな。それで、愛人になったってわけか」

「わたしは愛人というよりも、ペットみたいなものだと思うわ。地引には、ほかにたくさん女がいるの。少なくとも、四、五人はいるはずよ」

「オットセイみたいな野郎だ。地引は今朝、ヨーロッパに研修旅行に出かけたようだな？」

「あなたが、どうしてそんなことまで知ってるの⁉」

「昼間、オフィスで職員のひとりが外線電話で、そんなことを喋ってたからな」

「ああ、それでね。研修旅行だなんて、どうせ嘘っぱちよ。きっと新しい女を連れて、向こうで遊んでるんだわ」

「地引は、いつ帰国するんだ？」

「来週の水曜日には戻ってくる予定です」

「きょうは金曜日だから、五日先か」

神は呟いて、喫《す》いさしの煙草の火をクリスタルの灰皿の中で揉み消した。

「足、崩してもいいかしら？　ちょっと痺《しび》れてきちゃったの」

「好きなようにしろ」

「ありがとう」

詩織が女坐りになった。投げ出した足首は、きゅっとすぼまっていた。

「あんた、オフィスで青磁の茶壺と飴色の水差しを見たことねえか？」

「あります、両方とも。会長室に飾ってあったの。でも、何日か前に事務所荒らしに盗まれたはずよ」

「そうか」

神は短く応じた。おおかた、死んだ二本松の仕業《しわざ》だろう。地引が何人かのお客さんに自慢

「両方とも、すごく高価な古美術品だったらしいの。地引が何人かのお客さんに自慢してたわ」

「地引は空き巣に入られたことを警察に届けたのか？」

「わたしがそうしたほうがいいと言ったんだけど、彼は届け出る必要はないって一〇番しなかったの」

「そうかい」

「だけど、とってもショックだったみたい。それに、なんか慌《あわ》ててるようでもあったわ」

詩織が問わず語りに喋った。別段、地引に義理立てする気はないらしい。

「その二つの古美術品は、いつごろから銀座のオフィスにあったんだ？」

「正確なことはわからないけど、多分、半月ほど前からあったと思うわ」

「地引は、どこから手に入れたと言ってた？」

「買ったのか、預かったのかはよくわからないけど、『誠和グループ』の総務部長が持ってきたの」

「そいつの名前は？」

「確か甘利《あまり》とかいう姓の部長だったわ」

「その男は、それ以前にも何度かオフィスに来たことがあるのか？」

「ううん、そのときが初めてです。だいたいオフィスに直接やって来るお客さんは、あまり多くないの。地引自身が、先方に出向くケースがほとんどなんですよ」

詩織がそう言って、長いつややかな黒髪を両手で後ろに跳ね上げた。

女っぽい仕種《しぐさ》だった。もう彼女は怯《おび》えていなかった。

「地引が外部の人間に会うとき、あんたも同行するのか？」

「ううん、めったに一緒には出かけないわ。秘書といっても、わたしは航空券の予約をしたり、先方とのアポを取る程度のことしかやらせてもらってないの」

「地引は外部の者と会うとき、決まった料亭なんかを利用してるのか？」

「料亭じゃないけど、たいてい六本木のクラブを使ってるわ」

「なんて店だ？」

神は問いかけ、脚を組み替えた。

「『理沙《りさ》』ってクラブよ。俳優座ビルの横を入った所にあるの。そこのママは、地引のいちばん古い愛人なのよ」

「ママの名を教えてくれ」

「柏原《かしわばら》理沙よ。きれいはきれいだけど、厭な女だわ。わたしは大っ嫌い！」

詩織が吐き捨てるように言った。何か不愉快な目に遭《あ》ったことがあるのだろう。

「ママは、いくつぐらいなんだ？」

「もう三十二、三じゃないかな」

「そうか。それはそうと、銀座のオフィスに柄の悪い奴らが出入りしてねえか？」

「たまに来るけど、別にやくざじゃないみたいよ。みんな、ちゃんとした名刺を持ってるもの」

「いまのヤー公は、代紋入りの名刺なんか使わねえんだよ。堅気みたいな顔して、裏で悪さをしてやがるんだ」

「そうなんですか。怖いのね」

「あんたんとこだって、まともな仕事をしてるわけじゃねえだろうが」

神は吹き出しそうになった。

「うちの会は営利団体じゃないんです。あくまで消費者のために、欠陥商品や粗悪品の告発を……」

「二年も勤めてて、まだからくりが見えねえのか」

「からくりって、何なの？」

詩織が小首を傾《かし》げた。

「知らなきゃ、知らないままのほうがいいかもしれねえな」

「なんだか落ち着かない気持ちになってきたわ。ひょっとしたら、地引は何か法に触れるようなことをしてるんじゃない？」

「何か思い当たるようなことがあるんだな？」

「ええ、ちょっとね。毎月、超一流企業から、多額の協賛金とか研究費が振り込まれてるの」

「ひと月で、総額はどのくらいになるんだ？」

「多いときは一億数千万円、少ない月でも五、六千万円は入金されてるわ」

「いい商売だな。おれも就職してえぐらいだ」

神は笑いながら、そう言った。もちろん冗談だったが、詩織は真《ま》に受けた。

「万引きのことを黙っててくれるんだったら、地引にあなたのことを話してあげてもいいわよ」

「いや、そいつはノーサンキューだ。それより、ここ一、二カ月前から地引はどんなことをしてる？　そいつを教えてくれねえか」

「いいわよ。調査の内容まではわからないけど、『グローバル・コーポレーション』って会社の資料を集めてるわ。その会社は土地と株で急成長したんだけど、ご存知かしら？」

「ああ、知ってるよ。その会社は一時期、マスコミで盛んに取り上げられてたからな」

神はキャメルに火を点けた。

『グローバル・コーポレーション』の代表者は、かつて仕手集団のボスだった男だ。まだ五十代の半《なか》ばだが、その経歴は謎の部分が多い。代表者の恩田敬臣《おんだたかおみ》は株で儲けた金で都内の土地を買い漁《あさ》り、さらに法人資金を膨《ふく》らませた。

それらの資金をうまく運用しながら、レジャーホテル、ゴルフ場、テーマパークなどの経営に乗り出し、コンビニエンスストアのチェーン化事業で飛躍的な躍進を遂げた。いまは、和食レストランのチェーン化を促進中だ。

ニュービジネスの新旗手として、恩田会長は若手財界人たちに注目されている。会社の年商も、先輩格の『誠和グループ』に肉薄しつつあった。

――地引の野郎は、今度は『グローバル・コーポレーション』を餌食《えじき》にする気になったんだろうな。

神は、そう直感した。

「わたしの知ってることは、何もかも話したわ。だから、もう帰ってもらえるでしょ？」

「帰る前に、何か保険をかけておかねえとな」

「保険って？」

詩織が不安そうな顔つきになった。

「あんたが地引におれのことを話すと、あとがやりにくくなるんだよ」

「わたし、あなたのことは地引には話さないわ。第一、話せないでしょ？　あなたに弱みを握られちゃったわけだから」

「万引きしたとこをビデオカメラで撮ったわけじゃねえんだ。その気になりゃ、空とぼけることもできる」

「お願い、わたしを信じて！　地引には絶対に何も言わないわ。約束します」

「そう言われてもな」

「どうすれば、気が済むわけ？」

「さっき買ったフランス製の水着、おれが寝室で着せてやるよ」

「それって、わたしを抱きたいってことね？」

「そういうことだ」

「いいわ。別に減るもんじゃないし、いまは安全日だから」

「ものわかりがいいな」

「だって、あなた、とってもセクシーだもの。ね、背中のファスナー外して」

詩織が立ち上がり、ゆっくり後ろ向きになった。

神は煙草の火を消すと、腰を浮かせた。部屋の中は、ほどよく冷えていた。

欲望を含まれた。

4

神は、ダブルベッドに横たわっていた。仰向けだった。寝室は明るい。

詩織が股の間にうずくまっている。

二人とも一糸もまとっていない。詩織は裸になると、思いのほか肉づきがよかった。着痩《や》せするタイプなのだろう。

詩織が舌を使いはじめた。

片手は胡桃《くるみ》に似た部分を揉み、もう一方の手は神の下腹や内腿をさまよっている。滑らかな指だった。

――若いながら、なかなかのもんだ。地引にたっぷり仕込まれたな。

神は軽く目を閉じた。

詩織は、すでに三度極《きわ》みに達していた。体の反応は敏感だった。

くすんだ珊瑚《さんご》色の合わせ目を幾度か撫で上げただけで、瞬《また》く間にフリルの部分が膨れ上がった。

クリトリスは、ルビーのように硬く痼《しこ》っていた。大粒だった。

指で愛撫を加えると、詩織はあっけなく沸点に達した。

神は物足りなかった。少し焦《じ》らす気になり、その後はわざとツボを外すことを心がけた。

霞草《かすみそう》のような恥毛を唾液でくまなく濡らしても、小さく張りつめた突起や笑み割れた部分には故意に舌を当てなかった。ごく短く掃《は》いたきりだった。

神は指で潜《くぐ》らせただけで、ほとんど動かさなかった。肛門《アヌス》には一度も指を近づけなかった。

詩織は、もどかしがった。

熱い愛撫をせがむように腰を迫《せ》り上げ、切なげに尻をうねらせた。煽情的だった。

神は鈍感な振りをして、なおも焦らしつづけた。

やがて、詩織は耐えられなくなった。きわめて露骨な言葉で、濃厚な舌技を要求した。

神は一瞬、わが耳を疑った。日本人形のように取り澄ました女が、そこまで口走るものなのか。

意外な反応は、なんとも新鮮だった。

神はひどく欲情を駆りたてられ、われ知らずに舌を乱舞させていた。それから一分も経たないうちに、詩織は二度目の高波に呑まれた。

その瞬間、女豹のように吼《ほ》えた。突っ張らせた下肢は、ひとしきり小刻みに震えつづけた。

神はそそられ、浅く体を繋いだ。

詩織の潤《うる》みは夥《おびただ》しかった。あふれんばかりだった。

神は何度か腰をダイナミックに動かした。

すると、詩織は悦楽を深めた。啜《すす》り泣くような声をあげながら、彼女は軽く失神してしまった。

神の昂《たか》まりは、きつく搾《しぼ》り上げられていた。

快い圧迫感を味わいながら、一気にドライブをかけたかった。そう思う半面、ぐったりと動かない女が相手では味気ない気もした。

そこで神は結合を解き、詩織に小休止を与えることにした。

少し経つと、詩織がむっくりと身を起こした。まるで夢から醒《さ》めた幼女のような表情だった。

「お返しさせて」

詩織が掠れた声で言い、神の足許に坐り込んだ。こうして神は、舌技を受ける側に回ったのだ。

詩織の髪の裾《すそ》毛《げ》が、下腹や内腿《うちもも》を撫でている。

悪い感触ではない。くすぐったさと快さがないまぜになった奇妙な感じだった。

神は片腕を伸ばし、詩織の長い髪をまさぐりはじめた。優しい手触《てざわ》りだった。

詩織が、猛った分身にねっとりと濡れた舌を巻きつけた。ぬめった感触が何とも心地よい。

舌は、さまざまに変化した。

小魚になり、綿毛になり、蛇になった。みごとな舌技だった。詩織は、男の体を識《し》り尽くしていた。どの愛撫も効果的だった。

神は煽《あお》られ、雄々《おお》しく昂まった。

体を繋ぎたくなった。

詩織がそれを敏感に覚り、ほどなく顔を離した。すぐに彼女は跨がってきた。神の猛りを自分の中に潜《くぐ》らせる。生温かいものが吸いついてきた。

神は、結合部分を指で探った。

どこにも隙間はなかった。和毛《にこげ》の底で尖った肉の芽は、強い弾みをたたえている。

芯の部分は、シリコンゴムのような手触りだ。

神は、それを指の腹で圧《お》し回しはじめた。揺さぶり、抓《つま》み、軽く叩く。

詩織が体を激しく弾ませはじめた。はざまの肉を圧《お》し潰《つぶ》すような勢いだった。

湿った音が断続的に響き、二つの果実のような乳房が跳《は》ねる。刺激的な眺めだった。

神は、下から突き上げた。

詩織の裸身が不安定に揺れる。ロデオを愉《たの》しんでいるように見えた。神は腰を浮かせ、大きく旋回させた。

「あふっ、また……」

詩織が腰を動かしながら、喘ぎ声で言った。

弓形の眉がたわみ、上瞼に濃い影が宿っていた。舌の先で上唇を舐めながら、顔を左右に振っている。クライマックスが近いようだ。

——また、置いてきぼりを喰いそうだな。いったん離れて、おれが上になろう。

神は肘《ひじ》を使って、上体を起こした。

その気配で、詩織が目を開けた。彼女は無言で、神の逞しい腕を押した。背中をシーツに戻せという意味だろう。

「体位を変えようや」

神は言った。

「いやよ、いや！　このままがいいわ。だって、もうじき……」

「後ろから、思いっきり突いてやるよ」

「それは後でいいわ。いまは早くいきたいの。お願い、仰向けになって！」

「今度は、こっちが娯《たの》しみてえんだよ」

神は、さらに上半身を起こした。詩織の尻の下に両手を差し入れ、彼女の体を浮かせかけた。

そのとき、詩織が鋭く言った。

「起き上がったら、撃つわよ」

「撃つだと⁉」

神は、わけがわからなかった。詩織は右手にワルサーP5を握っていた。

昨夜、スキンヘッドの男から奪った自動拳銃だ。神は服を脱いだとき、それをベッドマットの下に隠しておいたのだ。消音器は外して、上着のポケットに入れてある。まだ安全装置は外されていない。

神は、ひと安心した。

「男の人って、おかしいわ、大人になっても、こんな玩具《おもちゃ》を持ち歩いてるなんて」

「そいつはモデルガンじゃねえんだ」

「嘘でしょ？」

「ほんとさ。危ねえから、寄越《よこ》しな」

神はワルサーP5を捥《も》ぎ取った。

詩織が戦《おのの》き、短い奇声を発した。そのとたん、全身がわななきはじめた。埋めた分身に間歇的《かんけつ》な緊縮が加わってくる。

――こいつは、いいや。

神はいたずらっ気を起こし、銃口を詩織の乳房に押しつけた。詩織が悲鳴を放った。

次の瞬間、彼女の体の震えが一段と大きくなった。

不意に神のペニスに、凄まじい収縮が加わってきた。恐ろしい力だった。まるで万《まん》力《りき》で締めつけられているような感じだ。快感はとうに薄れ、激痛にさいなまれはじめた。

神は拳銃をマットの下に差し入れ、詩織の体を引き離そうとした。

だが、結合は解けなかった。詩織は白目を剝《む》いている。何やら鬼気迫る感じだった。

膣痙攣《ちつけいれん》を起こしたらしい。

そう思い当たると、神はさすがに冷静ではいられなくなった。競輪選手時代の仲間の苦い体験が頭に蘇《よみがえ》ったからだ。

その男は、神と同じように無類の女好きだった。

ある夜、彼は遠征先で知り合った若い人妻の家に上がり込み、大胆にもすぐに交わりはじめた。女の亭主はガードマンだった。ほんの数十分前に夜勤に出かけていた。

不倫の関係の二人は、燃えに燃えた。

だが、天罰が下《くだ》った。行為に耽《ふけ》っている最中に運悪く女の亭主が家に戻ってきた。忘れものを取りに引き返してきたのだ。

夫の姿を見た瞬間、浮気な人妻は驚きのあまり膣痙攣を起こした。相手の男は、逃げるに逃げられなくなった。

女の亭主は、繋がったままの二人を罵倒しつづけた。両者を蹴りつけもした。

そのうち、彼は不安に駆られた。妻と間男が脂汗《あぶらあせ》を浮かべて、もがき苦しみはじめたからだ。

亭主は知人に電話で相談し、結局、救急車を呼んだ。病院でショックを与えられると、二人の体はあっけなく離れた。

その夫婦は離婚し、神の仲間は女遊びを慎むようになった。

――こんな恰好を誰かに見られたら、一生の不覚だ。

神は焦躁感《しょうそうかん》を覚えた。

「離れて！　早く抜いてちょうだいっ」

詩織が長い髪を振り乱しながら、譫言《うわごと》のように言った。

「抜きたくても、抜けねえんだよ」

「お願いだから、小さくして！」

「無理言うな。そっちこそ、少し緩《ゆる》めてくれ。そうすりゃ、引っこ抜けるよ」

「さっきから、体の力を抜こうとしてるんだけど、うまくいかないの」

「ゆっくり深呼吸してみな。リラックス、リラックス！」

神は痛みを堪《こら》えながら、声を絞り出した。

「駄目よ、腰を動かさないで！　あなたが動くと、余計に締まっちゃう」

「わざと動かしてんじゃねえよ。痛《いて》えから、自然に体が動いちまうんだ」

「なんでもいいから、早く離れて！　このままじゃ、わたし、死んじゃう！」

詩織が取り乱し、神の顔や喉のあたりを爪で引っ掻きはじめた。

「興奮するな。落ち着くんだっ」

「そんなこと言ったって、無理よ」

「静かにしろ！」

神は右手の甲で、詩織の横っ面《つら》を張った。

詩織の頬が鳴る。彼女が頬に手を当てたとき、急に体の震えが凪《な》いだ。膣も少しずつ緩みはじめた。

いまだ！

神は腰を引いた。

いくらか抵抗はあったが、無事に昴まりを抜くことができた。ペニスは赤黒く腫れ上がっていた。亀頭が擦《す》り剝《む》けたのか、少しひりひりする。

「ああ、よかった！」

詩織が全身でしがみついてきた。神は詩織を抱きとめ、安堵の息を洩らした。

「わたし、どうなるかと思ったわ。取り乱しちゃって、ごめんなさいね」

「気にするな」

「こんなこと、初めてだわ。あなたは？」

「おれも同じだ。こういう初体験は、男も痛《いて》えもんだな」

「そういえば、なんか腫れてるみたい。オロナイン、塗ってあげましょうか？」

詩織は真顔《まがお》だった。

「いいよ。放っときゃ、治るさ」

「なんか疲れちゃったわね。もうやめましょうよ」

「そりゃねえだろ」

「だって、痛むんでしょ？」

「あんたが濡れてくれりゃ、どうってことねえさ」

神は詩織を仰向けに寝かせ、いきなり両脚を掬《すく》い上げた。膕《ひかがみ》が白く光った。

「また、さっきみたいになるんじゃないかしら？」

「とりあえず、様子をみてみよう」

神は、少しずつ分身を沈めていった。

強い収縮は感じられない。深く潜らせると、詩織が両腿で神の腰を挟みつけた。

神は唇を重ねた。

詩織に体重はかけなかった。神は両肘で八十六キロの体重を支え、腰を動かしはじめた。

突き、捻り、また突く。詩織の体が熱くぬめりはじめた。先端の痛みは消えていた。

「あなたって、タフなのね」

詩織が顔をずらして、甘やかな声で囁いた。

神は返事をしなかった。唇を滑らせながら、黙々と腰を躍らせた。

六、七度浅く突き、そのあと一気に奥まで埋め込む。ゆっくりと腰を引き、ペニスの張り出した部分で襞《ひだ》をこそぐる。いつものリズムパターンだった。

詩織は裸身を震わせながら、喘ぎを高めていった。切れぎれに洩らす呻き声が煽情《せんじょう》的だった。

神はラストスパートをかけた。

それに応《こた》えるように、詩織も狂ったように腰を振った。シーツが捩《よじ》れ、左右に気忙《きぜわ》しく動く。

神は詩織の両脚を屈折させ、彼女の体を折り畳んだ。

動きが烈《はげ》しくなると、ベッドが軋みはじめた。

詩織は毬《まり》のように弾みながら、愉悦《ゆえつ》の呻きをあげつづけた。神は弾ける予兆を体に感じ、がむしゃらにスラストを速めた。

それから間もなく、不意に昂まったものが爆《は》ぜた。

神は勢いよく放った。低く唸ったとき、詩織が四度目の沸点に達した。彼女は体を丸めた姿勢で、スキャットのような声を迸らせた。

神は分身をひくつかせた。

詩織がのけ反って、長く呻いた。頭はヘッドボードぎりぎりまで、大きくずり上がっていた。長い枕はいつの間にか、ベッドの下に落ちていた。

昂まりがすっかり萎《な》えてから、神は詩織から離れた。

詩織はじっと横たわったまま、乱れた呼吸を整えていた。神は、抜き取ったティッシュペーパーの束を詩織のはざまに宛《あ》てがってやった。

「ありがとう。とってもよかったわ。あなたとは、セックスの相性がいいみたい」

「おれも、なんか後を引きそうだよ」

「だったら、また抱いてくれる？　あなたが何者か知らないけど、何か手伝えることがあったら、全面的に協力するわ」

「地引を裏切れるか？」

神は単刀直入に訊《き》いた。

「あんな奴、いつでも裏切れるわ。わたし、何をすればいいの？」

「地引が『誠和グループ』の人間と接触した日を調べてくれねえか。誰と会ったかかわかると、ありがてえな」

「日報を見れば、どちらもわかると思うわ」

「そうか。それから、『グローバル・コーポレーション』の何を探ってるのか調べてもらいてえんだ」

「そっちのほうはあまり自信がないけど、一応、やってみるわ」

「頼む」

「いいわ。わたし、まだあなたの名前も知らないのよね」

詩織がそう言いながら、火照《ほて》った腿《もも》を絡ませてきた。

「ミスターX《エックス》とでも呼んでくれ」

「わたし、まだ信用されてないのね。こんなに情熱的に愛し合ったのに、なんだか哀しいな」

「陣内《じんない》、陣内隆次《りゅうじ》だ」

神は、でまかせの偽名を教えた。

「あら、素敵なお名前ね。ねえ、今夜はここに泊まってもいいのよ。わたし、あなたのことをもっと知りたいわ」

「ゆっくりしてえところだが、これから行かなきゃならねえとこがあるんだ。近々、こっちから連絡するよ」

神は詩織をなだめ、ベッドから抜け出た。六本木の『理沙』に行く気持ちになっていた。

神は長身を屈《かが》め、床から下着や衣服を拾い上げた。身繕《みづくろ》いをしたら、そのまま詩織の部屋を出るつもりだった。

5

雰囲気は悪くなかった。

店のインテリアは渋く、ソファセットもゆったりとしている。装飾品にも風格があった。

六本木の『理沙』だ。

神はブランデーを傾けていた。ヘネシーVSOPだった。テーブルには、キャンドルライトが置かれている。揺らめく赤い炎が何やら妖しい。

ホステスは七人いた。

いずれも若くて、それなりに美しかった。客は三組だけだった。四、五十代の男たちが目立つ。

「お客さん、ここは初めてですよね?」

正面に坐ったホステスが訊《き》いた。

神はうなずいた。女は、なつみという源氏名《げんじな》だった。二十四、五歳だろう。ひと目で、整形美人とわかる。

二重瞼の切れ込みが不自然に深く、鼻も高すぎる。突き出た胸も、おそらくシリコンで膨らませたのだろう。

「普通のサラリーマンじゃありませんよね？　その体格だから、きっとプロのスポーツ選手ね」

「昔、ちょっと自転車遊びをな」

神はそう応じながらも、奥のテーブルにいるママの理沙に目を当てていた。

詩織の言葉通り、理沙はきれいだった。

美しいだけではなく、妖艶でもあった。整った白い瓜実顔《うりざねがお》には、熟れた色気がにじんでいる。

理沙は、黒っぽい絽《ろ》の着物を粋に着こなしていた。すっきりとした襟足が、男の何かを掻き立てる。機会があったら、ぜひ一度寝てみたいものだ。

「いやだわ、お客さんったら。さっきから、ママのことばかり見て」

「ママ、美人だな。さっき挨拶に来たときにも、そう思ったんだが」

「ママは遠くで眺めてるだけのほうがいいんじゃないかな」

なつみが謎めいた言い方をして、バージニア・スリムライトに火を点けた。

「おっかねえパトロンがいるってわけか」

「ううん、そういう意味じゃないんだけど」

「あれほどの美人なら、当然、パトロンがいるよな？」

「そのへんは、ご想像にまかせるわ」

「看板は何時なんだい？」

神は訊いた。

「一応、十一時四十五分ってことになってるのよ。お鮨でもご馳走してくださるの？」

「今度いつかな。きょうは、この後、ちょっと野暮用があるんだよ」

「なあんだ、つまらない。あなたとなら、どうにかなってもかまわないと思ってたのに」

なつみがリップサービスを口にし、黒服の男を呼んだ。

神は、まだグラスを空けきっていなかった。二杯目だった。しかし、なつみは三杯目をオーダーし、自分のバーボン・ソーダも勝手にお代わりした。

神は内心、面白くなかった。

だが、そのことを口には出さなかった。大人げないような気がしたからだ。

三杯目のブランデーが運ばれてきたとき、奥の二人連れの客が腰を上げた。どちらも五十過ぎの男だった。

二人のホステスと一緒にママが、客の見送りに立った。神は小声で訊いた。

「いま、帰った連中はどっかの偉いさんなんだろ？」

「ええ、コンピューター関係の会社の部長さんたちよ」

なつみがそう言い、社名を洩らした。アメリカ資本の超一流企業だった。

「客筋がいいようだな」

「そうなの。オーナーがとっても顔の広い人だから、一流会社の重役さんとか成長企業の社長クラスの方たちがよく来てくださるのよ」

「ママは雇われだったのか」

「ええ、まあ。いずれは、お店の権利がママのものになるかもしれないけどね」

「美人ママのパトロンって、どんな男なのかね？　一度、顔を見てみてえな」

神は空とぼけて、誘い水を撒《ま》いてみた。だが、なつみは慎重な答え方をした。

「ここに通ってくれれば、いつかオーナーに会う機会があると思うわ」

「そうだな」

「お客さん、この店のことをどなたからお聞きになったの？」

「『誠和グループ』に勤めてる友達が教えてくれたんだよ」

「もしかしたら、甘利さんかしら？」

「うん、まあ」

神は曖昧な返事をした。

「甘利さんは常連ってわけでもないのよね。オーナーが現われた日に何度かお見えになった程度だから」

「ふうん」

「お客さん、何か調べてるわけじゃないんでしょ？」

急になつみが、警戒するような顔つきになった。

「おかしなことを言うなあ。おれが何を調べにきたって言うんだっ」

「怒らないで。それだったら、いいの。ただ……」

「ただ、なんなんだ？」

「オーナーは荒っぽい男たちともつき合いがあるから、ここで怪しまれるような言動は慎んだほうがいいわよ」

「そうかい」

神は、それ以上の質問は控えた。

なつみが煙草の火を消したとき、客を送り出したママが席にやってきた。二人のホステスは、別の席についた。

理沙は、なつみの横に坐った。

「陣内さんでしたわね？」

「さすがだな。名刺を渡したわけじゃないのに、ちゃんとおれの名前を憶《おぼ》えてくれてたんだ？」

「はい。でも、たいしたことじゃありませんわ。お客さまのお顔とお名前を憶えるのは、わたしたちの仕事の基本ですもの」

「それにしても凄いよ。おれなんか、何回も会った奴の名前もなかなか憶えられねえもんな」

「うふふ。今度いらしたときに、お名刺をいただきたいわ」

「持ってくるよ。ママも、何か好きなものを飲《や》ってくれ」

「ありがとうございます。それでは、何かカクテルでもいただきます」

理沙は黒服の若い男を呼び、馴染みのないカクテル名を告げた。

なつみは脚を組んで、紫煙をくゆらせていた。ママが同じ席についたからか、どこか態度がぎこちない。

三人は四十分ほど、取りとめのない話をした。

その間、理沙はジンをベースにしたカクテルを一杯飲んだきりだった。なつみのほうは、遠慮する素振りも見せなかった。

神は十一時半になると、おもむろに腰を上げた。

勘定は高くも安くもなかった。ママとなつみに見送られて、エレベーターで一階に降りる。

エントランスホールは、他店のホステスや酔客でごった返していた。

「また、いらしてね」

なつみが乳房を押しつけてきて、甘えるように言った。

神は適当にあしらって、ママに軽く手を挙げた。理沙が深く腰を折った。

神は俳優座ビルの方に歩きだした。

表通りにぶつかると、しばし雑沓の中にたたずんだ。煙草を一本喫《す》ってから、来た道を引き返す。

神は理沙を尾行して、自宅を突きとめるつもりだった。

歩きながら、ファッショングラスをかける。それで変装できたとは思えない。ただの気休めに過ぎなかった。

『理沙』のある飲食店ビルの少し先に、大型のワゴン車が駐めてあった。

神は、その陰に身を潜《ひそ》めた。

五分ほど経過したころ、『理沙』の最後の客がビルから出てきた。神は待ちつづけた。

十分あまり経つと、七人のホステスが次々に姿を見せた。その後から、黒服の男たちが出てきた。彼らは何やら愉《たの》しげに語り合いながら、ゆっくりと遠のいていった。

理沙が現われたのは、午前零時半だった。

神は少し身を屈《かが》めた。理沙は、東京ミッドタウンの方に歩を進めた。神は尾行を開始した。

理沙は二つ目の角を右に曲がり、立体駐車場に吸い込まれていった。どうやら車で店に通っているらしい。

神は、車で来なかったことを悔んだ。

この時刻では、なかなか空車は拾えない。あたりを見回しても、無線タクシーの迎車ばかりだった。

成り行きに任せるか。

神はキャメルをくわえた。

煙草を半分ほど喫《す》ったとき、立体駐車場から赤いアウディが出てきた。ステアリングを握っているのは、理沙だった。

神は、火の点いた煙草を指の爪で弾き飛ばした。アウディが外苑《がいえん》東通りに向かった。

——このまま逃がすことはねえな。

神は、車の左手を見た。黒いスカイラインが走ってくる。

その車が近づいてきたとき、神はいきなり道の中央に躍り出た。急ブレーキをかける音が響き、スカイラインが停まった。

すぐに運転席のパワーウインドーが下がり、若い男が顔を突き出した。

「危ないじゃないか。どういうつもりなんだっ」

「トランクルームの下から、白い煙が出てるぜ」

「ほんと？」

「ああ。なんか発火装置を仕掛けられたんじゃねえのか。車を降りて、ちょっと検《しら》べてみなよ」

神はドライバーに言った。

若い男がすぐさま車を降り、後ろに回り込んだ。

ドアは開けっ放しだった。神は素早くスカイラインに乗り込み、勢いよくドアを閉めた。

若い男が何か叫び、運転席の方に駆け寄ってきた。

「車、ちょっと借りるぜ」

神はスカイラインを急発進させた。若い男が跳びのいた。

車のスピードを上げた。理沙のアウディは、外苑東通りの前で信号待ちをしていた。

神は、ドアミラーを見た。若い男が大声をあげながら、必死に追ってくる。

信号が変わった。

アウディは左折した。五、六台の車を挟んで、神も左に折れた。

理沙の車はしばらく直進し、飯倉《いいくら》の交差点を右折した。

神は奪ったスカイラインで追尾《ついび》しつづけた。いつの間にか、間《あいだ》の車は二台になっていた。これなら、もう見失う心配はない。

アウディは桜田通りを短く走り、目黒通りを進みはじめた。

まっすぐ自宅に向かっているのか。それとも、どこか別の場所に行くのか。

神はスカイラインを運転しつづけた。

やがて、アウディは目黒川の畔《ほとり》に建つテブホテルの駐車場に潜《もぐ》り込んだ。

理沙はパトロンの地引が旅行中に、こっそり抓《つま》み喰いをする気になったらしい。相手は誰なのか。

——理沙の弱みを摑んどいて損はねえな。

神は車を川っ縁《ぷち》に停めた。七階建てのラブホテルの少し手前だった。煙草を吹かしながら、そのまま待つ。

二十分近く過ぎたころ、ホテルの斜め前に一台のタクシーが停止した。降りたのは、三十三、四の男だった。細身だが、上背があった。

顔かたちは判然としなかった。

男はあたりを見回してから、ホテルの中に駆け込んだ。照明が一瞬、男の顔を浮かび上がらせた。なんと男は、『理沙』のチーフバーテンダーだった。理沙の浮気相手と考えていいだろう。

神は数分遣《や》り過ごしてから、スカイラインを降りた。

ホテルに入り、フロントに歩み寄る。

シティホテルとは異なり、カウンターに従業員の姿は見当たらない。しかし、マジックミラーになっているパネルの向こうに人のいる気配がした。

「警察の者だが……」

神は低く声をかけた。

すると、すぐに五十年配の男が顔を見せた。神は上着の内側を押し拡げ、内ポケットの黒革の手帳を半分だけ抓《つま》み上げた。

際どい演技だった。相手が警察手帳の呈示を強く求めたら、刑事に化けたことはたちまち看破《かんぱ》されてしまう。幸運にも、男は少しも怪しまなかった。

「いま、三十三、四の男がここに入ったね？」

「は、はい」

「その男は、どの部屋に入ったのかね？」

「七階の七〇一号室です」

「そう」

神は、フロントの横にある客室案内のパネル板に視線を向けた。その部屋のランプは消えていた。

「部屋に先に入ったのは、赤いアウディでやってきた和服の女だね?」

「そうです」

「部屋の二人は、このホテルをよく利用してるのかな?」

「月に二、三回ですね」

フロントマンが、ためらいがちに言った。

「いつごろから来るようになったんだい?」

「三カ月ほど前から、ご利用いただいております。いつも女性の方が先にお見えになりまして、後から男性が……」

「いつも泊まり?」

「お泊まりになられることもありますが、だいたい三、四時間でお帰りになられます」

「帰りも別々かい?」

「はい、そうです。あのう、七〇一号室のお客さまはどんな事件に関わっているのでしょう?」

「なあに、たいした事件じゃないんだ。二人には、わたしのことは黙っててくれないか」

「それは心得ております」

「よろしく！　ちょっと駐車場を覗かせてもらうよ」

神はフロントを離れ、駐車場に回った。

理沙のアウディは、通りからは死角になる場所に駐車してあった。神は、車のナンバーを手帳に書き写した。車の名義が理沙になっていれば、彼女の現住所を割り出すことはたやすい。

神は駐車場から、ホテルの外に出た。

夜気は、いくらか涼しかった。脈絡もなく、二本松のことが頭に浮かんだ。もう彼は、小さな骨壺に納まっているにちがいない。

美寿々は、どうしているのか。新宿の店には、まだ出る気にはなれないのではないか。

神はスカイラインには乗らなかった。

少し先の目黒通りまで歩いた。十五分ほど待つと、目黒駅の方向から空車がやってきた。

その車に乗り込む。近くの山手通りに出れば、自宅まで一本道だった。

二十分弱で、マンションに着いた。

タクシーを降りると、神は周囲に目を走らせた。敵らしい人影はなかった。メールボックスに歩み寄り、郵便物と夕刊を取る。

部屋の前にも、不審な人物はいなかった。

自室に入って、神はにわかに緊張した。室内に、癖のある体臭が籠っていたからだ。腋臭《わきが》の残り香だった。

留守中に何者かが侵入したようだ。

ひょっとしたら、部屋のどこかに身を潜めているのかもしれない。

神はそっと靴を脱ぎ、腰の後ろからワルサーP5を引き抜いた。上着のポケットから消音器を掴み出し、銃口の先に取り付けた。

スライドを引き、抜き足で玄関ホールを進む。

電灯は点けなかった。暗がりの中を歩き、LDKに入った。

いったん立ち止まり、息を詰める。人の気配はしない。

神は、電灯のスイッチを入れた。

家具は少しも乱れていない。しかし、他人の不快な体臭が漂っている。

神は自動拳銃を構えながら、左手にある浴室やトイレを調べてみた。

誰もいなかった。LDKを横切って、寝室に急ぐ。ドアは開いていた。開き方が、いつもとは明らかに違う。

神は片手を伸ばして、寝室の電灯を点けた。すぐに壁にへばりつく。何も動かなかった。

寝室に入る。ＬＤＫよりも、腋臭の残り香がきつい。敵の人間が、部屋に何か仕掛けたのだろうか。

神は膝を落とし、ベッドの下を覗き込んだ。

おかしな物は何もない。ナイトテーブルを動かした形跡もなかった。

クローゼットに近づくと、かすかな針音が聞こえた。

時限爆破装置かもしれない。

神は一瞬、全身の血が凍った気がした。足も竦んだ。深呼吸をして、気持ちを落ち着かせる。

神はクローゼットの扉を開けた。

針音が高くなった。恐怖心をなだめる。

神は拳銃をベッドの上に置き、片膝をついた。

耳を澄ます。クローゼットの小物入れの中から、時を刻む音が響いてきた。

また、体が凍《こご》えた。それでいて、頭の芯はむやみに熱い。

神は思い切って、小物入れの蓋を開けた。

底のほうに、ポケット判の辞典ほどの大きさの金属の箱があった。箱の蓋は半田《はんだ》付けされていて、開封はできない。

おそらく中身は、高性能の炸薬《さくやく》だろう。

神は、箱に接続されている数本のコイルコードを引っ張った。

コードの先端には、掌《てのひら》サイズの薄べったい計算器のようなものがぶら下がっていた。タイマーだった。液晶ディスプレイには、現在の時間が表示されている。

その右肩には、３：00という黒い液晶文字が見える。爆破時刻を示しているにちがいない。午前三時と考えられる。

神は手首の時計を見た。

二時二十一分過ぎだった。まだ余裕がある。

しかし、予約を解除する術《すべ》がない。ボタンの類《たぐい》は何もなかった。コイルコードを力任せに引き千切れば、爆破装置は作動しないはずだ。

だが、それを実行してみるだけの勇気はなかった。強い震動を与えたら、炸薬が爆《は》ぜる恐れがある。

仕方ない。面倒だが、こいつをどこかに捨てに行こう。

神は消音器付きの拳銃をベルトの下に差し込み、爆破装置とタイマーを抱え上げた。

そのまま、静かに部屋を出る。

気持ちのいいものではなかった。自分の車に乗り込むと、助手席に危険な荷物をそっと置いた。拳銃は、グローブボックスに仕舞った。

穏やかに車をスタートさせる。

裏通りをたどって、世田谷通りに出た。車の量は多くなかった。

しかし、神はあまり速度を上げなかった。何かの震動で爆破装置がシートから転げ落ちることを懸念《けねん》したのだ。

和泉多摩川まで走った。

小田急線の駅の少し先に、多摩川が流れている。対岸は登戸だった。

やがて、前方に長い橋が見えてきた。

多摩水道橋だ。橋の手前の道を左に折れる。

土手道だった。

数百メートル行き、パジェロを停めた。冷房は強く利《き》かせていたが、額にはうっすらと汗がにじんでいた。

神は時計を見た。

あと四分で、午前三時だ。のんびりとはしていられない。

神はタイマー付きの時限爆破装置をしっかりと握り、あたふたと車を降りた。

土手の斜面を駆け降り、河川敷《かせんしき》のグラウンドを突っ切る。

人っ子ひとりいない。

闇が濃かった。

このあたりの川幅は割に広かった。右手前方に中洲があるが、もちろん民家も貸ボート屋もない。

神は、川の際《きわ》で足を止めた。

かすかに水の流れる音がする。爆破装置をタイマーごと、川面の真ん中に投げ放った。

闇の底で、確かな水音が上がった。

神は大股で土手道まで戻った。緊張感は、だいぶ緩んでいた。

パジェロに乗り込み、ドアを閉めたときだった。

くぐもった爆発音が轟いた。

黒々とした川面が大きく盛り上がり、巨大な水柱が立った。夜目《よめ》にも、水しぶきの白さが鮮やかだった。

川魚が犠牲になっただろうが、仕方ない。

神はアクセルを踏み込んだ。

第三章　欲の騙し合い《コン・ゲーム》

1

尾行されていた。

数台後ろから追尾《ついび》してくるのは、間違いなく警察車だった。シルバーグレイのスカイラインだ。

運転席にいるのは、田島という刑事だった。その隣には石井が乗っている。

――しつこい奴らだ
神《じん》は唇を歪《ゆが》めて、カーライターを押し込んだ。

速度は変えなかった。パジェロで西新宿のオフィスに向かっていた。

午後四時過ぎだった。自宅に時限爆破装置を仕掛けられたのは、きのうの晩だ。

きょうの朝刊には、和泉多摩川での一件は一行も書かれていなかった。

神は煙草をくわえ、カーライターで火を点けた。

数百メートル先が初台《はつだい》の交差点だった。神は一瞬、尾行を撒《ま》く気になった。

だが、すぐに思い直した。八王子署の刑事たちは、すでに事務所の所在地も調べ上げているにちがいない。だとしたら、逃げても無駄だ。

二人の刑事が自宅を訪れたのは、小一時間前《こ》だった。

神の運転免許証を届けに来たのだ。そのとき、石井は神の容疑が晴れたと明言《めいげん》した。

しかし、二人は神がマンションを出たときから、ずっと尾けてくる。

――ご苦労なこった。おれを尾行したって、意味ねえのに。

神は嘲笑し、交差点を右折した。

甲州街道を五百メートルほど走り、左に折れる。ミラーを覗くと、スカイラインがゆっくりと追ってくるのが見えた。

神はキャメルの火を消して、車をオフィスのある雑居ビルの地下駐車場に入れた。

車を降りたとき、車道をうかがった。

スカイラインは見えなかった。

だが、引き揚げたとは思えない。おそらく近くで張り込む気になったのだろう。

神はエレベーターに乗り込んだ。

オフィスのドアは、細く開いていた。キーホールが捩曲《ねじま》がっている。敵の仕業《しわざ》にちがいない。

部屋に入ると、やはり床に机の引き出しの中身がぶち散かれていた。腹いせのつもりなのか、ソファも引っくり返っている。

神はエア・コンディショナーのスイッチを入れ、部屋の中を片づけはじめた。

それほど手間はかからなかった。机に向かって一服する。

短くなった煙草の火を消したとき、机上の電話が鳴った。神は、おもむろに受話器を摑み上げた。

電話をかけてきたのは、窃盗グループのボスだった。もう五十歳を過ぎた男だ。

「二キロのインゴットが十本あるんだが、旦那んとこで引き取ってもらえねえかな?」

「純度は?」

「九並びだよ」

「一週間前の御徒町《おかちまち》の事件《ヤマ》は、やっぱり、おたくの仕事だったのか」

「旦那はいい勘してるな。で、どうなんだい?」

「現物を見てえな」

「それじゃ、サンプルを持って、これからそっちに行くよ」

「待ってくれ。いまは、ちょっと危《ヤベ》えんだよ。別の件で、警察《サツ》にマークされてんだ」

「何か失敗《ドジ》踏んだのかい?」

「いや、ちょっと勘違いされてるだけさ。悪いが、四、五日、時間をくれねえか。おれのほうから、必ず連絡するよ」

「それじゃ、待ってるぜ」

電話が切られた。

神は受話器を置くと、窓辺に寄った。眼下に目をやる。スカイラインは、雑居ビルから少し離れた路上に停まっていた。

――奴らが粘るようだったら、裏口から出ちまおう。

神は立ったまま、全国消費者生活改善推進会に電話をかけた。

詩織から何か情報を得られるかもしれないと思ったのだ。しかし、受話器は外れなかった。

――きょうは土曜日で休みなんだな。

神は、詩織のマンションに電話をかけ直した。

「はい、海老名です。ただいま外出しております。お急ぎの方は、発信音のあとにご用件をお話しください」

録音テープの声が流れてきた。神は何も言わずに電話を切った。椅子に腰かける。

――暗くなったら、『理沙』に行ってみるか。あそこは、日曜と祭日以外は営業してたはずだ。

神は、机の上に両脚を投げ出した。

それから間もなく、ふたたび電話機が電子音を奏《かな》ではじめた。神は腕を伸ばした。

受話器を耳に当てると、沢渡の声が響いてきた。

「そっちにいたか。さっき、マンションに電話してみたんだがね」

「おやっさんがここに電話をくれるなんて、珍しいな。ミミって娘《こ》とひょんなことから、できちまったのかい?」

「そうなら、いいんだがね。ちょっと妙な話を聞いたもんだから、少し気になってな」

「気になる話って?」

神は問いかけた。

「知り合いの古美術商が教えてくれたんだが、梨絵が都内の古美術店を回って、例の物を探し歩いてるらしいんだよ」

「彼女が、どうして青磁の茶壺や古代ペルシャの水差しを……」

「そのあたりのことはわからないんだが、なんだか妙に気になってね。わたしの娘は、何か事件に関わってるんだろうか」

沢渡が不安そうに言った。

──梨絵の新しい彼氏は、地引なのか。いや、彼女があんな脂《あぶら》ぎった野郎に惚れるわけねえ。

神は胸中で呟いた。

「鬼脚《おにあし》、梨絵は誰かに頼まれて例の物を探してるんじゃないだろうか」

「そう考えるのが自然だろうな」

「わたしもそうは思ってるんだが、なんだか不安な気持ちもあってね。娘はどこか反社会的なところがあるから、もしかしたら、とんでもない犯罪に関わってるのかもしれないとも思えてきたんだよ」

「それはねえと思うよ。とにかく、ちょっと調べてみらあ」

「すまんな、忙しいのに」

「かまわねえさ。こっちにも関わりのあることだしね」

「ひとつよろしく頼むよ」

沢渡が言った。

「オーケー！　おやっさん、例の物を梨絵ちゃんに見つからねえようにしてくれよ」

「それは大丈夫だ。梨絵はめったにここには来ないし、来ても店先で話をして帰っていくからね」

「そうだったな。何かわかったら、おやっさんに教えるよ」

神は電話を切った。

すぐに机から離れ、冷房のスイッチを切る。『理沙』に出かける前に、梨絵のエステティック・サロンに回る気になったのである。

オフィスを出ようとしたとき、またもや電話が鳴った。

電話をかけてきたのは奈緒だった。

「今夜、会えないかしら?」

「会いてえけど、ちょっと仕事でバタバタしてんだよ」

「そうなの。もし都合《つごう》がついたら、マンションに来て。わたし、ずっと待ってるから」

「行くって約束はできねえけど、時間の都合がついたら、梅里に回るよ」

「来てくれなかったら、浮気しちゃうぞ」

奈緒が冗談を言って、先に通話を切り上げた。

神は受話器を置くと、そのまま事務所を出た。ギアのロックはできなかった。

エレベーターで一階まで降り、裏の非常口から外に出る。ビルとビルの間を抜けると、裏道に達した。

これで、刑事たちの尾行から解放されるはずだ。

神は高層ホテル街を横切り、青梅街道まで歩いた。街道沿いにレンタカーの営業所がある。

神は、そこで灰色のプリウスを借りた。エンジンの調子は悪くなかった。そのレンタカーで、南青山に向かう。

梨絵の店に着いたのは、数十分後だった。

だが、梨絵は店にいなかった。従業員の話によると、少し前に南麻布のマンションに帰ったという。

神は店を出ると、プリウスを梨絵の自宅に走らせた。

梨絵は高級賃貸マンションに住んでいた。その建物は、フランス大使館の裏手にあった。

神は沢渡に誘われ、梨絵の自宅に二度ばかり出かけたことがある。

マンションのある場所は、はっきりと憶《おぼ》えていた。部屋番号も忘れてはいない。

十分ほど走ると、目的のマンションが見えてきた。

神はレンタカーをマンションの前の路上に駐め、表玄関に駆け込んだ。

オートロック・システムになっていた。来訪者は勝手にはエレベーターホールに進めない。

神は集合インターフォンに歩み寄り、梨絵の部屋番号を押した。

ややあって、スピーカーから梨絵の声で応答があった。

「どなたでしょうか？」

「おれだよ。この近くまで用があってな。冷たいものを一杯ご馳走してくれねえか」

「悪いけど、いま来客中なのよ」

「そうか。それじゃ、またにしよう」

「そうしてもらえると、ありがたいわ」

梨絵の声が途切れた。

多分、部屋には男がいるだろう。

神は広いロビーを斜めに歩き、地下駐車場に通じる階段を降りた。

来客用のカースペースに、黒いジャガーＸＪエグゼクティブが駐《と》めてあった。車は、その一台だけだった。

しかし、そのジャガーの持ち主が梨絵の部屋の客かどうかはわからない。

神はいったん建物の外に出て、非常階段を探した。それは、すぐに見つかった。

——外から内部には入れねえだろう。しかし、一応、各階の非常口のノブを回してみるか。

神は、銀灰色にペイントされた非常階段を昇りはじめた。

各階の非常用鉄扉《てつぴ》のドア・ノブを確かめる。七階まで、どの階も内錠が掛かっていた。

梨絵の部屋は七階にある。

神は念のため、さらに上の階まで上がってみた。八階と九階はロックされていたが、どういうわけか、十階の非常鉄扉はなんの抵抗もなく開いた。

——何事も粘ってみるもんだな。

神はほくそ笑《え》んで、建物の中に入った。

廊下はひっそりと静まり返っていた。人の姿はない。エレベーターで七階に降りる。

神は梨絵の部屋まで進み、インターフォンを長く鳴らした。応答がある前に、さっと物陰に隠れる。

少しすると、ドアが開いた。梨絵が左右を見回し、ドアを閉《と》ざした。

神は同じことを繰り返した。

すると、梨絵は廊下まで出てきた。彼女は部屋の前に立ち、しきりに首を傾《かし》げている。

数十秒すると、部屋から四十一、二歳の男が顔を突き出した。ゴルフウェア姿だった。知的な容貌で、背も高い。梨絵の新しい男だろう。

――あの野郎に頼まれて、梨絵は例の古美術品を探し歩いてるのかもしれねえな。あいつの正体を突きとめてみるか。

神は息を殺しながら、心の中で思った。

男が小声で梨絵に何か言った。梨絵がうなずき、部屋に戻った。シリンダー錠を倒す音につづいて、チェーンを掛ける音も響いてきた。

ドアをロックしたってことは、二人が親密な仲だって証拠だ。やっぱり、梨絵はあのナイスミドルに抱かれてやがるのか。なんか面白くねえな。

神は抜き足で、エレベーターホールまで歩いた。

十階に上がり、非常鉄扉から外に出る。一階まで階段を下《くだ》って、プリウスの中に戻った。

神は車を四十メートルほど移動させ、そこで男が出てくるのを待つことにした。

――あの男はゴルフを早目に切り上げて、梨絵を抱きにきやがったんだな。あんないい女を自由にできるなんて、何とも羨《うらや》ましい野郎だっ。

神はステアリングを拳《こぶし》で打ち据《す》え、背凭《もた》れを大きく倒した。

梨絵たち二人がこれからベッドで愛し合うとしたら、だいぶ待たされることになるはずだ。

長い時間が過ぎ去った。

マンションの地下駐車場からジャガーが滑り出てきたのは、十一時二十分ごろだった。

神は上体を起こして、英国車の運転席を見た。ステアリングを操《あやつ》っているのは、梨絵の部屋にいた男だった。

――すっきりした面《つら》してやがる。梨絵を思う存分に抱いてきたな。

神はかすかな妬《ねた》ましさを自覚しながら、プリウスを発進させた。

ジャガーは明治通りに出ると、渋谷橋の方向に進んだ。滑らかな走行だった。

神は充分に距離をとりながら、慎重に追跡しつづけた。男の車はＪＲ恵比寿駅の脇を抜け、そのまま道なりに走った。

駒沢通りをしばらく行き、環状八号線の少し手前で左折した。

そのあたりは、上野毛《かみのげ》の高級住宅地だった。広い敷地を持つ邸宅が左右に並んでいる。どの家も庭木が多い。

やがて、ジャガーが停まった。

洋風の邸宅の前だった。神はレンタカーを道の端に寄せた。すぐにヘッドライトを消し、フロントガラスの向こうに視線を投げた。

男が運転席でリモート・コントローラーを操作して、ガレージのシャッターを開けた。じきにジャガーは、ガレージの中に消えた。

神は静かに車を降りた。男が吸い込まれた家まで歩き、表札を見た。野間友樹《のまともき》と読めた。

――どっかで聞いたような名だな。

神は記憶の糸を手繰《たぐ》ってみた。

しかし、すぐには思い出せなかった。その名と所番地《ところばんち》を頭に叩き込むと、すぐにレンタカーに戻った。

プリウスをスタートさせる。住宅街を通り抜けると、東急大井町線の上野毛駅の前に出た。

神は車を路上に駐《と》め、彦坂の自宅に電話をかけた。

彦坂は数年前に離婚し、上板橋《かみいたばし》のマンションで独り暮らしをしている。しばらく待つと、受話器が外れた。

「はい」

彦坂はそう言っただけで、姓を名乗らなかった。

「伸やん、おれだよ」

「鬼脚《おにあし》の旦那か」

「この時間に部屋にいるとは、ずいぶん品行方正じゃねえか」

「ただ、銭がないだけだよ。どっかで飲ませてくれるんだったら、すぐ出向くぜ」

「残念だったな、そういう誘いじゃねえんだ。ちょっと訊《き》きてえことがあってな。伸やん、野間友樹って名に聞き覚えはねえか？」

神は訊いた。

「野間、野間友樹ねえ。どこかで聞いたような名だな。そいつ、いくつぐらい？」

「四十一、二ってとこかな」

「それだったら、多分、ベンチャービジネスで成功して、ひところマスコミの脚光を浴びてた奴だろう。ほら、なんとかって画期的な情報通信システムを開発して、ベンチャービジネス界のニューウェーブとか騒がれてた野郎だよ」

「思い出した、思い出した！　そうか、あいつだったのか」

「野間友樹って奴は、その後、事業がうまくいかなくなって、いまは気象情報サービス会社やビジネスマン向けの自己啓発セミナーの企画会社なんかを細々とやってるんじゃなかったかな。うん、間違いないよ」

「伸やん、ばかに詳《くわ》しいじゃねえか」

「たまたま週刊誌の特集記事に、野間のことが載《の》ってたんだよ。そいつを読んだんだ。マスコミから消えた各界の著名人のその後の生活を追ったルポ記事だよ」

「その手の記事か。そういえば、よく見かけるな」

「その野間が、どうかしたの？」

　彦坂が興味を示した。

「おれの女にちょっかい出そうとしやがったんだよ」

「そういうおとぼけは通用しないぜ。全国消費者生活改善推進会の地引が、何か野間友樹の弱みを握ったんじゃねえの？」

「どうしてそう思うんだい？」

　神は逆に質問した。

「考えてみなよ。野間は三十ちょっとで大手の丸菱《まるびし》重工から独立して、ベンチャービジネスを興《おこ》した遣《や》り手だぜ。それなりの切れ者なんだろうけど、それだけじゃ、事業を急成長させられやしない。きっと何か強引な手段を使いながら、事業を拡大してきたにちがいない」

「なるほど」

「しかし、ここ三、四年前から、本業の情報通信のほうが芳《かんば》しくなくなってる。そこで野間は、なんか無理をして巻き返しを図ろうとしてるんじゃねえかなあ」

彦坂が言った。

「それで何か地引に弱みを押さえられたんじゃねえかと推理したわけか」

「ああ。鬼脚の旦那、割引料金で野間友樹のことを調べてやってもいいぜ」

「その必要があったら、仲やんに声をかけるよ。こんな時間に悪かったな」

神は受話器をフックに掛けた。

手首の時計を見ると、いつしか午前零時を回っていた。これから『理沙』に向かっても、ママは押さえられないだろう。

奈緒の部屋に行くか。

神はプリウスを発進させた。

2

カクテルラウンジは広かった。

赤坂の西急《せいきゅう》ホテルの最上階だった。月曜日の夜だ。

神はカウンター席を見た。

そこには、詩織の姿はなかった。窓側のテーブル席に視線を転じると、若い女が手を振った。詩織だった。

神は、詩織のいる席まで大股で歩いた。

何人かの客が驚いたような顔で、神を振り仰《あお》いだ。

おおかたフランケンシュタインに似ているとでも思われたのだろう。それとも、太腿の逞《たくま》しさが人目を惹《ひ》いたのか。どちらでもいい。

神は少しも気にしなかった。

詩織は、嵌《は》め殺《ごろ》しのガラス窓の際《きわ》に坐っていた。夜景が美しい。どこか幻惑的だった。

「だいぶ待たせちまったのかな?」

神はそう言いながら、詩織の前に坐った。詩織が笑顔で応じた。

「ううん、少し前に来たばかりよ」

「そうか」

神は麻の黒いジャケットを脱いだ。

詩織の前には、オレンジ色のカクテルが置かれている。スクリュー・ドライバーだろう。ウオッカをオレンジジュースで割ったカクテルだ。

「電話もらえて、嬉しかったわ。ひょっとしたら、あなたは連絡してこないかもしれないと思ってたの」

「おれは約束は守る男さ」

「そうみたいね」

詩織が目に微笑をにじませ、カクテルを口に運んだ。

深みのある青いスーツを着ている。素材はタイシルクのようだ。似合っていた。

「まだ酒の飲み方がわかってねえな」

「え？」

「女が自分でスクリュー・ドライバーなんてオーダーするもんじゃない」

「だって、これ、とっても口当たりがいいんだもの」

「だから、下心のある野郎どもが女に勧めるカクテルなんだよ」

「あら、そうだったの。わたし、知らなかったわ。どうしよう⁉」

「おれと同じものを飲めよ」

神はそう言い、近づいてきたウェイターにドライ・マティーニを二つ注文した。

「ねえ、陣内さん」

詩織が呼びかけてきた。

神は一瞬、きょとんとしてしまった。そういう偽名を使っていたことをうっかり失念しかけていたのだ。夕方、詩織のオフィスに電話をしたときは名乗らなかった。

「なんだい？」

「調べてきたこと、ここで喋っちゃっていいの？」

「そいつは、あとで聞こう。下の部屋を予約しといたんだ」

「手回しがいいのね」

「まあな」

神は笑い返し、キャメルに火を点けた。

少し待つと、ドライ・マティーニが運ばれてきた。逆三角形のカクテルグラスの底には、オリーブが沈んでいる。

二人は同時にグラスを摑み上げた。

神は半分ほど一気に飲んだ。切れ味が鋭かった。ベルモットの量が多い場合は、舌に甘さが残ってしまう。

「意外においしいのね。それに、夏らしい味だわ。オリーブの香りもいいし」

「これを飲んだら、ここを出よう。酒なら、部屋でも飲める」

「それもそうね」

詩織が相槌を打ち、またグラスを口に運んだ。

それから十五分ほどして、二人は腰を上げた。神は、詩織を十二階の部屋に案内した。ツイン・ベッドルームだった。

二人はソファに坐った。

詩織がハンドバッグから、白い手帳を抓《つま》み出した。

「要点をあとでまとめるつもりだったんだけど、時間がなかったの。だから、手帳を見ながら、口で説明するわね」

「それじゃ、『誠和グループ』の甘利のことから教えてくれ」

「はい。甘利謙一、四十八歳。地引は、この甘利って男と五回、会ってるわ。その数日後には、必ず『誠和グループ』から、うちの会にまとまった協賛金が振り込まれてるの」

「その総額は？」

「一回の入金が三千万円だから、合計で一億五千万円ね」

「地引は『誠和グループ』のどんな弱みを握りやがったんだろう？」

神は低く呟いて、長くて太い脚を組んだ。

「同僚にそれとなく探《さぐ》りを入れてみたんだけど、それがどうもわからないの」

「そうか。『グローバル・コーポレーション』の話を頼む」

「わかったわ」

詩織が手帳のページを捲《めく》った。神は煙草に火を点けた。

「地引は『グローバル・コーポレーション』が手がけてるリゾート開発の予定地に必ず出向いてるわ。たとえば、瀬戸内海の無人島、三重県の志摩、それから山形の月山《がっさん》、北海道の富良野《ふらの》なんて所ね。出張するときは、その土地の行政機関にも出向いてるわ」

「行政機関か」

神は口をすぼめて、煙の輪をいくつか吐き出した。何か考えごとをするときの癖だった。

地引は、リゾート開発承認に絡む『グローバル・コーポレーション』の不正を嗅ぎつけたのではないのか。地元出身の国会議員に裏献金を贈って、便宜《べんぎ》を図《はか》ってもらったのかもしれない。

程度の差こそあれ、多くのリゾート開発業者はそういう手段を用《もち》いている。地引は、贈収賄の証拠を摑んだのだろう。

「地引は『グローバル・コーポレーション』の誰かと接触してるのか？」

「ええ、ひとりだけ会ってるわ。横尾《よこお》朋和《ともかず》という常務と一度だけ、『理沙』で会ってるはずよ」

「それは、いつのことだ？」

「ちょうど十日前ね」

「その後、『グローバル・コーポレーション』からの入金は？」

「うちの会のほうにはないわ。もしかしたら、地引の個人口座に振り込まれてるのかもしれないわね」

「以前にも、そういうことがあったのか？」

神は煙草の火を消して、すぐに問いかけた。

「いつか地引が、そんな話をしてたの」

「ベッドで聞いた話か」

「いやね、違うわよ。コーヒーか何か飲んでるときだったわ」

詩織が頰を膨らませた。

「地引はうまいんだろ？」

「何が？」

「女の扱いだよ。かなりの女好きみてえだから、相当なテクニシャンなんだろ？」

「意地悪ねえ。そんなにいじめないで」

「どうなんだ？」

神は畳みかけた。

「あなたのほうが、ずっと上手よ。地引はパワーがないし、硬度だって……。あら、いやだ。陣内さんが悪いのよ」

「別に気にしちゃいねえさ」

「よかった！　一応、これで調べたことは報告したわ」

「そうか。ありがとよ」

「ね、ごほうび、ちょうだい？」

詩織がそう言い、ソファから立ち上がった。黒曜石《こくようせき》を想《おも》わせる瞳は、濡れ濡れと光っていた。

神は腕時計を見た。

まだ九時過ぎだった。『理沙』の閉店時刻までには、だいぶ間《ま》がある。

「抱っこしてやろう」

神は椅子を後ろに引き、詩織を膝の上に跨《また》がらせた。

詩織は神の首に両腕を巻きつけると、唇を貪りはじめた。噛みつくようなキスだった。神は、詩織の舌を強く吸いつけた。

二人は、ひとしきり戯《たわむ》れ合った。神は頃合を計って、詩織をベッドに運んだ。

二人は、たちまち獣になった。

詩織は幾度も憚《はばか》りのない声を高く轟かせた。神もたっぷり娯《たの》しんだ。

熱い情事が終わりを迎えたのは、十一時過ぎだった。

詩織はベッドに俯《うつぶ》せになって、軽い寝息を刻んでいた。全身で快楽を汲《く》み取り、さすがに疲れ果てたようだ。

神はそっとベッドを抜け、シャワーを浴びた。身繕《づくろ》いをはじめると、詩織が浅い眠りから覚めた。

「帰っちゃうの？　そんなの、いやよ」

「ちょっと大事な用事を思い出してな。二、三時間で戻ってくるよ。先に寝ててくれ」

神は喋りながら、数日前にも奈緒に似たようなことを言ったような気がした。

「ほんとに戻ってきてね。こんなところに、独りで取り残されるのはたまらないもの」

「戻ってくるさ」

「待ってるわ」

詩織が上体を起こし、熱い眼差《まなざ》しで見つめてきた。色っぽかった。

神は軽く手を挙《あ》げ、ドアに向かった。

エレベーターで地下駐車場に降りる。パジェロの近くまで歩いたが、乗るのを思い留《とど》まった。車の尾行は不便なこともある。

表玄関から外に出た。今夜は、いくらか涼しかった。夕立ちが降ったせいだろうか。

神は溜池《ためいけ》に向かって歩きだした。

歩を運びながら、さりげなく後方を振り返る。刑事たちの姿は見当たらない。きのうの午後まで、八王子署の石井たちは神のマンションの前で張り込んでいた。

しかし、きょうは朝から一度も二人の姿を見かけていない。彼らは、ようやく自分たちの見当外れに気づいたようだ。

溜池の交差点にぶつかった。

神は右に曲がり、六本木方向に早足で歩いた。途中で、黒い麻の上着を脱いだ。

きょうは丸腰だった。敵から奪い取ったワルサーP5は、マンションの寝室に隠してある。

神は、ひたすら歩いた。いつしか体が汗ばんでいた。

『理沙』に入ったのは、十一時半だった。

なつみが目敏《めざと》く神を見つけ、すぐに歩み寄ってきた。弾むような足取りだった。

「来ていただけて嬉しいわ」

「きょうも元気そうじゃねえか」

神は笑いかけた。

なつみに導《みちび》かれて、中ほどの席に落ち着く。ほかに、三人連れの客がいるきりだった。ママやホステスたちは、その席についていた。

理沙は和服ではなかった。淡い藤色のスーツを着ている。テーラード型だった。

「お飲みものはなんになさる？」

「バーボンがいいな。ブッカーズのロックをもらおう」

「はい」

なつみが黒服の若い男にオーダーを伝え、神の前に腰を下ろしかけた。神は、それを手で制した。

「悪いが、今夜はママに用があって来たんだよ。ママをここに呼んでくれねえか」

「そういうことだったの」

なつみが露骨に眉をひそめ、席から離れていった。どうやら傷つけてしまったようだ。神は煙草に火を点けた。

待つほどもなく、理沙がやってきた。

「いらっしゃいませ。今夜こそ、陣内さんのお名刺をいただかなければ」

「まあ、坐ってくれよ。二人だけで話してえことがあるんだ」

神は顎《あご》をしゃくって、椅子を勧《すす》めた。

理沙が正面に坐ったとき、バーボンのロックとオードブルが運ばれてきた。二人は口を閉《と》じた。

黒服の男が歩み去ると、理沙が笑顔で言った。

「もし口説《くど》いてくださるんだったら、うーんと甘い言葉をお使いになってね」

「なんか勘違いしてるようだな。おれは、あんたを脅しに来たんだぜ」

神は上体を前に傾け、低く言った。

「ご冗談ばっかり！」

「金曜日の夜は、目黒のラブホテルでお楽しみだったな」

「何をおっしゃってるの？　金曜日はお店を閉めてから、まっすぐ自宅に戻ったわ」

「いや、赤いドイツの車で目黒川沿いのホテルに直行したはずだ。少し遅れてチーフバーテンダーのあの男が、タクシーでホテルに乗りつけた」

神はそう言い、カウンターの内側にいる長身の男に目を向けた。理沙は下唇をきつく噛んだだけで、振り向こうとはしなかった。

神は煙草の火を消して、ブッカーズのロックを半分近く呷《あお》った。お気に入りのバーボンだった。

「あなた、何者なの？　なんで、わたしを尾けたりしたのよっ」

理沙が小声で詰《なじ》った。

「あんたの浮気は、地引公認ってわけじゃねえんだろ？」

「地引のことまで……」

理沙が口許《くちもと》に手を当て、やや体を後ろに引いた。驚愕《きょうがく》の色が濃かった。

「あのホテル、月に二、三回は使ってるらしいじゃねえか。しかも、数カ月前からな。となると、単なる摘《つま》み喰《ぐ》いだったとは弁解できねえやなあ」

「あなた、地引に雇われたんでしょ？」

「いや、地引にゃ会ったこともねえんだ。ただ、あんたのパトロンに少しばかり関心があってな」

「地引の何を知りたいの？」

「ここじゃ、話しづらいんじゃねえのか。店が終わったら、あんたの家で対談としゃれ込もうや」

神はにっと笑って、またグラスを摑み上げた。

「わたしが目黒のラブホテルに行ったことは黙っててもらえるの？」

「あんたが協力してくれりゃ、地引にゃ何も言わねえよ。今夜も、あの赤い車でここに来たんだろ？」

「ええ、そうだけど」

「それじゃ、おれは駐車場で待ってらあ。店を閉めたら、なるべく早く来てくれ」

「わかったわ」

「今夜は、ママの奢《おご》りってことにしてもらうぜ。妙な気を起こしたら、あんたはここ

なかった。


のママでいられなくなるよ。そいつを忘れねえことだな」

神は立ち上がった。

そのとき、奥の席にいるなつみと目が合った。だが、彼女は見送りに立とうとはしなかった。

理沙も坐ったままだった。

黒服の男たちが怪訝《けげん》そうな顔で、一斉に頭を下げた。

神は飲食店ビルを出ると、理沙の車のある駐車場までゆっくりと歩いた。気分は上々だ。駐車場の前にたたずみ、両切りのキャメルを喫《す》いはじめる。煙草を二本吹かし終えたとき、理沙が店の方から小走りに走ってきた。

「早かったじゃねえか。いい心がけだ」

神は言って、理沙の尻を鷲掴《わしづか》みにした。肉は弾みをたたえていた。

理沙が一瞬、身を固くした。だが、抗議めいた言葉は口にしなかった。

神は、理沙の車の助手席に坐った。大柄な彼には、いささか窮屈《きゅうくつ》だった。

理沙が怒ったような顔つきで、車をスタートさせた。ハンドル捌《さば》きは巧《たく》みだった。

「家は遠いのか？」

「近くよ。高輪の外れにあるマンションに住んでるの」

「そうか。チーフバーテンダーは、なんて名だったかな？」

「大沼《おおぬま》、大沼貴志《たかし》よ」

「そうだったな」

神は話を合わせた。

「地引の何を知りたいの？」

「時間は、たっぷりあるんだ。その話は、あんたの部屋でやろうじゃねえか」

「意外に抜け目がないのね」

理沙が厭味《いやみ》を言って、徐々にスピードを上げていった。

二十分足らずで、目的のマンションに着いた。泉岳寺《せんがくじ》の近くだった。

理沙の部屋は十一階にあった。２ＬＤＫだった。

広い居間には、イタリアの有名な家具メーカーの総革張りのソファセットが置かれている。調度品も値の張るものばかりだった。

「何かお飲みになる？」

「そいつを一杯くれ」

神は、ワゴンの上のブランデーの壜《びん》を指さした。

レミー・マルタンのルイ十三世だった。デパートの洋酒売り場で買えば、十万円以上する超高級品だ。理沙が二つのブランデーグラスに琥珀《こはく》色の液体を無造作に注ぎ、それをコーヒーテーブルの上に置いた。

神は、革張りのソファに腰かけた。理沙が斜め前に坐る。表情が硬い。

「地引が、かなりダーティーな商売《ビジネス》をしてることは知ってるな？」

神はブランデーを掌《てのひら》の中で波打たせながら、穏やかに切り出した。

「ええ、薄々はね。だけど、具体的なことはほとんど知らないのよ」

「地引は、あんたが任されてる店に一流企業の役員たちを呼びつけて、強請《ゆす》ってるはずだ」

「大企業の総務部長さんなんかがよく見えるけど、そういうとき、地引は必ず人払いをするの。お店の女の子たちはもちろん、わたしも席には近寄らせてもらえないのよ。だから、話の内容までは本当にわからないの」

「まあ、それはいい。しかし、寝物語で地引から仕事のことも聞かされてるだろうが」

「地引は用心深い性格だから、ほんとうに仕事に関することは何も話そうとしないのよ」

「素直になったほうがいいんじゃねえのかっ」

神は低く凄《すご》んで、ブランデーを舐《な》めた。

芳醇《ほうじゅん》な香りが口いっぱいに拡《ひろ》がった。喉ごしは滑らかだった。

「別に地引を庇《かば》ってるんじゃないわ。わたし、本当のことを言ってるのに」

「『誠和グループ』の甘利って総務部長が店に何度か顔を出したな。地引に呼びつけられて」

「ええ」

「地引は、『誠和グループ』のどんな弱みを握ってんだ？　おれは、それを知りてえんだよ」

「その中身までは知らないけど、地引が『誠和グループ』から、高価な古美術品を奪い取ったのは確かかね。地引がそのことを、いつか深酒したときに口を滑らせたの。それから、もうひとつ……」

　理沙が語尾を呑んだ。

「もうひとつって、何なんだ？」

「甘利さんは一年半ぐらい前まで、『グローバル・コーポレーション』の社員だったらしいの。でも、『誠和グループ』に引き抜かれたって話よ」

「そいつは、いい情報だ」

　神は頬を緩めた。

　おそらく地引は甘利に何か脅しをかけて、『グローバル・コーポレーション』の不正事実を探り出したのだろう。そして、不正献金の証拠を押さえる気になったのではないか。

　そこまで考え、神はある大きな疑問に突き当たった。

甘利が前の会社をやめたのは、一年半も前らしい。いまごろになって、地引が『グローバル・コーポレーション』の不正を強請《ゆすり》の材料にするという話も妙だ。

それに詩織の話によると、地引は『誠和グループ』から一億五千万円を脅し取っているという。その上、青磁の茶壺と古代ペルシャの水差しを総帥の有賀宏太郎から強《ゆ》請《す》り取った疑いが濃い。

何か裏にからくりがあるのではないのか。

なぜ、甘利は『誠和グループ』に引き抜かれたのか。甘利は前の会社で、どんな仕事をしていたのか。

「急に黙り込んでしまって、どうしたの？」

理沙の声で、神はふと我に返った。

「『グローバル・コーポレーション』の横尾って常務が一度、『理沙』に顔を出してるな」

「ええ、十日ほど前に地引に呼びつけられてね」

「そのとき、横尾はどんな様子だった？」

「おどおどしてたわ。それから、『先生方にはご迷惑をかけたくないのです。どうか、その点はくれぐれもよろしく！』なんて、くどくどと言ってたわ」

「そうか」

神は答えながら、ブランデーグラスを揺さぶった。

先生方というのは、おおかた政治家たちを指しているのだろう。やはり、地引は『グローバル・コーポレーション』の贈賄を材料にして、恐喝じみたことをしているらしい。

強請《ゆす》られている二社が、ライバル関係にあることが妙に気になってきた。甘利の引き抜きの真相を探れば、何か思いがけない確執《かくしつ》が透《す》けてくるかもしれない。

「あなたがここまでわざわざ来たのは、ただ対談をしに来たわけじゃないんでしょ？　わたしも小娘じゃないんだから、そのくらいのことはわかるわ。寝室はあっちなの」

理沙が媚《こび》を含んだ笑みを浮かべ、奥の部屋を指さした。

「体で口止《くちど》め料を払いたいってわけか」

「大人同士の取引をしましょうよ」

「いいだろう」

神は立ち上がった。理沙が嫣然《えんぜん》と笑い、すぐに腰を浮かせた。

奥の寝室は十五畳ほどのスペースだった。

巨大なダブルベッドがほぼ中央に据え置かれている。ベッドの横に、大型のドレッサーがあった。

地引は痴態を鏡に映しながら、ここで理沙を甘く嬲《なぶ》っているのだろう。

理沙が立ち止まった。すぐに爪先立《つまさき》って、唇を求めてきた。神は体を大きく屈《かが》め、理沙の唇を舌の先でなぞった。

やがて、二人は舌を烈《はげ》しく吸い合った。

理沙はキスが上手だった。舌を吸ったり絡《から》めるだけではなく、上顎《うわあご》の肉や歯茎《はぐき》を巧《たく》みにくすぐった。

そうされるたびに、神はぞくりとした。そのつど、昂《たか》まりが膨れ上がった。

熱いくちづけが終わると、理沙は神の足許にひざまずいた。

神は自分で、スラックスのファスナーを引き下ろした。理沙が馴《な》れた手つきで、猛《たけ》った分身を摑み出す。

神は、理沙の髪を五指で梳《す》きはじめた。豊かな髪は細く、実にしなやかだった。

理沙が神の昂まったペニスに頰擦りし、舌を滑らせはじめた。

巧《たく》みな舌技だった。男の性感帯を知り尽くしていた。

実際、理沙の熱い舌は微妙な動き方をした。

毛筆の穂先で掃《は》くように動いたかと思うと、次の瞬間には削《そ》ぐような鋭さを加えてくる。むろん、舌全体を巻きつけもした。すぼめた唇で、しごくことも怠《おこた》らなかった。

理沙は、くわえたペニスを離そうとしない。

美しい顔が目まぐるしく上下左右に動く。

そのさまを眺めていると、何やら征服感めいたものが湧いてきた。快感は急激に深まった。

神は腰を動かしはじめた。

その直後だった。かすかな足音が耳に届いた。

振り向きかけたとき、神は分身に尖鋭《せんえい》な痛みを覚えた。理沙が、いきなり強く嚙んだのだ。

「痛《いて》えじゃねえかっ」

神は理沙を怒鳴りつけて、首を大きく握った。

視界の端に、男の姿が映《えい》じた。チーフバーテンダーの大沼だった。

大沼は、大ぶりの牛刀を握っていた。理沙が手引きしたにちがいない。

——何度も同じ目に遭《あ》ってるのに、おれも懲《こ》りねえ男だぜ。

神は自分を嘲《あざけ》ると、理沙の頭髪を強く引き絞った。手加減はしなかった。

理沙が唸りながら、歯を深く喰い込ませてきた。神は激痛に耐え、理沙の頭頂部に強烈な手刀《しゅとう》を叩きつけた。頭蓋骨が鈍く鳴った。

理沙がくぐもった悲鳴を洩らし、自然に口を緩めた。

神は、容赦なく理沙の腹を蹴りつけた。

理沙が呻きながら、不様な恰好で後ろに倒れた。美女も台なしだ。神は体ごと振り返った。

そのとき、大沼の牛刀が振り下ろされた。空気が鳴る。

跳《と》ぶ余裕はなかった。神は左腕で大沼の利き腕を受けとめ、椰子《やし》の実のような膝頭で相手の股間を蹴《け》り上げた。

大沼が背伸びをするような恰好になり、徐々に身を丸める。

神は牛刀を捥ぎ取ると、その峰《みね》で大沼の左肩をぶっ叩いた。牛刀が弾んだ。大沼が凄まじい声を放って、床に倒れ込んだ。

神は大沼の腹を蹴り込み、自分の分身を見た。

くっきりと歯形が刻まれていた。ところどころに血がにじんでいる。

それを見て、神は逆上した。ペニスの先端に指で刺激を与え、尿意を掻きたてる。

神は、大沼の顔面に放尿しはじめた。

大沼が体を振って逃れようとした。すかさず神は、大沼の腹部に牛刀の切っ先を強く押しつけた。大沼は口を真一文字に引き結んでいたが、アルコール臭い小便を避けることはできなかった。頭髪も顔も、ずぶ濡れになった。

「二人とも素っ裸になりやがれ！」

神はスラックスの前を整えながら、吼《ほ》えたてた。

「わたしたちに何をさせる気なの⁉」

「おれの目の前で、ライブショーを演じてもらう。何か確かな保険をかけとかなきゃ、あんた、また妙な気を起こすだろうからな」

「わたしが悪かったわ。どんなお詫びでもします。だから、どうか赦《ゆる》してください」

理沙が土下座する恰好になった。

「もう遅《おせ》えんだよ。ビデオカメラはあるか？」

「居間にあるけど」

「そいつで、あんたと大沼のライブショーをばっちり撮《と》ってやらあ。そいつが、おれの保険ってやつだ」

「そんなこと、やめてちょうだい。もうあなたを騙《だま》すようなことはしないわ。誓います！」

「早く裸になんねえと、大沼のマラを牛刀でぶった斬っちまうぜ」

「言う通りにするから、沼ちゃんには手を出さないで！」

「惚れてるってわけか」

神は薄く笑って、ダブルベッドに腰かけた。

理沙が上着のボタンを外しはじめた。大沼は、いまにも泣き出しそうな顔だった。

3

神は喫いかけのキャメルの火を乱暴に揉み消した。弾みで、灰皿から吸殻が零《こぼ》れ落ちた。

舌の先も荒れている。明らかに、煙草の喫《す》い過ぎだ。

喉がいがらっぽい。

西新橋にあるコーヒーショップだった。

店の前には、『誠和商事』の近代的な自社ビルがそびえている。目の前にある会社が、『誠和グループ』の本拠地だった。総帥の有賀はもとより、グループの主だった役員たちはこのビルに詰めている。

神は、きのうから総務部長の甘利謙一を尾けていた。

きのうは甘利に近づくチャンスがなかった。いつも彼のそばには、誰か人がいた。無理をすれば、甘利をどこか暗がりに連れ込むことはできただろう。

しかし、神はあえて無理はしなかった。

どんな人間にも、他人には知られたくないことが一つぐらいはあるものだ。それを押さえれば、相手の立場はぐっと弱くなる。

ビルには明かりが灯《とも》りはじめていた。

午後六時半過ぎだった。神がここに来たのは、四時半近かった。もう二時間も張り込んでいることになる。

――きのうみてえに甘利がまっすぐ赤羽の自宅に帰るようだったら、途中で取っ捕《つか》まえよう。

神は卓上のコップに手を伸ばし、ひと口だけ水を飲んだ。

すでにアイスコーヒーとコーラを一杯ずつ胃袋におさめていた。水分を摂《と》り過ぎると、汗の量が多くなる。汗を拭いながら、野郎の尻《けつ》など追い回したくない。

――詩織の情報によると、地引は今夜九時過ぎに成田に到着する予定だったな。明日にでも理沙を使って、地引をどこかに誘《おび》き寄せるか。それにしても、おとといの晩は妙な具合になっちまったよな。

神は思い出し笑いをした。

牛刀で理沙と大沼を脅すと、二人は裸でベッドの上に這い上がった。神は居間から持ってきたビデオカメラをさっそく回しはじめた。操作は簡単だった。すぐに要領を覚えた。

しかし、大沼の欲望はいっこうに昂《たか》まらなかった。

理沙がどんなに刺激を加えても、無駄な努力だった。頭すら、もたげなかった。

口唇愛撫のシーンを撮《と》っただけでも、充分に保険にはなる。しかし、肝心のファックシーンが映っていなければ、面白味がない。インパクトも弱過ぎる。

そこで神は大沼を電気コードで縛り、彼の代役を務めた。理沙と体を繋ぎながら、ビデオテープを回しつづけた。

むろん、自分の顔は撮影しなかった。もっぱら理沙の痴戯と結合部分をアップで捉えた。理沙が反応しはじめると、たちまち大沼の体も猛《たけ》った。大沼は息を喘《あえ》がせながら、自分もプレイに参加させてくれと切望した。

神は少し迷ったが、大沼の望《のぞ》みを叶《かな》えてやる気になった。

大沼を仰向《あおむ》けにして、理沙に騎乗位《きじょうい》をとらせた。

二人は自意識を捨てたらしく、情熱的に求め合った。性器の摩擦音が、神の欲情をそそった。

二人の情交シーンをひと通り撮り終えると、神はベッドに上がった。理沙の背を押し、大沼と胸を重ねさせた。二人は従順だった。

神は、理沙の水蜜桃《すいみつとう》のような尻を抱えた。

膨れ上がったペニスに唾液を塗《ぬ》り、後ろのすぼまりに宛《あ》てがった。

理沙は拒まなかった。神は緩《ゆる》い抽送《ちゅうそう》を繰り返しながら、昂まった男根を沈めていった。

薄い膣壁《ちつへき》の向こう側では、大沼の勢いづいた分身が暴《あば》れ狂っている。その硬い感触が、神の体にもろに伝わってきた。

何か倒錯《とうさく》した気分に駆られた。理沙や大沼も、ふだんとは異なる感覚や心理に新鮮さを感じているようだった。

三人はそれぞれ思い思いに動き、相前後して極《きわ》みに駆け昇った。

神は、たっぷりと放った。アナル・セックスは何度も体験していたが、トリプルプレイは初めてだった。それだけに、興奮度は高かった。

しかし、事後の白々《しらじら》とした気分も強かった。神はわけもなく大沼に嫌悪感を覚え、発作的に彼をベッドから蹴落としていた。一種の八つ当たりだった。

――3Pなんて何度もやるもんじゃねえな。思い出すと、反吐《へど》が出そうだ。

神は脳裏の情景を大急ぎで搔き消した。

首を振って、ガラス越しに『誠和商事』の表玄関を見る。六時ごろまでは帰途につくOLや若い男性社員たちの姿が断続的に見られたが、いまは誰も出てこない。

昨夜、甘利が現われたのは九時二十分ごろだった。きょうも、その時刻まで残業をするつもりなのかもしれない。

時間潰《つぶ》しに、この近くで腹ごしらえをしておくか。

神は伝票を抓《つま》んで、おもむろに立ち上がった。

ちょうどそのとき、ビルの玄関から甘利が出てきた。淡いグレイのスーツ姿だった。きのうの夕方、偽電話をかけ、甘利をこの店に呼び出し、ごく近くで顔を見ている。見間違うはずはなかった。

神は急いで支払いを済ませ、コーヒーショップを出た。

甘利はきのうと同じように、JR新橋駅に向かった。

神は数十メートルの距離を保ちながら、甘利を尾けはじめた。甘利は、新橋駅の改札を定期券で潜《くぐ》り抜けた。

——きょうも、まっすぐご帰館かよ。

神は百六十円の切符を買って、甘利を追った。

甘利は、京浜東北線の高架ホームに上がった。だが、自宅のある赤羽とは逆方面のホームにたたずんだ。

仕事で誰かに会いに行くのか。それとも、私的な用事があるのか。どちらにしても、きのうのコースよりは接近する機会があるかもしれない。

神は密かに期待しながら、甘利と同じ電車に乗った。

甘利が下車したのは、蒲田駅だった。コンコースに出ると、彼はコインロッカーに急いだ。

ロッカーから、黒いビニールの手提《てさ》げ袋とカーキ色のショルダーバッグを取り出した。どちらも、はちきれそうなほど膨らんでいる。

――中身は札束じゃなさそうだな。

神はロッカーの陰で、そう思った。

甘利がバッグを肩にかけ、ビニールの手提げ袋を持って歩きだした。

いったい、どこで何をするつもりなのか。まるで見当がつかない。

神は首を捻りながら、あとを追った。

甘利は駅ビルの最上階まで上がると、化粧室に足を向けた。だが、すぐに化粧室に入ろうとはしない。

人待ち顔で化粧室の前に立ち、何か様子をうかがっている。

数分過ぎると、甘利は素早く化粧室に駆け込んだ。

驚いたことに、そこは婦人用の手洗いだった。

――あの野郎は変態なのか。個室に隠れてて、隣のブースを覗き込む気なんだろう。

待てよ、それだったら、バッグや手提げ袋は邪魔になるだけだな。

神は、甘利のいる場所に近づきたい衝動に駆《か》られた。

だが、さすがにためらいがあった。妙な場所に飛び込んで、変態扱いされるのはたまらない。

神にも、多少の見栄はあった。

思いあぐねていると、女子大生らしい三人組が化粧室に入っていった。

神は待つほかなかった。七、八分経つと、さきほどの三人連れが出てきた。

それから十分ほど経《た》ったころ、厚化粧をした中年女が現われた。

ジョーゼットの柄入りワンピース姿だった。髪は栗色に近く、派手なデザインのサングラスをかけている。口紅は毒々しいまでに赤い。

神は女をやり過ごしかけて、訝《いぶか》しく思った。

女が、甘利の携《たずさ》えていたバッグと手提げ袋を手にしていたからだ。便所の中で、何かの受け渡しをしたのか。

しかし、そうではない気がする。女の背恰好は、甘利のそれとそっくりだった。

——ひょっとしたら、甘利が女装してるのかもしれねえな。管理職のおっさんたちの中にゃ、女装癖のある奴がいるって話だ。そうだとすりゃ、甘利の弱みを押さえたことになる。

神は小さく指を打ち鳴らし、怪しい中年女のあとを尾けはじめた。

女はコンコースに戻ると、コインロッカーに歩み寄った。

足許に手提げ袋を置き、先にショルダーバッグをロッカーに入れようとしている。

神は、あることを思いついた。小走りに女に駆け寄り、鉄板入りの作業靴でビニールの手提げ袋を思うさま蹴りつけた。

袋は吹っ飛び、数メートル先に倒れた。袋から、ライトグレイの背広やネクタイが零れかけていた。

「な、何をなさるの！」

厚化粧の女が甲高い声を張り上げた。紛《まぎ》れもなく男の声だった。

「あんた、甘利謙一だな！」

神は言った。

一瞬、相手の体がぴくんとした。すぐに逃げ出す素振りを見せた。

神は相手の腕をむんずと摑み、栗色のウィッグを剝《は》いだ。白髪《しらが》混じりの黒い髪が現われた。七三に分けている。

「失礼じゃないかっ。きみは、だ、誰なんだね？」

「騒ぐんじゃねえ！　おとなしくしてりゃ、妙な趣味があることは伏せといてやらあ」

「なんてことに……」

「こいつは戻してやろう」

神は、ウィッグを甘利の頭に被せた。甘利が馴《な》れた手つきで、ウィッグを被り直す。

その隙に、神はショルダーバッグから名刺入れや運転免許証を摑み出した。両方とも、まさしく甘利の物だった。

甘利が絶望的な溜息をついた。

もう逃げられる心配はなさそうだ。神は通路に散乱したものを拾い集め、ロッカーの中に押し込んだ。

「ここで立ち話もなんだから、とにかく駅の外に出ようや」

「いやだ。きみの正体がわかるまでは、ここから一歩も動かないぞ！」

「なら、てめえの女装癖を赤羽の自宅で待ってる女房や会社の連中に教えることになるぜ」

「き、きみは、わたしの家まで知ってるのか⁉」

甘利が呻くように言った。

「あんたがおれの質問に正直に答えてくれりゃ、じきに自由にしてやるよ」

「いったい何を知りたいんだ？」

「いいから、歩くんだっ」

神は、ふたたび甘利の二の腕を大きな手で摑んだ。

甘利が観念して、しぶしぶ歩き出した。彼の背丈は百六十五センチぐらいだった。遠目《とおめ》には、不倫のカップルに見えるかもしれない。

二人は駅ビルを出た。

賑やかな駅前通りをしばらく進むと、人気《ひとけ》のない公園があった。神は甘利を園内に連れ込み、木のベンチに坐らせた。自分は甘利の前に立つ。

「あんた、ゲイだったのか?」

「そうじゃない。ただ、女の恰好をしてるだけだ。女装して盛り場をうろつくだけで、ストレスが解消するんだよ。一種の変身願望というのか、なんというのか」

「がんじがらめの管理社会の中でおとなしく生きてりゃ、たまには突拍子もねえことをしたくなるよな」

「そうなんだよ。われわれサラリーマンは、いつも自分の感情を抑えてるからね」

「そこでストップだ。そろそろ本題に入りてえんだよ」

「本題って?」

甘利が、不安そうに訊《き》いた。

「事情は話せねえけど、おれは全国消費者生活改善推進会の地引のことを調べてんだよ」

神は言った。甘利がサングラスを外し、探るような目つきになった。

「『誠和グループ』は、一億五千万円と二つの古美術品を地引に脅し取られたな?」

「なぜ、きみがそれを!?」

「どんな弱みを地引に摑まれたんだい? とりあえず、そいつが知りてえな」

「わたしの名は、絶対に伏せてもらえるんだろうね?」

「ああ」

「うちのグループがファミリーレストランを経営してることは知ってるよね？　もうクビになったけど、前の仕入部の部長が不祥事を起こしたんだよ」

「どんな不祥事なんだ？」

「レストランで使う食肉、鮮魚、野菜、調味料、酒類などは、すべて一括購入してるんだよ」

「だろうな。まとめて買えば、それだけ安く叩ける」

「そうなんだよ。それでも出入りの業者たちはうちの指定取引先になれば、安定した売上が期待できるわけだからね」

「それで？」

神は先を促した。

「そんな出入り業者から前任の仕入部長が、それぞれの売掛金の一割をピン撥《は》ねしてたんだよ。つまり、キックバックだね」

「一割といったって、総額じゃ大変な数字になるんだろ？」

「毎月、数千万円ずつ……」

「その部長はどのくらいの間、袖の下を要求してたんだ？」

「丸二年近くだね」

「とんでもねえ野郎がいたもんだな」

「そのことがどこから漏《も》れたのか、地引の耳に入ってしまったんだよ。もちろん、それを裏づけるものも手に入れてた」

「で、会社は地引に一億五千万円の現金と古美術品を二点渡したわけか」

「そうなんだ。いや、そうなんですよ」

甘利が、慌てて言い直した。

「有賀ともあろう男が、ずいぶんあっさりと強請《ゆすり》屋の言いなりになったもんだな」

「あの不始末が表沙汰になったら、『誠和グループ』全体のイメージに傷がつくからね」

「当然のことだが、会社は内密に後始末をしたんだな?」

「もちろん、そうだよ。それぞれの業者にキックバックさせた分を返し、前部長がすでに遣《つか》ってしまった分は身内にきちんと弁済させたんだ」

「企業ってとこは、そんなにスキャンダルが怖《こえ》えのか」

「それは、そうだよ。だから、地引のようなハイエナみたいな男に莫大《ばくだい》な口留め料を払うことになったのさ」

「それはそうと、あんた、一年半前まで『グローバル・コーポレーション』にいたんだってな?」

神はそう問いかけ、煙草に火を点けた。甘利が付け睫《まつげ》毛をしばたたかせて、怯《おび》えた表情で言った。

「きみは、わたしのことをすっかり調べ上げてるのか⁉」

「まあな。なんで、ライバルの会社に移ったんだ？」

「前の会社に愛想が尽きたのさ。あそこの会長の恩田《おんだ》敬臣《たかおみ》は金儲けのためだったら、どんな卑劣な手段も使う男なんだよ」

「元々は何者なんだ？」

「恩田はペーパー商法で騙し取った巨額の金を元手に、仕手戦《してせん》を展開してきたんだよ。あの会長は政治家や高級官僚に札束を握らせ、不正な手段で事業を拡大してきたんだ。時には、暴力団を使うこともあったよ」

「前の会社では、どんなセクションにいたんだ？」

「経理部や総務部が多かったね」

「そうかい。地引は、恩田会長からも何かせしめる気らしいぜ。おれは、奴が横尾って常務と都内某所で会ったという情報を摑んでるんだよ」

神は短くなった煙草を足許に落とし、靴で火を踏み消した。

「あの会社には、いくらでも強請の材料はあるよ。恩田は自分の愛人や身内の者を使って、政治家たちの私邸にしょっちゅう裏献金を届けさせてるんだ」

「不正献金を渡してるのは、与党の民憲党の連中なんだな？」

「そうだよ。第二派閥の池畑《いけはた》派に、ことに肩入れしてるようだね。池畑派にいる前の国交大臣なんかと親しいんだよ。同じ県の出身だとかでね」

「そうかい。ところで、あんた、いまの会社には誰に引き抜かれたんだ？」

「現専務の和久《わく》さんだよ。わたしは、和久専務と同じ大学を出てるんだ。そんなことで、時々、同窓会で顔を合わせてたんだよ」

「なるほど。その専務はあんたを引き抜いて、ライバル関係にある会社の情報を入手したかったのかもしれねえな」

「そういった側面もあっただろうな」

甘利が自分に呟くような口調で言った。

「前の会社にいたときよりも、だいぶ給料はよくなったのか？」

「五割近くアップしてもらえたんだ」

「うまくやったじゃねえか」

「これで、もう解放してもらえるんだね？」

「いいだろう。おれのことは誰にも喋んなよ」

「わかってる。きみこそ、わたしがこんな恰好をしてることを誰にも話さないでくれ」

「安心しろ。あんたの趣味を奪うようなことはしねえよ。せいぜい愉《たの》しみな！」

神は公園の出口に向かった。後ろで、甘利が安堵の息を洩らした。

4

エレベーターが停止した。

神はホールに降りた。『理沙』のある階だった。

午前二時近かった。酒場の軒灯《けんとう》は、あらかた消えている。酔客の姿もない。妙に静かだった。

神は足音を殺しながら、通路を進んだ。

理沙は命令通りに、パトロンの地引を店にとどめているだろうか。指示したことを忠実に実行しているか。

神は、いくらか不安だった。

理沙が裏切らないという保証はない。これまで多くの女たちに煮え湯を飲まされてきた。そのせいか、つい疑心暗鬼《ぎしんあんき》を深めてしまう。

店の扉を開けたとたん、無数の銃弾を見舞われるかもしれない。

そう考えると、にわかに緊張感が高まった。

店の前で足を止めた。

神は重厚な扉に耳を押し当てた。店の中から、人の話し声は聞こえてこない。鳥羽組の組員たちが武器を手にして、じっと待ち構えているのか。

——そのときはそのときだ。こっちだって、丸腰じゃねえんだから、何とかなるだろう。

神は自分を奮《ふる》い立たせ、腰の後ろから消音器を嚙ませたワルサーP5を引き抜いた。マガジンには、八発の九ミリ弾が詰まっている。そっとスライドを引き、最初の弾を薬室に送り込んだ。

扉の把手《とって》を引く。

動いた。施錠《せじょう》はされていなかった。

どうやら理沙は、神が命じた通りに動いてくれたらしい。

神は自動拳銃を構えながら、店内に忍び込んだ。

目を四方に配る。店の従業員や客の姿は見当たらない。控え室や化粧室のドアに耳を押し当ててみたが、人のいる気配は伝わってこなかった。

店内は薄暗い。

ペンダント照明は消されている。神は奥に進んだ。

毛脚《けあし》の長い絨毯《じゅうたん》が、うまい具合に靴音を吸い取ってくれる。

奥から、男の荒い息遣《いきづか》いと女の呻き声が響いてきた。

神は、にんまりした。理沙はシナリオ通りに演技をして、地引を無防備な姿勢にしてくれているようだ。神は足を速めた。

奥のソファで、地引と理沙が交わっていた。

対面座位だった。ソファに坐った地引は、スラックスを膝の下まで引き下ろしていた。

地引の腿《もも》の上に跨がった理沙は白っぽい着物の裾を扇のように押し拡げ、チーズ色の尻を妖しくくねらせている。

「お楽しみはそこまでだ」

神は、二人に声をかけた。理沙が驚きの声をあげ、地引の膝の上から降りた。白足袋《しろたび》がなまめかしかった。

「誰なのよ、あなた！」

理沙が裾の乱れを直しながら、気丈に叫んだ。なかなかの名演技だ。

「あんたは、どいてろ。離れるんだっ」

神はワルサーP5を横に振った。理沙が横に移動して、ソファに坐り込んだ。

「きさまは！」

地引が革のベルトを締めながら、勢いよく立ち上がった。

「坐ってろ！　立つんじゃねえ」

「このチンピラが！　てめえ、おれを誰だと思ってやがるんだっ」

「喚《わめ》くな！」

神は一喝《いっかつ》し、引き金を絞った。かすかな発射音がして、薬莢《やっきょう》が右横に弾け飛んだ。

銃弾は、地引の頭の上の漆喰《しっくい》壁にめり込んだ。地引が、へなへなとソファに坐った。

「元総会屋の強請屋《ゆすりや》も番犬どもがいねえと、だらしがねえな」

神は奥目を眇《すが》めて、銃口を地引の顔面に向けた。

「やめろ！　撃たねえでくれ」

「地引、てめえは鳥羽組の奴らを使って、二本松真を殺《や》らせたなっ」

「誰なんだ、そいつは？」

地引が、猪首《いくび》を傾げた。

神は黙って二弾目を放った。

それは地引の左耳の近くを通過し、ソファの背もたれに埋まった。

地引が横によろけ、肘《ひじ》で体を支えた。強烈な衝撃波に煽《あお》られ、バランスを崩したにちがいない。

「とことん空とぼける気なら、三発目はてめえの腐った腸《はらわた》ん中にぶち込むぜ」

「わかった、おれの負けだ。そっちの言う通りだよ」

「やっぱり、そうか」

「その若僧が、おれのオフィスから大事にしてた古美術品をかっぱらいやがったんだ」

「だからって、殺すことはなかっただろうがっ」

「青磁の壺と古代ペルシャ時代の水差しは高《たけ》えもんなんだ。コレクターに売れば、土地付きの家が買えるぐらいにな」

地引が自動拳銃の銃口を気にしながら、ぼそぼそと言った。

「欲をかくんじゃねえ！　どうせ両方とも、有賀宏太郎から脅し取ったものじゃねえかっ」

「脅し取ったんじゃない。先方が世話になってるからって、進呈してくれたんだ」

「ふざけんな。てめえが『誠和グループ』の弱みをちらつかせて、一億五千万円と有賀の蒐集品をせしめたことはわかってるんだっ」

神は、迫《せ》り出した太い眉をぐっと寄せた。

ただでさえ凄みのある目に、凶暴な光が宿ったはずだ。他人を威嚇《いかく》するときは、いつも自然にそういう顔つきになる。地引が弁解口調で言った。

「確かに有賀んとこから、金は貰ったよ。しかし、それだって、向こうがキャンペーンの協賛金として寄附してくれたんだ」

「どこまで薄汚ねえ野郎なんだっ」

神は義憤に駆られ、消音器の先端を地引の右腕に押し当てた。二の腕のあたりだった。地引の顔が歪んだ。

「て、てめえ、まさか撃つ気じゃねえだろうな」

「汚《きた》え血《ね》は流さなきゃな」

神は言いざま、人差し指でトリガーを強く引いた。反動《キック》で、手首が数センチ跳《は》ね上がる。

地引の体が後ろに倒れた。

右腕から、鮮血と肉片が飛び散った。銃創からあふれた血糊が、焦《こ》げた服地を覆い隠した。

神は無表情だった。

地引が上体を傾け、唸り声をあげはじめた。傷口に押し当てた左手の五本の指が、見る間に赤く染まった。神は怒鳴りつけた。

「大げさに唸るんじゃねえ！　弾は貫通しちまったから、たいした傷じゃねえはずだぜ」

「お、おれをどうする気なんだ⁉」

地引が、狡《ずる》そうな目を忙《せわ》しく動かした。

「嘘をつき通す気なら、きょうがてめえの命日になる！」

「もうとぼけたりしねえよ」

「秋葉輝夫って美術商を殺《や》らせて、おれに殺しの濡れ衣を着せようと謀《はか》ったのも、てめえだな！」

「そうだよ。秋葉って奴を始末させたのは、二本松が盗み出した古美術品の鑑定をそいつに頼んだことがわかったからだ。おれが有賀から茶壺や水差しを脅し取ったことが発覚するんじゃないかと思って、大事をとる気になったんだよ」

「いや、それだけじゃねえはずだ。てめえは、壺の中に隠してあったUSBメモリーの暗号を見られたと思ったんだろう」

神は短い間《ま》を取り、言い重ねた。

「現に、鳥羽組の奴らは血眼《ちまなこ》になって、USBメモリーを取り戻そうとしてた。おれの自宅やオフィスを家捜《やさが》ししたことが、それを裏づけてるじゃねえか」

「………」

地引が顔をそむけて、黙り込む。

「なかなかUSBメモリーが見つからねえんで、てめえはおれの部屋に時限爆破装置を仕掛けさせた。そうだな！」

「何か証拠があるのか？」

「そんなものは必要ねえさ。おれの気持ちひとつで、てめえに借りを返すことができるんだっ」

神はそう言い、消音器で地引の口許を力任せに突いた。地引の口の中で、めりっという音がした。

神は拳銃を引き戻した。

地引がむせながら、口の中から折れた歯を吐き出した。上が二本、下の前歯も一本欠けていた。血の糸が幾条《いくすじ》か垂《た》れている。

「すぐに死にてえか？」

「ま、待ってくれ。あんたが持ってるＵＳＢメモリーを二千万円で買い戻そうじゃないか」

地引の声は、ひどく不明瞭だった。神は問いかけた。

「あの暗号めいた数字は、何なんだ？」

「あれは、あんたが知っても役には立たねえものさ」

「想像はつくぜ。てめえが強請《ゆすり》に使う気でいる証拠材料の保管場所を暗号にしたんだろうがっ」

「そ、そんなんじゃない！」

地引がうろたえ気味に、強く否定した。

「その焦《あせ》り方を見ると、図星《ずぼし》だったようだな。『グローバル・コーポレーション』の致命的な弱みでも握ったのか。あの会社は、政治家どもや高級官僚に飴玉をしゃぶらせてるようだからな」

「てめえは、そこまで調べてやがったのか」

「横尾って常務と十日ぐらい前に、ここでどんな話をしたんだ？」

「そのうち恩田会長と一緒にゴルフをしたいって、横尾常務に言っただけだよ」

「ふざけんじゃねえっ。どんなネタで、恩田会長を震え上がらせる気なんだ？」

神は訊いた。地引はちょっと考えてから、渋々、口を割った。

「恩田会長は、政治家に渡す裏献金を危《ヤバ》い方法で工面《くめん》してんだよ。奴は、自分の会社の儲けには手をつけたくねえのさ。根が、けちな男だからな」

「どんなダーティー・ビジネスをやってるって言うんだ？」

「いま、話すよ。恩田は中南米やアフリカの小国の大使館員を使って、コカインや拳銃を日本に持ち込ませてんだ。外交官なら、出入国もフリーパスだからな」

「昔から、よくある手口じゃねえか」

「まあな。しかし、危険《リスク》は少ねえ商売《ビジネス》だよ。そうして都合をつけた裏金を政治家連中にばらまいて、恩田は傘下企業を増やしつづけてるんだ。悪党だよ、あの男はな」

「てめえだって、善玉じゃねえだろうが。てめえの場合は、薄汚ねえ小悪党だがな」

神は、地引を小ばかにした。

「そっちも似たようなもんじゃねえのか。で、どうなんだい？　損はねえ取引だと思うぜ」

「おれが強請《ゆすり》の相続人になりゃ、もっとでっけえ銭が転がり込んでくるわけだよな？」

「き、きさまは何を考えてやがるんだっ」

「てめえが集めた恐喝の材料をそっくりおれに渡してもらうぜ。殺された二本松真の香典代わりにな」

「なんて野郎だ。若いの、あんまりおれを甘く見るんじゃねえぞ。おれは、関東俠友会の総長と義兄弟並みのつき合いをしてるんだ」

「それが、どうした？」

「くそっ。理沙、おまえはさっきから、なんでおれを黙って見てるんだ！」

地引が怒りを持て余して、自分の愛人を罵《ののし》った。

と、理沙が諭《さと》すように言った。

「ねえ、もう逆《さか》らわないほうがいいわ」

「何をぬかすんだっ。もしかしたら、おまえがこの男を手引きしたんじゃないのか！」

「パパ、なんてことを言うのよっ。わたしがパパを裏切ったことが一度だってある？パパがいろんな女をつくったって、わたしは一度も浮気なんかしなかったでしょ？」

理沙が涙声で言い募《つの》った。

——たいした役者だぜ、ここのママは。

神は、女の強《したた》かさを見せつけられたような思いだった。

「おれが何人女をつくろうが、おれの勝手だ。おまえにとやかく言われる謂《いわ》れはないっ。女房面《づら》すんな！」

「なんて言い草なのよっ。わたしはこの五年間、文句ひとつ言わずに尽くしてきたのに。たった七十万のお手当てで、お店の権利もまだ譲ってもらってないのよ」

「その代わり、身分不相応なマンションに住まわせてやってるじゃないか。毛皮のコートや宝石だって、だいぶ買ってやったぞ」

「二人とも、いい加減にしやがれ！」

神は、地引と理沙を交互に睨みつけた。

ややあって、地引が言った。

「最初の条件で手を打ってくれ。いや、あのUSBメモリーが戻るなら、三千万出してもいいよ」

「諦めが悪いぜ。五つ数えるうちに強請《ゆすり》のネタの隠し場所を吐かなきゃ、てめえの下っ腹を撃《ハジ》く！」

神は高く叫んだ。

地引が脂《あぶら》ぎった顔を引き攣《つ》らせた。だが、なぜか彼はすぐに余裕のある表情になった。

神は本能的に身に危険が迫ったことを嗅ぎ取り、首を巡《めぐ》らせた。

数メートル後ろに、ひと目で暴力団員とわかる二人の男が立っていた。どちらも、二十代の後半に見えた。

パンチパーマで髪を縮らせた男は、イスラエル製の短機関銃《サブマシンガン》を構えていた。UZI《ウージー》だった。口径は小さい。拳銃弾が使われているからだ。もうひとりの小柄な男は、ノーリンコ54を握り締めている。中国でパテント生産されているトカレフだ。トカレフの原産国は旧ソ連だが、中国では黒星《ブラックスター》と呼ばれている。二十年ほど前から台湾経由で、ノーリンコ54が日本の暴力団に流れ込んでいた。

神はワルサーP5を地引の眉間に突きつけ、二人の男に怒鳴った。

「ぶっそうなものを捨てねえと、地引の顔がミンチになるぜ」

「てめえこそ、拳銃《チャカ》を捨てろ！」

パンチパーマの男が叫んで、銃身のほぼ中央にある細長い銃把《グリップ》を握り直した。弾倉《マガジン》には二十五発か、三十二発入りのクリップが叩き込まれているはずだ。全自動《フルオート》で連射されたら、蜂の巣にされかねない。

神は肌が粟《あわ》立った。だが、弱みは見せられない。

「おれは本気だぜ。地引を殺《や》っちまってもいいのかよ？」

「てめえにゃ、できねえさ」

小柄な男が薄く笑って、後方を振り返った。

暗がりから、二つの人影が現われた。男と女だ。

女は美寿々だった。美寿々は右腕を捩り上げられ、顔を歪《ゆが》ませていた。

凶悪な顔つきの大男が、美寿々の喉に西洋剃刀《かみそり》を押し当てている。レスラー崩れか。

「てめえらっ」

神は歯噛みした。大男が美寿々を追いたてながら、胴間声《どうまごえ》を張り上げた。

「ワルサーを早く捨てねえと、この女の喉を掻《か》っ切るぞ！」

「女にゃ手を出すな」

神は自動拳銃のセーフティーを掛け、素早くマガジンを抜いた。それを拳銃と一緒に遠くに投げ捨てる。

「二人とも撃ち殺しちまえ！」

地引が逆上気味に命じた。すると、大男がなだめるような口調で言った。

「ここで始末するのは、まずいっすよ。後はおれたちが片をつけます。地引さんは早く姿を消したほうがいいっすね」

「必ず二人とも殺《や》るんだぞ」

地引はそう言い、ソファから立ち上がった。

理沙が少したためらってから、地引の体を支えた。地引が神を忌々《いまいま》しげに睨み、理沙とともに店から出ていった。

大男が美寿々を立ち止まらせた。

そのとき、男の癖のある体臭が漂ってきた。腋臭《わきが》の臭《にお》いだ。

「てめえが、おれの部屋に時限爆破装置を仕掛けやがったんだな」

神は、自分よりも十センチは上背のある大男に言った。

「なんで、わかったんだ⁉」

「部屋にてめえの臭《くせ》え体臭が残ってたんだよ。腋臭の手術もできねえほど、遣り繰り《シノギ》がきついのか？」

「この野郎！」

大男が美寿々を突き倒し、西洋剃刀を泳がせた。

神は後ろに退《さ》がった。たやすく躱《かわ》せた。

「そいつで二本松の体をめった斬りにしやがったんだな」

「おめえも同じようにして、血を搾《しぼ》り出してやろうか。えっ！」

大男が激昂《げっこう》した。パンチパーマの男が、すぐさま大男を窘《たしな》めた。

「やめとけ！」

「だけど、兄貴……」

大男が不満顔で、引き下がった。

神は、パンチパーマの男に顔を向けた。

「なんで、てめえらが、ここに来やがったんだ？」

「地引さんがママの様子がいつもと違うんで、おれたちに手を打つように指示してきたってわけよ。あの人、いい勘してるぜ」

「てめえら、鳥羽組だなっ」

「そういうことだ。二人とも壁の前まで歩いて、後ろ向きになんな」

男がサブマシンガンを構えながら、神と美寿々を等分に見た。

――この場合は、おとなしくしてたほうがよさそうだ。

神は美寿々を抱き起こして、壁の方に連れていった。彼女は紫色のビッグTシャツに綿の白いパンツという身なりだった。

男たちに脅され、二人は並んで後ろ向きになった。

神は、美寿々に小声で話しかけた。

「そっちに、迷惑をかけちまったな」

「気にしないで。彼を殺した奴がわかったんだから、かえって好都合だわ」

「妙な考えは起こすなよ。チャンスをみて、あんたを必ず逃がしてやる」

「わたしのことより、自分のことを考えてちょうだい」

「まさか大男と刺し違える気なんじゃねえだろうな？」

「そうしてやりたいけど、そんなことはできないと思うわ」

美寿々は言い終わると、短く呻いた。

ノーリンコ54を持った小男が、彼女の首筋を銃把で撲《なぐ》りつけたのだ。美寿々が、その場にうずくまった。

「女に手荒なことはするんじゃねえ！」

神は振り向いた。

その瞬間、視界いっぱいに噴霧《ふんむ》が拡《ひろ》がった。大男がスプレーの缶を握っていた。神は、目に鋭い痛みを感じた。自然に瞼《まぶた》が垂れてくる。

小男が薄く笑って、ノーリンコ54の銃口を神の脇腹に押しつけてきた。

「目が見えねえだろ？　おれがエスコートしてやるよ」

「逃げやしねえから、くっつくな！」

「そうはいかねえんだよ。さ、歩けっ」

「女は、ここに残してやってくれ。おれだけを始末すりゃ、地引は安泰だろうが！」

「地引の旦那は、てめえら二人を消せって言ったんだ。てめえも、ちゃんと聞いたろうが」

「くそったれどもがっ」

神は毒づいて、足を踏み出した。瞳孔が鋭く痛み、とても目を開けていられない。

二メートル近い大男が掛け声をかけて、美寿々を抱き起こした。目で確かめることはできなかった。気配で感じ取ったのである。

美寿々は低く呻いていた。だが、抗《あらが》う様子はない。また、大男が西洋剃刀をちらつかせているのだろう。

——むざむざ殺されやしねえぞ。

神は歩きながら、胸底で吼《ほ》えた。

飲食店ビルを出ると、神たち二人は大型乗用車に乗せられた。神が後部座席で、美寿々は助手席だった。車種はわからなかった。

車が急発進した。

5

手首が濡れはじめた。

血だった。喰い込んだ針金が痛い。

神は全身でもがいた。後ろ手に縛《しば》られ、板張りの床に転がされていた。煤《すす》けた事務所の中だ。

両足首も針金で括《くく》られている。

秩父《ちちぶ》山中にある産業廃棄物の処分場だった。

建物はプレハブ造りだ。スチールの事務机が二つあり、ロッカーやキャビネットが見える。事務所の奥には、休憩室を兼ねた仮眠所があった。

美寿々と三人の男は、そこにいるはずだ。時々、男の怒声と美寿々の悲鳴が洩れてくる。男たちは、美寿々を凌辱《りょうじょく》する気らしい。

神は百足《むかで》のように体を這《は》わせはじめた。

しかし、数十センチも動くと、息が上がってしまう。肩で呼吸を整えながら、神は何度も大声をあげた。

だが、男たちは誰も近づいてこなかった。

――この近くにゃ、民家は一軒もねえんだな。奴らは、おれに猿轡《さるぐつわ》も嚙ませようとしなかった。

神はそう思いながら、またもや両手首に力を漲《みなぎ》らせてみた。

足首も擦《こす》り合わせるように動かす。しかし、どちらの針金も緩《ゆる》まなかった。

――せめて近くに民家でもありゃ、救《たす》かる可能性もあるんだが……。

神はともすれば、心が挫《くじ》けそうになった。

ここは秩父のどのあたりなのか。目の痛みが消えて視界が利くようになったのは、大型車が関越自動車道に入ったころだった。

車種は、そこで初めてわかった。黒塗りのクライスラーだった。

三人の襲撃者は組では、まだ下っ端らしかった。

幹部クラスのやくざは、まるで申し合わせたようにメルセデス・ベンツを転がしている。あまり米国車には乗りたがらない。

クライスラーは花園《はなぞの》ＩＣ《インターチエンジ》を降り、国道一四〇号線に入った。長瀞町《ながとろまち》を抜け、町役場の横を曲がった。しばらく県道をひた走り、数キロ先で未舗装の山道に入った。道の両側は、うっそうとした山林だった。

十数分走ると、この廃棄場にぶつかった。

廃棄物の山が、ボタ山のように連なっていた。プラスチックや軽金属ばかりではなく、建設現場から運び出されたコンクリート混じりの残土も無秩序に捨てられていた。

急に奥の仮眠所で、男の短い叫び声があがった。

どうやら美寿々が相手を噛んだか、爪で引っ掻いたようだ。すぐに美寿々が殴打される音が響いてきた。

「てめえら、何をしてやがるんだっ。おれを殺《や》らねえのかっ」

神は声を張った。

怒鳴りつづけ、男たちの気を散らすつもりだった。いまの自分には、それしかしてやれなかった。

少しすると、小柄な男が奥から現われた。『理沙』でノーリンコ54をちらつかせた男だ。

「うるせえんだよ。静かにしやがれっ」

「一寸法師みてえなチビでも、声だけはでけえんだな。マラはどうなんでえ？」

神は挑発した。

狙い通りに、小男が三白眼気味《さんぱくがん》の細い目に怒りの色を溜《た》めた。神はせせら笑いながら、そっと脚を屈折させた。

小男が血相を変え、勢いよく駆け込んできた。

神は小男を充分に引きつけてから、腰をスピンさせた。同時に、縮めた両脚を思いきり伸ばした。

靴の底が小男の腹に届いた。

小男が尻から床に落ち、低く呻いた。尾骶骨《びていこつ》を打つ音がした。神は相手の出方を待った。

「この野郎！」

小男が喚《わめ》いて、起き上がった。目が殺気立っていた。

神は腰を軸《じく》にして、体を半分ほど回した。

小男が前蹴りを放つ姿勢になった。すぐに片脚が大きく後ろに引かれた。

神は、小男の軸足《じくあし》を蹴り払った。骨が重く鳴った。

足を掬《すく》われた小男が横倒しに転がった。

神は自分の両脚を菱形《ひしがた》に開いた。

小男が立ち上がる素振りを見せた。神は、小男の頭を膝で挟んだ。そのまま小男を捻り倒し、〝鬼脚《おにあし》〟と呼ばれた太い腿《もも》で締めつける。

丸太のような太腿でロックすると、男は身動きできなくなった。動物じみた唸り声を発し、下肢《かし》をばたつかせるだけだった。

神は思うさま締め上げた。

小男の唸り声が低くなり、ほどなく弱々しい呻き声に変わった。

「おれの足の針金をほどけ！」

神は、圧《お》し殺した声で命じた。だが、小男は神の足首に腕を伸ばそうとしない。

「そっちがその気なら、手加減しねえぞ」

神は太腿に全身の力をこめた。

いくらも経《た》たないうちに、小男は気絶してしまった。神は脚を浮かせ、横向きになった。肘《ひじ》と踵《かかと》を使って、小男に這い寄った。

小男の体に肘を突き、ゆっくり上体を起こす。

後ろ向きで、小男のポケットを探《さぐ》りはじめた。どこかに自動拳銃があるはずだ。

だが、ポケットには煙草とライターしか入っていなかった。ベルトのあたりにも指を這わせてみたが、ノーリンコ54はどこにもない。

神は舌打ちした。

そのとき、奥から誰かが出てきた。神は首を大きく振った。大男が近づいてくる。

神は体をターンさせた。

ちょうど大男と向かい合ったとき、鳩尾《みぞおち》を蹴られた。一瞬、息が詰まった。腸《はらわた》も灼《や》けた。いったん仰向けに倒れた体が、横に転がった。

「しぶてえ奴だ」

大男が言って、容赦なくキックの雨を降らせはじめた。

神は身を躱《かわ》すこともできなかった。全身の筋肉を盛り上げ、ダメージを最小限に留《とど》めるのが精一杯だった。

それでも骨が激痛に見舞われ、内臓が灼《や》けたように熱くなった。神は何度も吐き気に襲われたが、苦い胃液が込み上げてきただけだった。

こめかみを蹴られたときは、意識が霞《かす》んだ。

喉笛も狙われたが、深く引いた顎で何とか防ぐことができた。

その分、顎の痛みは強烈だった。骨に罅《ひび》が入ったのかもしれない。

大男がしゃがみ込んで、ヒップポケットから二十数センチの折り畳み式の西洋剃刀《かみそり》を抓《つま》み出した。

った。

「てめえは床屋の倅《せがれ》かっ」

「へらず口をたたくんじゃねえ！」

大男が鞴《ふいご》のような鼻息を洩らしながら、剃刀の刃を起こした。冷たい光が不気味だった。

「ちょっと体重を落としたほうがいいぜ。太り過ぎはよくねえってさ」

神は軽口を重ねた。

別段、余裕があったわけではない。むしろ、逆だった。ジョークでも飛ばさなければ、戦慄《せんりつ》から逃れられそうもなかった。

「こいつは、ゾーリンゲンの最高級品なんだよ。切れ味はピカイチだぜ」

大男がにたっと笑って、剃刀を肩口に近づけた。

神は体をスピンさせた。

だが、遅かった。鋭利な刃物は肩から背中にかけて斜めに滑った。

サマーブルゾンとヘンリーネックのシャツが切り裂かれ、肉も浅く傷つけられた。

神は歯を喰いしばって、痛みに耐えた。

大男が残忍な笑みを浮かべ、うっすらと血の付着した剃刀を神の太腿の外側に当てた。

そのとき、奥から全裸の美寿々が飛び出してきた。その後から、パンチパーマの男が走り出てきた。下半身は剝《む》き出しだった。

黒々としたペニスは半立ちの状態だ。美寿々にのしかかりかけて、逃げられたのだろう。

大男がすっくと立ち上がり、美寿々の行く手を阻《はば》んだ。

美寿々は二人の男に挟まれ、立ち竦《すく》んでしまった。絶望的な顔つきだった。

大男が、パンチパーマの男に提案した。

「兄貴、どうせなら、この野郎の目の前で女を輪姦《マワ》しましょうや」

「そうするか。そのほうが面白そうだからな」

「おう、姐《ねえ》ちゃん！　それ以上じたばたしやがったら、こいつで大事なとこを抉《えぐ》っちまうぜ」

大男が美寿々に言った。

「やりなさいよ！　どうせ殺されるんだったら、早く楽になりたいわ」

「けっ、開き直りやがって。たっぷり娯《たの》しんでから、殺《や》ってやらあ」

「あんたたちの腐れマラなんか、死んでも入れさせないわ！」

「それじゃ、いますぐ野郎の目玉を刳《く》り貫《ぬ》くことになるぜ」

大男が神の方を振り向いて、凄んでみせた。そのとたん、美寿々の強がりが萎《しぼ》んだ。

「おれのことは気にすんな」

神は言って、すぐに体をスピンさせた。

大男が素早く膝頭で神の腰を押さえ、剃刀の刃を頬に寄り添わせた。冷たさが恐怖を招《よ》ぶ。

「やめて！　わかったわ、わたしを好きなようにすればいいでしょっ」

美寿々が声高に叫び、床の上に大の字に寝そべった。大男がにやついた。

「諦めるな！　こいつらのマラを嚙み千切ってでも逃げるんだ。弱気になるな！」

神は大声で力づけた。だが、美寿々は身を起こそうとはしなかった。

パンチパーマの男が舌嘗《なめず》りして、美寿々の顔の上に跨《また》がった。美寿々は静かに泣きながら、男の分身をしゃぶりはじめた。

大男は剃刀を神の顔に押し当てたまま、淫《みだ》らな行為に見入っている。

神は自分が情けなかった。あまりにも腑甲斐《ふがい》ないではないか。なぜ、捨て身で闘わないのか。そう自分を責めずにはいられなかった。

しかし、手足の自由を奪われた身ではどうすることもできない。

死にもの狂いで反撃に打って出ても、その勝負はすでについたも同然だ。めったに奇蹟など起こるものではない。

美寿々の屈辱感を推《お》し計《はか》ると、いっそひと思いに殺されたい気分になってきた。だが、負け犬のままで死ぬわけにはいかない。

神は目をつぶって、苦痛の刻《とき》に耐えようと肚《はら》を括《くく》った。いまは腰抜けになりきろう。

やがて、パンチパーマの男が体を繋いだ。

律動《りつどう》は烈《はげ》しかったが、あっけなく果てた。

男はいったん仮眠所に引っ込み、トランクスを穿《は》いてきた。その手には、UZI《ウージー》が握られている。

「それじゃ、次はおれが娯《たの》しませてもらうか」

大男が美寿々に近づいていった。

パンチパーマの男が、神の腰を蹴りつけた。

「おい、目をつぶるんじゃねえ。ちゃんと見物しねえと、九ミリ弾をぶち込むぜ」

「わかったよ」

神は短く答えた。

脅しに屈《くつ》しただけではなかった。美寿々が辱《はずか》しめられている光景を直視することによって、敵の男たちへの憎しみと憤《いきどお》りを新たに掻き起こす気になったのだ。

大男の嬲《なぶ》り方は、どこか狂気の色合を帯びていた。

剃刀を乳首や性器に当て、汚れた足の指を美寿々に舐めさせた。指で掬《すく》い取ったパンチパーマの男の精液を美寿々の顔面に塗りたくった。自分の肛門に舌を這わせることも強《し》いた。

美寿々がそれを拒絶すると、大男は彼女の小陰唇の間に剃刀を浅く埋めた。結局、美寿々は服従させられた。哀《あわ》れだった。

大男は数分ごとに体位を変えた。

だが、美寿々の体内には放たなかった。美寿々の口中に射精し、迸《ほとばし》った体液を無理に呑ませた。

大男が美寿々から離れたとき、小柄な男が意識を取り戻した。

小男は神の腹を蹴ると、仮眠室に走り入った。戻ってきたときは、一本のビール壜を手にしていた。半分ほど中身が残っていた。

百五十センチそこそこの小柄な男は美寿々のはざまにビールを垂らしながら、その部分を丹念に洗った。それから小男は、おもむろにスラックスとトランクスを踝《くるぶし》まで引き下ろした。片方の足首だけ抜く。

小男の昂まりは、並の男よりもはるかに長大だった。

誇らしげに屹立《きつりつ》していた。小男は神経質なのか、美寿々の唇も乳首も吸わなかった。乳房を乱暴に短く揉みしだいただけで、すぐに美寿々の股の間に胡坐《あぐら》をかいた。

小男はビール壜の首の部分を美寿々の性器に挿《さ》し込み、長いこと抜き挿ししつづけた。

途中で昂まりが力を失いかけると、自分でしごきたてた。すぐに肥大した。

小男は美寿々を俯《うつぶ》せにさせると、後ろのすぼまりにもビール壜の頭の部分を沈めた。それが終わると、小男は体を重ねた。小男はノーリンコ54の銃身を美寿々の口の中に捩込んだ。そのまの状態で、小男は体を重ねた。手脚《てあし》が、やけに短く見える。

安全弁のラッチを前後に滑らせながら、小男は腰を躍《おど》らせはじめた。

引き金に指はかかっていない。だが、美寿々は恐怖感をたっぷりと味わわされているにちがいなかった。

「変態野郎、早く下のトリガーを絞りやがれ！」

神は見かねて、怒声を張りあげた。小男は、にたりとしたきりだった。

代わりに、パンチパーマの男がサブマシンガンの銃床で神の肋骨《ろっこつ》を突いてきた。思わず神は咳込んだ。

やがて、小男がゴールに達した。

いつの間にか、美寿々は泣き熄《や》んでいた。

小男が美寿々の口からノーリンコ54を引き抜き、身を起こした。拳銃を口にくわえ、中腰になってスラックスとトランクスを引っ張り上げかけた。

そのとき、美寿々が敏捷に跳《は》ね起きた。彼女は小男の腰に抱きつくと、素早く拳銃を捥取った。そのまま肩で、小男を押し転がす。小男が頭を打って、低く呻いた。

パンチパーマの男が短機関銃を構えた。

神は転がった。パンチパーマの男がよろけた。UZI《ウージー》が低周波に似た唸りをあげながら、九ミリ弾を連続的に吐きはじめた。

それに、別の銃声が重なった。神は、美寿々の方を見た。

ビール壜を振り翳《かざ》した小男が体をくの字に折って、後方の壁まで吹っ飛んだ。

腹のあたりが赤い。血糊だった。

美寿々が後ろ向きで、ノーリンコ54を両手で支えていた。

「この女《アマ》！」

大男が剃刀を頭上に翳《かざ》し、大きく跳躍した。ほとんど同時に、美寿々が振り返った。

重い銃声が、たてつづけに二度轟いた。大男が泳ぐような恰好で、床に落下した。

「くそっ」

パンチパーマの男がUZI《ウージー》を構え直した。

神は、また転がった。

今度は男が完全に倒れた。短機関銃の残弾が、あっという間に虚《むな》しく宙を駆けた。

男は倒れたきり、身を起こさない。

「早く針金をほどいてあげなさいよ！」

美寿々が、パンチパーマの男に鋭く命じた。

男が少しためらってから、神の縛《いまし》めを解《と》いた。神は起き上がりざまに、男の顎を膝頭で蹴り上げた。男がのけ反って、達磨《だるま》のように引っくり返った。

神は美寿々に走り寄り、右手を差し出した。美寿々が拳銃を素直に渡した。

「驚いたぜ。こんなものを扱えるなんてな」

「いつか真《まこと》さんとハワイの射撃場で撃ったことがあるの」

「射撃場とは、いかにも真が連れて行きそうな場所だな」

神は言って、三人の男たちに目をやった。

小男と大男は血を流しながら、呻き苦しんでいた。

大男は俯《うつぶ》せだった。脇腹と右の背中を撃たれていた。血溜まりが拡がっていく。

美寿々が大男に近づき、そばに落ちている剃刀を拾い上げた。

「そいつで、止どめを刺す気なのか？」

神は声をかけた。

「そうしてやりたいけど、こんな屑どもを殺しても仕方がないわ。ちょっと仕返しをするだけよ」

「こいつら三人のシンボルをぶった斬る気なんじゃねえだろうな？」

「本当はそこまでやってやりたいけど、こいつらの顔に箔《はく》をつけてやるだけにするわ」

美寿々は大男のそばに片膝を落とし、相手の顔面を剃刀で斜めに斬り削《そ》いだ。

大男が女のような悲鳴をあげて、のたうち回りはじめた。美寿々は冷ややかに笑って、小柄な男に歩み寄った。

壁に凭《もた》れて呻いていた小男が美寿々の足音で、はっと顔を上げた。

その瞬間、美寿々がゾーリンゲンの剃刀を一閃《いっせん》させた。刃風《はかぜ》は重かった。小男の狭い眉間から鼻にかけて、赤い斜線が生まれた。鮮血も舞った。

「てめえら！」

パンチパーマの男が怒声を放って、事務用の椅子を頭上に振り上げた。

神は振り向きざまに、男の太腿に銃弾を浴びせた。

左脚だった。男が椅子を抱えたまま、後方に弾け飛んだ。神は硝煙を払いのけ、男のそばまで歩いた。

男は腿を両手で押さえて、体を揺さぶっていた。血の量は、それほど多くなかった。

「てめえ、地引がUSBメモリーに登録した暗号の意味を知ってんじゃねえのかっ」

神は、男の胸に狙いを定めた。

「知らねえよ。お、おれたちは組長《オヤジ》に地引さんの手足になってやれって言われただけなんだ」

「嘘じゃねえな！」

「ほんとだよ。だから、もう撃《ハジ》かねえでくれ！　おれにゃ、女房《バシタ》も子供《ガキ》もいるんだ」

「ヤー公が泣き言かよ。みっともねえぜ。てめえらを残土の中に埋めてやろうか。また尾行されたくねえからな」

「組長《オヤジ》に言って、おれたち、この仕事《ゴト》からオリることにするよ。だから、このまま……」

「見逃してやってもいいが、一つだけ条件がある」

「なんだい、条件って？」

「そこにいる大男を八王子署に出頭させろ」

「わ、わかったよ」

男がどもりながら、大きくうなずいた。

「秋葉輝夫って美術商を絞め殺した野郎も、自首させるんだ。迷宮《オミヤ》入りになっちまったら、遺族が気の毒だからな」

「そのおっさんを殺《や》った奴は、事故で死んじまったんだ。タクシーに撥《は》ねられたんだよ」

「あの剃髪頭《スキンヘッド》の野郎の仕業《しわざ》だったのか」

「あ、あんたがあいつを車道に突き飛ばしたんじゃねえの？」

「おれは無関係だ。おおかた、風に飛ばされちまったんだろうよ」

「そんなことが……」

パンチパーマの男は何か言いたげだったが、口をもぐもぐさせたきりだった。

「クライスラーの鍵《キー》を出せ！」

「車にあるよ。鍵は抜いてねえんだ」

「そうかい。車、借りるぜ。それから、この拳銃は貰っとくからな」

神は言った。男が、ほっとした顔になった。

神は唇の端を片方だけ攣《つ》り上げ、銃把《グリップ》で男の顔面を打ち据えた。

リンゴを地べたに叩きつけたような音がした。鼻の軟骨が潰《つぶ》れた音だった。鮮血も、しぶいた。

男が顔を両手で覆い、体を丸めた。

神は立ち上がった。

そのとき、美寿々が駆け寄ってきた。衣服を身につけていた。

だが、紫色のビッグTシャツはほとんど引き裂かれていた。白い綿パンツも綻《ほころ》んでいる。

「こいつが兄貴分みたいだから、うーんと箔をつけてやらなくちゃね」

美寿々がそう言って、血塗れの剃刀を握り直した。

「おれにも彫刻を愉《たの》しませてくれや」

「それじゃ、わたしの後でね」

美寿々はしゃがみ込むと、パンチパーマの男の左の頬を十五センチほど浅く裂いた。

神は剃刀を受け取ると、男の顎の肉を深く断ち割った。肉の裂け目から、血が勢いよく噴き出した。

男が怪鳥《けちょう》のような声を放ち、一段と体を縮めた。ほとんど海老《えび》だった。

二人は事務所を出た。

外は白みはじめていた。東の空が斑に明けはじめている。もう三、四十分も経てば、朝焼けが山の樹々を色づかせるだろう。

クライスラーは、事務所のすぐ前に駐《と》めてあった。

神は先に美寿々を助手席に乗せ、運転席に入った。AT車だった。

エンジンを始動させると、美寿々が言った。

「帰り道の途中に交番があったら、わたしをそこで降ろして」

「自首する気なのか⁉」

「ええ。屑どもだけど、あいつらも一応、人間でしょ？　罪は罪よ。すべてわたしがやったことにするわ」

「自首なんかすることねえさ。どうせ奴らは警察で何も言えねえんだ。何もなかったんだよ、何もさ」

「だけど、このままってわけにはいかないわ」

「屑どもに加害者意識なんか持つことねえさ。それより、どこかに引っ越して、仕事を変えるんだな」

「でも……」

「おれたちは、ちょっと悪い夢を見たんだよ。罪の意識なんか、これっぽっちも持つことねえんだ。東京に戻るぜ」

　神は車を発進させた。

　ステアリングを捌《さば》きながら、煙草を喫《す》いはじめる。数時間ぶりに吹かすキャメルは格別にうまかった。たとえ肺癌になっても、禁煙する気にはなれそうもない。

第四章　略奪者の罠

1

豪邸が建ち並んでいる。

柿の木坂の高級住宅街だ。

神《じん》は、パジェロを低速で走らせていた。秩父から東京に戻ってきたのは、およそ七時間前だった。

いまは午後四時過ぎだ。

神は自宅でひと眠りすると、詩織に電話をかけた。地引の入院先を探《さぐ》り出すつもりだった。

昨夜、神は地引の右腕を撃った。

たいした銃創《じゅうそう》ではなかったが、地引自身が手当てはできない。何日かは入院の必要があるはずだ。

地引の入院先を調べ、神は怪我人を締め上げる気でいた。

しかし、詩織は地引の入院先を知らなかった。ただ、地引が銀座のオフィスに顔を出していないことは確認できた。

神は、柏原理沙の自宅にも電話をかけた。

だが、留守のようだった。何度か電話をかけ直してみたが、とうとう受話器は外れなかった。

理沙は地引と縁を切る気になって、浮気相手の許《もと》にでも転がり込んだのかもしれない。

やむなく神は、地引の自宅に電話をした。

しかし、家族は地引が仕事で九州に出張中だと答えただけで、すぐに電話を切ってしまった。どうやら地引は、家族に自分の怪我のことを他人には伏せるよう言い含めているらしかった。

そんな経緯《いきさつ》があって、神は地引の自宅に押しかける気になったのである。家族か、使用人を脅すつもりだった。

ほどなく神は、地引の自宅を探し当てた。

想像していたよりも、だいぶ大きな邸宅だった。建物は、白亜の殿堂といった趣《おもむき》だ。広い庭は樹々と花で美しく彩《いろど》られている。

神は、車を長い石塀の中ほどに停めた。

あたりを見回してから、さりげなく外に出た。

門扉《もんぴ》まで大股で歩いた。レリーフのあしらわれた鉄扉《てつぴ》の間から、前庭と車寄せの一部が見える。
四十七、八歳の男が羽根箒《はねぼうき》で、メタリックシルバーのロールスロイスの埃《ほこり》を払っていた。おおかた男は、地引のお抱え運転手だろう。
神はふと思いついて、その男に大声をかけた。

「厚かましいお願いですけど、二、三リッター、ガソリンを分けてもらえませんかね？」

「ガス欠ですか？」

男が問いかけてきた。

「そうなんですよ。この近くにガソリンスタンドはないようなんで、困ってるんです」

「あることはあるんだがね、十分ほど歩かなきゃならないかな。それで、車は？」

「おたくの塀んとこに駐めてあるんだ」

「それじゃ、いま予備のポリタンクを持っていってやりますよ」

「そいつはありがたいな。助かります！」

神は、ことさら明るく言った。

待つほどもなく男がポリタンクと給油ポンプを提《さ》げて、急ぎ足で門に近づいてきた。

神はわざと門扉から離れ、自分の車の方に十数メートル歩いた。

男が路上に現われた。

神は頭を下げ、ポリタンクを受け取った。割に重い。十リッター近く入っているようだ。

「それ、そっくり使ってもいいよ」

「ロールスロイスに乗ってる人は、さすがに言うことが違うなあ」

「わたしは、ただの運転手だよ」

「そうだったんですか。なんか妙なことを言っちまったな」

神は頭を掻《か》き、手早くポリタンクのキャップを外した。

「ポンプの使い方、わかるよね？」

「ええ」

「それじゃ、これを……」

男が給油のポンプを差し出した。

神は、いきなり男の上半身にガソリンをぶっかけた。白いワイシャツとネクタイが濡れた。

「な、何をするんだっ」

「すまねえ。ちょっと手が滑っちまってね」

神はポリタンクを足許に置くと、やにわに男の首根っこを押さえた。男は小さく叫んだだけで、ほとんど無抵抗だった。

「あんた、わたしに何か恨みでもあるのかっ。放せよ、放してくれ！」

「騒ぐと、ライターでワイシャツに火を点けるぜ」

「正気なのか⁉」

「ああ、正気さ。地引はどこの病院にいるんだ？　そいつを教えてくれ」

神は言いながら、麻の上着のポケットからライターを抓《つま》み出した。

「火を点けるな！　点けないでくださいっ」

「地引は、どこにいる？」

「あんた、何者なんです？」

「おれは気が短《みじけ》えんだ」

神は自分の腰の後ろで、ライターを鳴らした。男が目を剝《む》き、へっぴり腰になった。

「人間バーベキューになりてえのかっ」

「やめろ、炎を近づけないでくれ！　地引会長は、虎ノ門の知り合いの医者の所にいるよ」

「なんて病院だ？」

「轟《とどろき》外科医院だよ。場所は、ホテルオークラの前の道を神谷町《かみやちょう》の方に少し寄ったあたりだ」

「嘘じゃねえなっ」

「ほんとに、そこにいるよ。二週間は入院が必要だそうだ」

「そうかい。ありがとよ。おれのことは誰にも言うんじゃねえぞ」

神は男を突き飛ばし、パジェロに駆け寄った。

運転席に慌《あわ》ただしく乗り込み、すぐさま発進させた。邸宅街を走り抜けて、近くの駒沢通りに出る。

それから間もなく、携帯電話が鳴った。

神はモバイルフォンを耳に当てた。電話をかけてきたのは奈緒だった。

「ねえ、今夜、会えない？」

「まだ仕事でバタバタしてんだよ。そっちの娘が、うちの坊主に会いたがってんだろ？」

神は茶化した。

「それだけじゃないわよ」

「うちの坊主も奈緒んとこのひとり娘に会いたがってんだが、いろいろ仕事の予定が詰まっててな」

「ひょっとしたら、新しい彼女ができたのかしら？」

奈緒が冗談めかした口調で言った。

「そんな暇なんかねえよ。一段落したら、ゆっくり会おうや」

「そうね。そうそう、お昼ごろ、お店に変な男たちが来てね、なんか薄気味悪かったわ」

「どんな奴らだったんだ？」

「やくざみたいな感じだったわ。お店に入ってきて、わたしの顔をじろじろ見るだけで、何も言わないの」

「おかしな奴らだな」

神は短く応じた。鳥羽組の連中が奈緒を餌《えさ》にして、自分に何か仕掛けてくる気なのだろうか。

「とにかく、感じが悪かったわ」

「そいつらが店にまた来たら、おれに連絡してくれ。おれが、その連中をとっちめてやるよ」

「もし来たら、すぐに電話するわ」

「そうしてくれ。それじゃ、またな」

神は先に電話を切って、アクセルを深く踏んだ。

轟外科医院に着いたのは、二十数分後だった。

オフィスビルに挟まれた個人病院だったが、鉄筋コンクリート造りの建物は割に大きかった。四階建てだった。

神はパジェロを病院の専用駐車場に入れ、建物の中に駆け込んだ。

待合室には、七、八人の通院患者がいた。なんとなく彼らの様子が落ち着かない。看護師たちの動きにも、緊迫感が漲《みなぎ》っている。

神は待合室のソファに近づき、二十六、七歳の男に語りかけた。

「何かあったのかい？」

「特別室に入院してる患者が、見舞いに来た奴に頭かどこかを拳銃で撃たれたらしいんですよ」

「その患者は即死だったんだろうな？」

「いや、いま手術中だそうです。この感じだと、ぼくらはだいぶ待たされそうですね。院長先生をはじめ、四人の先生が手術室に入ってるらしいんですよ」

「撃たれたのは、男なんだろう？」

「ええ、そうらしいですよ。詳しいことはよくわからないんだけど」

「サンキュー！」

神は男に礼を言って、看護師詰所に足を向けた。

ナースステーションは、ガラス張りになっていた。

数人の看護師が固まって、何やら話し込んでいた。何か張り詰めた空気が伝わってくる。

神は窓口の前に立った。

すると、二十五、六歳の看護師が小走りにやってきた。

「なんでしょう?」

「地引さんの見舞いに来たんだが、病室は何号室なの?」

神は何も知らない振りをして、低く問いかけた。

「四階の特別室なんですが、いまは手術室の方にいるんです」

「どういうことなんだい?」

神は訊《き》き返した。看護師がためらいがちに、小声で言った。

「地引さん、見舞い客を装った暴漢にピストルで撃たれて、いま開頭手術を受けてるんですよ」

「ええっ。いつ撃たれたんだい?」

「十五、六分前です。そんなわけですから、お見舞いは無理だと思います」

「犯人は?」

「走って逃げちゃったんです。でも、きっと捕まると思います。看護師や入院患者さんが何人も、その男の顔を見てますからね」

「きみも見たのかな?」

「ええ、表に飛び出していくときにちらりとね」

「どんな奴だった?」

「三十二、三のやくざっぽい男でした。胸元から、刺青《いれずみ》が見えてました」

「そう。それで、警察は?　前の駐車場にパトカーは見当たらなかったようだが……」

「裏門の方から入ってもらったんです。いま、警察の人たちが特別室を調べてるんですよ」

「地引さんの家族は?」

「もう連絡済みですから、間もなく駆けつけると思いますよ」

「そういうことなら、また出直すかな。どうも!」

神は窓口から離れ、喫煙所に入った。

入院患者らしい六十年配の男が、煙草を吹かしていた。神はベンチに腰かけ、キャメルに火を点けた。

いったい誰が地引を葬る気になったのか。

神は、混乱した頭で考えてみた。脈絡もなく、脳裏に理沙の顔が浮かんだ。昨夜、理沙は地引に一方的に別れ話を持ち出されたのではないのか。

店の権利も手切れ金も貰えなくなった彼女が腹を立て、浮気相手の大沼か誰かにプロの殺し屋を紹介してもらったとも考えられる。

それとも、『誠和グループ』か『グローバル・コーポレーション』のどちらかが、刺客を差し向ける気になったのか。

——強請屋《ゆすりや》の地引を恨んでる人間は多いだろうから、すぐにゃ犯人は絞れねえな。

とりあえず、理沙を揺さぶってみるか。

神は喫《す》いさしの煙草を灰皿に投げ捨てると、勢いよく立ち上がった。

車を高輪に走らせる。理沙のマンションまでは、ほんのひとっ走りだった。おそらく彼女は、部屋にはいないだろう。

神はそう思いながら、集合インターフォンのボタンを押した。期待はしなかった。

ところが、すぐに理沙の声で応答があった。

「どちらさまでしょう？」

「陣内だ」

神は偽名を告げた。

「無事だったの!?　よく逃げられたわね」

「そう簡単にゃ死ねねえよ。ちょっと部屋に入れてくれ」

「もうわたしにはつきまとわないで。帰ってちょうだいっ」

「おれは、例のビデオテープを届けに来てやったんだぜ」

神は、とっさに嘘をついた。

「ほんとなの？」

「ああ」

「なら、いいわ。いま、エントランスドアのロックを解《と》きます」

理沙が通話を打ち切った。

——おれも悪知恵が働くようになったもんだ。

神は、なんなくオートドアを通り抜けた。

エレベーターを上昇させ、理沙の部屋に急いだ。部屋のドアは施錠《せじょう》されていなかった。神は勝手に上がり込み、居間まで歩を進めた。軽装の理沙が待ち受けていた。

「わざわざビデオをありがとう」

「その話は嘘だ」

「なんですって⁉」

理沙がソファから立ち上がった。

「昨夜《ゆうべ》、そっちは地引と一緒に六本木の店を出たな。その後のことを教えてくれ」

「その後も何も、地引とは一階で別れたのよ。あの人、わたしがあなたを手引きしたことを見抜いてたようだったわ。地引を病院まで連れて行くつもりだったんだけど、ついてくるなって言われちゃったの」

「別れ話を切り出されたんじゃねえのか？」

神はソファに坐って、そう訊いた。

「具体的なことは言われなかったけど、わたしたち、もうおしまいだなって感じたわ。それで、きのうは大沼さんのとこに泊まっちゃったのよ」

「地引との仲がこじれそうなんで、奴に対する憎しみの炎がめらめらと燃え上がったってわけか」

「憎しみの炎？　どういうことなの、それは？　わたしが、まるで地引に何かしたような言い方ね」

「殺し屋を雇って、虎ノ門の轟外科医院に送り込んだんじゃねえのかい？」

「地引は、轟先生のクリニックに行ったのね」

「轟って医者を知ってんのか？」

「ええ。地引が二、三度、お店に連れてきたことがあるのよ。轟先生は、地引のゴルフ仲間なの」

「なるほど、それで地引はあの病院に行ったわけか」

「地引の身に何かあったのね？」

理沙がそう言いながら、長椅子に浅く腰かけた。空とぼけて演技をしているようには見えなかった。

神は病院での出来事を手短に話した。話し終えると、理沙が言った。

「わたしは無関係だわ。いくらなんでも、そんなことは考えないわよ。そんなことで疑われるなんて、心外だわ」

「ほんとにプロなんか雇わなかったんだな！」

「もちろんよ。そこまで、わたしも堕《お》ちちゃいないわ」

「どうやら、そっちの仕業じゃねえようだな」

神はポケットを探って、煙草とライターを摑み出した。

「至近距離で頭を撃たれたんじゃ、危なそうね。一命を取りとめることができたとしても、植物人間みたいになっちゃうんじゃない？」

「そうなるかもしれねえな。そりゃそうと、地引を消そうとした人間に見当はつかねえか？」

「具体的に誰とは思い浮かばないけど、おそらく『グローバル・コーポレーション』か『誠和グループ』のどちらかが何かで地引のことを恨んで……」

理沙は語尾をぼかした。

神はキャメルに火を点け、すぐに問いかけた。

「きょうも、店に出るつもりなのか？」

「ええ、そのつもりよ。地引との仲がはっきりするまでは、一応、あの店のママですもの」

「それじゃ、店に出る前にちょっと協力してくれ」

「今度は何をさせる気なの⁉」

理沙が身構えるような感じになった。

「別に怖い思いをさせるわけじゃねえよ。いまから『グローバル・コーポレーション』の横尾常務に電話して、ここに呼び寄せてくれ」

「横尾さんとは一度会ったきりなのよ。どうやって、呼び寄せるわけ？」

「地引が、ここで待ってるってことにするんだ。会社の電話番号がわからなきゃ、局に問い合わせろ」

神は命じた。

「もうあなたの指図《さしず》通りには動かないわ。地引との仲がおかしくなりかけてるんだから、ビデオのことは切り札にはならないわよ」

「それじゃ、大沼ってバーテンダーを半殺しにしてやるか」

「沼ちゃんには手を出さないで。お願いだから、もう彼には何もしないでちょうだいっ」

「そいつは、あんたの出方次第だな」

「横尾さんをここに呼べばいいのね？」

理沙がうつむき加減に言った。

　神は黙ってうなずき、煙草の火を消した。

　理沙が長嘆息《ちょうたんそく》して、サイドテーブルの上の電話機を膝の上に移す。『グローバル・コーポレーション』の代表番号を調べ、すぐにタッチ・コールボタンを押し込んだ。

　ほどなく電話は、横尾常務に繋がった。

　理沙が神の指図通りに喋った。遣《や》り取りは割に短かった、理沙はマンションのある場所を詳しく教えると、静かに電話を切った。

「横尾の反応は、どうだった？」

　神は訊いた。

「びくついてたわ。三十分以内には、ここに来るそうよ。わたし、もうお店に行ってもいいんでしょ？」

「いや、横尾が来るまでつき合ってもらうぜ」

「そ、そんな！」

「大沼が救急車に乗せられることになってもいいのかい？」

「悪党！　どこまで他人《ひと》の弱みにつけ込めば、気が済むのよっ」

　理沙が美しい顔を強張《こわば》らせた。

「さあ、どこまでかな」

「その調子じゃ、どうせもっと何か企《たくら》んでるんでしょ。まさか横尾さんと寝ろなんて言うんじゃないでしょうね？　わたし、いやよ」

「そこまでは言わねえさ。ただ、横尾が来たら、ここで抱きついてくれ」

「それだけでいいの？」

「ああ、とりあえずな。しかし、その前にちょっと消毒しといてもらおうか」

「消毒？」

「あんたに嚙まれたとこが、まだ時々、疼《うず》きやがるんだよ。化膿《かのう》すると厄介だから、あんたの唾液で消毒してもらいてえんだ」

神はコーヒーテーブルを足で横にどかし、スラックスのファスナーを引き下ろした。

理沙は憮然《ぶぜん》とした顔になったが、拒絶はしなかった。長椅子から立ち上がり、神の足許にひざまずいた。

神は、力を漲《みなぎ》らせはじめたペニスを摑み出した。

理沙が無言で唇を被《かぶ》せてきた。神は両手で、Tシャツごと理沙の乳房を揉みはじめた。ノーブラだった。

少し経つと、理沙が熱心に舌を使うようになった。胸を愛撫され、おかしな気分になりはじめたようだ。

神は乳房をまさぐりつづけた。いつか欲望はハードアップしていた。

「もっともっと消毒してくれ」

「しゃぶってるうちに、わたし……」

理沙が不意に顔を上げ、熱のあるような目を向けてきた。

「たっぷり消毒してくれたら、お返しに注射してやるよ」

「わたしって、多情なのかしら？」

「気取るんじゃねえや。ただの好き者だろうが」

神は落ちくぼんだ目を眇《すが》め、理沙に深くくわえ込ませた。

理沙が短く呻いた。先端は、喉の粘膜《ねんまく》まで届いていた。理沙が口を輪の形にすぼめ、激しく顔を上下に動かしはじめた。

五分ほどしてから、神は理沙を摑み起こした。

そのまま後ろ向きにして、生成《きな》りのジョッパーズとハイレグ・ショーツを一緒に引きずり下ろす。

理沙はもどかしそうに踵《かかと》を擦《こす》り合わせ、足首にまとわりついた物を脱ぎ離した。

神は立ち上がり、理沙をソファの上に押し上げた。

理沙は背凭れに両腕でしがみつき、ほどよく肉のついた尻を突き出す恰好になった。

嚙みつきたくなるようなヒップだった。

神は理沙の真後ろに立ち、そそり立った分身で濡れそぼった部分を幾度か擦《こす》り上げた。

理沙が甘く呻きはじめた。

神は、突き刺すように一気に貫いた。理沙の呻き声が長く尾を曳《ひ》いた。欲情をそそる声だった。

神はワイルドに突きはじめた。突くたびに、ソファが大きく傾いた。

「おれの注射は痛くねえだろ?」

「こういう注射は大好きよ。毎日、射《う》たれてもいいわ」

理沙が絶《た》え入りそうな声で言い、マシンのように腰をくねらせはじめた。

――この女も嫌いじゃねえな。

神は強弱をつけながら、ゴールに向かった。

競輪で言えば、そろそろ〝ゴールまで、あと二周〟の赤板《あかばん》が上がったところだ。バックストレッチ・ラインを越えたら、ゴールラインまで強烈な追い込みをかけるつもりだった。

2

インターフォンが鳴った。

二人が身繕《づくろ》いを終えて間《ま》もなくだった。

「横尾だろう。うまくやってくれ」

神はソファから立ち上がった。

理沙が、居間の壁に掛かったインターフォンに歩み寄っていく。

神は居間を出て、キッチンに入った。四畳半ほどのスペースだった。調理台の上には何も見当たらない。台の下の扉を開けると、ソースパンやフライパンがあった。

――ステンレスの文化庖丁を横尾に突きつけるんじゃ、ちょっと芸がねえな。

神はフライパンを摑《つか》み、レンジテーブルの前に移った。

ガスではなく、電気だった。テーブルには三つのコンロがあり、その下にはオーブンレンジが据《す》え付けられている。

神は、ピアノタッチの点火ボタンを押した。

いちばん手前のコンロが赤くなった。

昔の電熱器のようにニクロム線が剝《む》き出しになっているわけではない。赤外線ランプに似た放熱管が見えるだけだった。

神は放熱コンロの上に、空のフライパンを載せた。

調熱スイッチを〝強〟に入れる。放熱コンロが急激に赤みを増した。

数分後、テフロン加工されたフライパンの表面から細く煙がたち昇りはじめた。

ちょうどそのとき、理沙が横尾を居間に請《しょう》じ入れる気配がした。神は、そのままフライパンを熱しつづけた。

少しして、柄《え》に触れてみた。そこまで熱が回っていた。直《じか》には摑めそうもない。それは、神は放熱コンロのスイッチを切って、キルティングの鍋摑みを手に取った。魚の形になっていた。

熱いフライパンを持って、神は忍び足で居間に近づいていった。

リビングソファのそばで、五十四、五歳の男と理沙が縺《もつ》れ合っていた。

理沙は男の胸に顔を埋め、相手を両腕で抱き寄せている。好都合なことに、男は神に背を向ける恰好だった。横尾常務だろう。

「わたし、横尾さんをひと目見たときから、とっても包容力のある方だと思ってたのよ。抱いてちょうだい」

「ママ、悪い冗談はよしてくれないか。地引さんは、どこにいるのかな?」

来訪者は狼狽気味だった。

神は一気に距離を詰め、横尾の臀部《でんぶ》にフライパンの底を押しつけた。茶色のスラックスが焦《こ》げ、煙があがった。

横尾が化猫《けびょう》のような声を撒《ま》きながら、尻から落ちた。すぐに横に転がった。

「おれの女に手を出すとは、いい根性してんじゃねえか」

「誰なんだね、おたくは⁉」

横尾が火傷《やけど》をした尻を摩《さす》りながら、目をいっぱいに見開いた。いまにも眼球がこぼれ落ちそうだ。

「おれは、ママの新しいセックスフレンドってわけよ」

「地引さんは、どうしたんだね？　ここには来ないのか？」

「あんた、鈍いな。それで、よく『グローバル・コーポレーション』の常務が務《つと》まるもんだぜ」

「そうか、きみらはわたしを騙《だま》したんだな。地引さんは、ここには来ないんだろ？」

「来たくたって、あれじゃ来れねえだろうが」

神は探《さぐ》りを入れ、横尾の反応をうかがった。

「それは、どういう意味なのかね？　地引さんは病気か何かで倒れたのか？」

「あんたが恩田会長と相談して、虎ノ門の病院に刺青の男を送り込んだんじゃねえのか？」

「病院？　刺青の男だって？　いったい何の話なんだね？」

横尾が顔を歪《ゆが》めながら、すぐに訊《き》き返した。尻の肉が焼け爛《ただ》れ、火脹《ひぶく》れになっているのだろう。

「とぼけやがると、今度はフライパンを顔面に押しつけるぜ」

「わたしが何をとぼけてると言うんだねっ」

「ポーカーフェイスじゃねえらしいな」

神は低く呟いた。かたわらに立った理沙が、無言で深くうなずいた。

「ママは、ちょっと別の部屋にいてくれ」

「わかったわ。それじゃ、わたしは寝室にいますから」

理沙がそう言って、居間に接したベッドルームに消えた。すると、横尾が言った。

「ハンカチを濡らさせてくれないか。お尻が痛くて痛くて。冷やしたいんだよ」

「その程度の火傷《やけど》じゃ、命に別条はねえさ」

「しかしね」

「うるせえ！　いつまでも寝そべってるんじゃねえっ」

神は怒鳴りつけた。

横尾が発条《ばね》仕掛けの人形のように起き上がり、大急ぎで正坐をした。だが、すぐに尻を浮かせ、膝立ちの姿勢になった。火傷が痛んだのだろう。

「その恰好で、おれの質問に答えろ」

「おたくは地引さんとは、どういった関《かか》わりがあるんだね？　あの男の味方なのか、それとも……」

「どっちだって、いいだろうがっ。それより、もう地引の個人口座に金を振り込んだのか？」

「おたくが、どうしてそのことを知ってるんだね？」

「それじゃ、答えになってねえんだよ！」

神はフライパンの底で、横尾の半白の頭を軽く撲《なぐ》った。鈍い音がした。

「先週の木曜日に、指定の口座に一億円の協賛金を振り込んだ」

「協賛金とは笑わせるじゃねえか。地引に一億円も脅し取られた理由は、なんなんだっ」

「それは言えない」

「なら、おれが言ってやろう。あんたの会社は中南米やアフリカの小国の在日大使館員を使って、コカインや拳銃を日本に持ち込ませてる。それで儲けた裏金《ブラックマネー》を民憲党の国会議員や高級官僚どもにばらまいて、開発事業にいろいろ便宜を図ってもらってるんだよな？」

「なんで、おたくがそこまで知ってるんだね？　き、きみは地引の仲間なんだなっ」

横尾が驚きと怒りを交錯させた。

「おれを薄汚え強請《ゆすり》屋と一緒にするんじゃねえ！」

「だったら、きみは何者なんだね？」

「さあな。地引は、政治家どもにも脅しをかけてたのか？」

「そうすると言われて、一億円を払う気になったんだよ。先生方に迷惑はかけられないからね」

「不正献金を貰ってる政治家どもの名前を教えろ！」

「それだけは言えない。言ったら、民憲党の名誉に傷がついてしまう。当然、わが社の存続さえも危《あや》うくなるだろう。だから……」

「あんたんとこの恩田って会長は、民憲党の第二派閥の池畑《いけはた》派に肩入れしてるようだな。元国交大臣の代議士とは、特に親しいらしいじゃねえか。そうだな？」

「その話、誰から聞いたんだね⁉」

横尾が裏声を発した。慌《あわ》てぶりから察して、甘利謙一の話は事実らしい。

「元国交大臣というと、三善忠通《みよしただみち》だな？」

「………」

横尾はうなだれて、頑《かたく》なに返事をしない。肯定の沈黙だろう。

──まともに訊いても、あとの連中の名を挙げそうもねえな、少し痛めつけるか。

ホワイトカラー族ってのは、信じられねえほど暴力に弱《よえ》えからな。

神はフライパンを握り直すと、底の部分で横尾の顎《あご》を下から撲《なぐ》りつけた。

骨が派手に鳴った。歯も音をたてた。

横尾は両手をV字形に掲《かか》げ、そのまま後方に倒れた。うっかり舌の先を嚙んでしまったらしく、口の端から鮮血が垂れている。

「ちゃんと答えねえと、あんたは血みどろになっちまうぜ」

「暴力はやめてくれ。冷静に話し合えば、きっとどこかで折り合えるところがあるはずだ」

「おれは折り合う気なんかねえんだよ」

神はそう言い、起き上がりかけた横尾の鎖骨のあたりを蹴り込んだ。

横尾が悲鳴を洩らしながら、後ろに一回転した。スラックスの尻の部分は、満月の形に焼け焦《こ》げていた。神は吹き出しそうになった。

横尾が唸りながら、半身を起こした。まだ尻の火傷が痛いらしく、女坐りのような坐り方だった。

「おっさんを痛めつけるのは、おれだって、気が進まねえんだ」

「もう手を出さないと約束してくれたら、喋ってもかまわないよ」

「オーケー、約束してやらあ」

神は即座に応じた。口約束などは、いつでも反故《ほご》にできる。

「三善先生のほかには、現環境庁長官の堺周作《さかいしゅうさく》先生や現北海道・沖縄開発庁長官の桝村勇人《ますむらいさと》先生なんかの政治資金の援助をさせてもらってるんだ」

「不正献金は現金《ゲンナマ》で届けてるんだな？」

「そうだよ」

「裏献金を政治家どもの私邸や事務所に運んでるのは、恩田会長の愛人たちだなっ。会社の人間が運んだら、癒着《ゆちゃく》してることが世間にわかっちまうからな」

「どこで、そんなことまで調べたのかね？　きみは、地引から証拠写真を見せてもらったことがあるんだな。そうなんだろ？」

横尾は心底、驚いた顔つきだった。

「さあな。地引に押さえられた写真のネガなんかは、もう返してもらったのか？」

「それが、まだなんだ。あの男はいろいろ口実をつけて、証拠材料の引き渡しを延ばしてるんだよ」

「下手したら、永遠に渡してもらえなくなるかもしれねえぞ」

神は、フライパンをリビングセットの裏側に投げ放った。

「どういうことなのかね？」

「地引は一、二時間前に入院先で、ヤー公ふうの野郎に頭を撃たれたらしいぜ」

「さっき言いかけたのは、その話だったのか」

「ああ。おれは、『グローバル・コーポレーション』が殺し屋を差し向けたんじゃねえかと疑ってたんだが、どうも違うみてえだな」

「うちの会社は、暴力団じゃないんだ。まさか、そこまではやらんよ。それで、地引は命を取り留められそうなのかね？」

「わからねえな。いま、手術中らしいぜ。生きてたとしても、廃人みてえになっちまうだろうな」

「そうだろうね」

横尾が幾らか嬉しそうに言った。

「これまで政治家どもに、どれぐれえの裏献金をしてきたんだ？」

「約五百億だよ、この十年間で。それも池畑派だけでね。ほかの派閥にも挨拶程度の献金をしてるから、実際には七百億円にはなるだろうな」

「それだけの銭を吐き出しても、まだまだ儲かってるから、次々に新事業を手がけてやがるんだな。和食レストランのチェーン化まで考えたのは、ライバルの『誠和グループ』を意識してのことなんだろ？」

「うちの会長は、有賀宏太郎を足許にひれ伏させることを夢みてるんだ。まだ、わが社が弱小だったころ、恩田会長は資金繰《ぐ》りに困って、有賀のところに金融筋を紹介してほしいと頼みに出かけたことがあるらしいんだよ」

「そのとき、鼻であしらわれたわけか」

神は言った。

「そうらしいんだ。それも詐欺師呼ばわりされて、塩まで撒《ま》かれたって話だったよ。確かに会長は若い時分に、非合法に近いビジネスをやってたようだが……」

「あんたんとこに、一年半ぐらい前まで甘利謙一って社員がいたよな。いまは、『誠和商事』に移ってる男だ」

「あいつは、とんでもない裏切り者だよ！」

横尾が吐き捨てるように言った。

「奴は、向こうに引き抜かれたらしいじゃねえか」

「あっちは高給で甘利を釣り上げて、こっちの弱点を探り出したにちがいないよ。甘利は青臭い奴で、清濁併《あわ》せ呑《の》むということができない男でね。そこに敵が目をつけて、甘利を引き抜いたのさ。向こうの狙いは、見え見えだよ」

「甘利があっちに移ってから、何かまずいことでも起こってるのか？」

神は訊いた。

「さんざんな目に遭《あ》ってきたよ。国税局の査察は入るし、東京地検特捜部の手も迫りそうになったんだ。甘利の奴が、わが社のウィークポイントを暴露したのさ。それで敵が、国税局や東京地検に匿名でリークしたにちがいないよ」

「しかし、どうせ起訴は免れたんだろ？」

「まあね。池畑派の先生方に泣きついて、なんとか裏から手を回してもらったんだよ」

「まだ、ほかにも何かありそうだな。甘利は、不正献金のことも先方で喋ったはずだぜ。リゾート開発に絡む汚職のことだけじゃなく、当然、池畑派との太いパイプのこともな」

「むろん、話してると思うね。しかし、地検の特捜部はその件では何もつつく気配がないんだ。日本の政治活動はやたら金がかかることを知ってるから、検事たちも不正献金は一種の必要悪と考えてるんだろうね」

「検事の中にも、おそらく鼻薬を嗅がされたのがいるんだろう」

「それについては、ちょっとね」

横尾がにやりと笑って、言い継《つ》いだ。

「そっちの手入れは免れたんだが、妙な事件が起こるようになってね」

「何なんだ、妙な事件って？」

神は立ったまま、煙草に火を点けた。

「池畑派の先生方に届ける裏献金が運搬中に七回も、正体不明の男たちに強奪されてしまったんだ。総額だと、二十三億円にものぼる巨額なんだよ」

「甘利が『誠和商事』に移ってからの事件なんだな？」

「七回とも、そうだよ。事情のあるお金だから、まさか盗難届を出すわけにもいかんしね。ほとほと弱ったよ」

「どうせ横盗《よこど》りされた裏献金の損失は、ダーティー・ビジネスでカバーしたんだろう？最近、裏社会でコカインや拳銃が大量に取引されてるみてえだからな」

「その件に関しては、何も言いたくないね」

横尾がきっぱりと言った。

「ばかやろうめ！　それで、認めたようなもんじゃねえか。もう少し頭を使えや」

「別に、わたしは認めたわけじゃない。きみがどう受け取ろうと、それは勝手だがね」

「まあ、いいや。裏献金を強奪したのは、どんな連中だったんだ？」

「運び屋の女性たちの話を総合すると、明らかにプロの犯罪者集団だね。敵ながら、実に鮮やかな手口だったらしい。女性たちを拳銃で脅したらしいんだが、決して殴ったりはしなかったそうだよ」

「運び屋役の女の中に、そいつらを手引きしたのがいるんじゃねえのか？」

神は指先に熱さを感じ、慌てて短くなった煙草を灰皿に投げ捨てた。火が点いたままだった。

「それは考えられないね。うちの会長は、どの女性にも充分すぎるほどの援助をしてるし、性的な面でも満足させてると思うよ」

「となると、『誠和グループ』の存在が気になるってもんだよな」

「わたしは、強奪犯グループを操《あやつ》ってるのは有賀宏太郎じゃないかと考えてるんだ」

「しかし、その動機がどうもすんなりとは納得できねえな。別に『誠和グループ』は銭に困ってるわけじゃねえんだ。金が目的じゃねえとすれば、厭《いや》がらせか何かってことになるぜ」

「多分、厭がらせなんだと思うね」

横尾が確信ありげに言った。

「なんか思い当たる節《ふし》があるみてえだな。そいつを話してもらおうか」

「有賀は、現総理が率いてる第三派閥の新和会の支持者なんだよ。ボスの寺本が現内閣の総理を務めてるが、もともと新和会の勢力はたいしたことないんだ。総理になれたのだって、影の首相と呼ばれてる方のお情けみたいなもんさ」

「民憲党の三大派閥のバランスを考えた人選だとマスコミで取り沙汰されたよな。確かに寺本は、総理大臣の器《うつわ》じゃねえかもしれねえ。党の長老たちや最大派閥の森川派の動きばかり気にして、決断力がねえもんな」

「寺本総理は所詮、参謀の器なんだよ。その点、池畑の大将は決断力もあるし、人を束《たば》ねる才もある。次期の総裁になることは間違いないね」

「ずいぶん力《りき》んでるじゃねえか。池畑派のボスが首相になりゃ、あんたの会社はもっと甘い汁が吸えるってわけだ」

神は皮肉を言った。

「長い間うちの会社は池畑派に尽くしてきたんだから、それぐらいの見返りがなければね。それはともかく、『誠和グループ』の総帥は池畑派から総理を出したくないと考えてるんじゃないだろうか。自分が支持してる寺本総理に、もう一期務めさせたいと思ってるにちがいないよ」

「そりゃ、そのほうがメリットがあるからな」

「そういうこともあるから、有賀はなんとか池畑派の力を弱めたいと考えたんだろう。それで、うちの献金が池畑派の先生方に渡る前に……」

「裏献金の横盗り事件の絵図を画《か》いたのが有賀だとしたら、ライバル社潰《つぶ》しも狙ってたのかもしれねえぞ」

「そうか、そうだね。それも、考えられなくはないな。わが社の急成長ぶりは、いくら天下の『誠和グループ』だって気にはなるだろうからね」

「有賀宏太郎は、本気で一石二鳥を狙ってたのかもしれねえぞ。だから、和久《わく》とかって専務に甘利を引き抜くように命じたんじゃねえのか。そう考えると、一応、話の辻《つじ》褄《つま》は合ってくるな」

「有賀自身も知恵の回る男だが、身内に切れ者がいるからねえ」

横尾が、ふと洩らした。神は、それを聞き逃さなかった。

「誰なんだ、その切れ者ってのは？」

「きみは知ってるかどうかわからんけど、何年か前にベンチャービジネスで大成功を収めた男がいるんだよ」

「そいつは、野間友樹って野郎じゃねえのか？」

「そうだよ。その野間の奥さんは、有賀宏太郎の姪なんだ。確か倫子《のりこ》とかいう名だったよ」

「野間は『誠和グループ』の役員の一員なのか？」

「非常勤の顧問か何かになってるはずだよ」

横尾が言って、床に坐り込んだ。

――やっぱり、梨絵は野間に頼まれて、青磁の茶壺と古代ペルシャの水差しを探し回ってたようだな。

神は、胸底で呟いた。

野間は、有賀宏太郎の代理人として動いているのだろう。有賀は、地引に強請《ゆす》り取られた二つの蒐集品を取り戻したいだけなのか。

あるいは、狙いは暗号の記録されたＵＳＢメモリーなのだろうか。

有賀が入院中の地引を殺し屋に襲わせたとしたら、おそらく後者だろう。メモリーの暗号は、『誠和グループ』の致命的な弱みを証拠だてる写真や録音音声の隠し場所を示しているのではないのか。

梨絵に何か揺さぶりをかけて、野間や有賀の反応を探ってみる必要がありそうだ。

「いい加減にわたしを解放してくれんかね？」

横尾が立ち上がって、弱々しく言った。憔悴《しょうすい》の色が濃かった。

「いいだろう。ただし、おれのことを調べようなんて気を起こすんじゃねえぞ」

「そんなことするわけないじゃないか。わたしは、会社の秘密をきみに喋ってしまったんだ」

「そうだな。おれは、あんたのキンタマを握ったことになるわけだ」

「それじゃ、わたしは帰らせてもらうよ」

「小遣いに不自由するようになったら、あんたの会社を訪ねるぜ。その節はよろしくな！」

神は、玄関ホールに向かった横尾の背中に言った。

横尾は何も言わずに、歩度《ほど》を速《はや》めた。

神は寝室に向かった。理沙をベッドの上で、ふたたび抱くつもりだった。

さきほどの短い交わりでは燃焼しきれないものがあった。理沙にしても、多分、同じ気分だろう。

神は勝手に急ぎ足になった。

3

パジェロを停《と》める。

神は、ビルの二階を見上げた。

梨絵の店は、まだ営業中だった。もう午後九時近い。ほんの少し前まで、神は理沙の寝室にいた。

理沙は恋人のバーテンダーに済まないと繰り返しながらも、神からいっこうに離れようとしなかった。

神は理沙を弄《もてあそ》ぶ気でいたが、かえって自分が玩具《おもちゃ》にされた恰好だった。

全身の筋肉が痛い。少々、度が過ぎたようだ。

神はエンジンを切って、車を降りた。

階段を駆け上がり、エステティック・サロンに入る。とたんに、陽気なサウンドに包まれた。

サルサだった。昼間、店内に流れている環境サウンドとは、まるで趣《おもむき》が異《こと》なる。

経営者の梨絵はBGMにも、それなりの工夫をしているようだ。

受付を素通りして、奥に進む。

待合室には、白人の若い女が三人ほど坐っていた。揃《そろ》って美人だった。おおかた正規の客ではなく、サクラだろう。

神はいつものように、店長室のドアを無断で押し開けた。

梨絵は応接ソファに腰かけ、紫煙をくゆらせていた。ダークグリーンのシルクブラウスに、淡いクリーム色のパンツを身につけている。今夜も、ふるいつきたくなるほど美しい。

「また勝手に入ってきた！」

「いいじゃねえか。別に股おっぴろげて、何かしてたわけじゃねえんだからさ」

「同じジョークしか使えないの？　その下品な台詞《せりふ》は、もう三十回以上も聞かされてるわ」

「おれって、教養ねえからさ」

神は笑いでごまかし、梨絵の前にどっかと坐った。

梨絵が苦く笑って、喫《す》いさしの煙草の火を優美に揉み消した。しなやかな白い指を見ただけで、ぞくりとする。勃起しそうだ。

神は、無遠慮に部屋の中を眺め回した。先日、誕生祝いに贈った高価な花は見当たらない。

「なんなの、きょろきょろして」

「おれがやった胡蝶蘭は？」

「枯れちゃったわ」

梨絵が乾いた声で言った。

「ひでえもんだな。おれの花は仕方ねえけど、おやっさんのプレゼントは粗末に扱わねえほうがいいぜ。古伊万里《こいまり》も若女《わかおんな》とかって能面も、おやっさんは大切にしてたみてえだからな」

「何か宗距《むねのり》さんの使いで来たわけ？」

「その言い方、気になるんだよな。自分の父親なんだから、やっぱり、さん付けで呼ぶのはおかしいんじゃねえのか」

神はそう言いながら、ポケットから煙草とライターを掴み出した。梨絵がもどかしそうに、卓上を指先で軽く叩いた。

「悪いけど、用件を早く言ってもらえない？」

「デートの約束があるんだな？」

「お願いだから、わたしを苛《いら》つかせないでよ」

「あっ、そうか。いま、生理中ってわけだ」

「ばか！」

梨絵が呆《あき》れ顔で言って、頭を大きく振った。ウェービーヘアが美しく揺れた。いい感じだ。

「実は、頼みがあるんだよ」

神は顔を引き締め、重々しく切り出した。

「どうせ借金の申し込みなんでしょ?」

「そうじゃねえんだ。おれの知り合いがさ、古美術品の買い手を探してるんだよ。そっちは顔が広いから、ひょっとしたら、客を紹介してもらえるんじゃねえかと思ったわけさ」

「そういう話だったら、四谷の宗距さんに相談してみたら?」

「おれも最初はそう思ったんだが、ちょっと事情のある古美術品なんだよ。だから、おやっさんには迷惑かけたくねえんだ」

「盗品なの、それ?」

「いや、道端で拾ったらしいんだ」

「古美術品なんかが道に落ちてる!?」

「ほんとに落ちてたらしいぜ。世の中、信じられねえことがあるからな。ほら、だいぶ前にも一億円を拾った男がいたじゃねえか。結局、持ち主が名乗り出なかったんで、そいつのものになったはずだぜ」

「そんなことがあったわね。で、どういった古美術品なの?」

　梨絵が赤漆《あかうるし》のデュポンをいじりながら、撒《ま》き餌《え》に喰いついてきた。

「宋代の青磁の茶壺と古代ペルシャ時代のガラスの水差しらしいんだよ。水差しのほうは、アケメネス朝のものなんだってさ。そう言われても、おれにゃピンとこねえんだけどさ」

「古代ペルシャ帝国の王朝よ」

「博学だな。さすがは元大学教授の娘だ」

　神は言いながら、梨絵の表情をうかがった。

　目立った変化は感じ取れない。ほんの一瞬、うつむいただけだった。

「詳しくはわからないけど、どちらも大変な美術品なんじゃないかしら？　中国陶磁も古代はもちろん、唐、宋、清朝の陶磁にコレクターたちの人気が集中してるようだし」

「へえ、そうなのか。おれは陶器のことなんか、まるでわからねえんだ」

「わたしは、割に中国陶磁には興味があるの。何年か前に東京のある美術館で南宋時代に焼かれた『曜変天目茶碗《ようへんてんもく》』を観《み》てから、すっかり中国陶磁の虜《とりこ》になってしまったのよ」

「ヨウヘン？　なんだい、そりゃ⁉　妖怪が茶碗をこさえたわけじゃねえんだろ？」

「体力だけじゃなく、少しは知力もつけないとね」

梨絵が蔑《さげす》むように言った。

「言ってくれるじゃねえか」

「曜変っていうのは、本来は窯変《ようへん》という字を当てるらしいの。窯《よう》は窯《かま》って字よ。どういう技法や焼き方をしたのかはっきりしないらしいんだけど、小ぶりな茶碗の内側の色が光の具合で、青から黄色に微妙に変化するの」

「ふうん」

「その美しさといったら、それはもう最高ね。もともとは徳川将軍家にあったものらしいんだけど、いまは国宝として世界中に知られてる名品なのよ」

「それだけ中国陶磁に興味があるんだったら、コレクターにも知り合いがいるんじゃねえのか？」

神は両切りキャメルに火を点け、梨絵の言葉を待った。

「まったくいないわけじゃないけど、すぐには誰というわけにはいかないわね。でも、何人かに当たってみてあげるわ」

「そいつはありがてえな」

「それで、その二つの古美術品はあなたの知り合いの手許《てもと》にあるわけね？」

「ああ」

「なんて方なの？」

「おれが代理人として動くことになってんだよ。そいつ、あまり表面に出たくねえらしいんだ。だから、買い手が見つかったら、おれに連絡してくれ」

「それじゃ、困るわ。買い手がつくかどうかわからないけど、現在の所有者のことも相手に話さなければならないもの」

「弱っちまったな」

「持ち主が問題のある人物だったら、あとで紹介者のわたしに迷惑がかかってくるかもしれないでしょ？　そういうことじゃ、ちょっと協力できないわね」

梨絵が瀬踏《せぶ》みした。神は煙の輪を吹き上げながら、しばし考えた。

二人の間に、沈黙が横たわった。息苦しくなるような無言のせめぎ合いだった。

「彦坂って奴だよ」

神は先に口を開いた。

「何をしてる人なの？」

「探偵社を経営してるんだ。人間は保証する。汚えことなんかできねえ奴さ」

「その彦坂って人の連絡先は？」

梨絵が訊《き》いた。

神は少し迷ったが、上着の内ポケットからアドレスノートを抓《つま》み出した。

彦坂のオフィスと自宅を教える。梨絵がメモ用紙にボールペンを走らせた。

「酒好きな男だから、多分、どっちにもいねえんじゃねえかな」

「今夜、すぐに買い手なんか見つからないわよ」

「そりゃ、そうだろうな」

「それで、彦坂さんはどのくらいの値で売りたいと考えてるわけ？」

「両方で一億にはしてえとか言ってたな」

「一億円とは吹っかけすぎなんじゃない？　あんまり欲張ると、買い手なんか見つからないわよ」

「そうかね。おれも、それぐれえの価値はあると思うがな」

「わたしは、高すぎると思うわ。いくら宋代の青磁多嘴壺《たしこ》といっても、元は拾い物なんだから」

梨絵が言ってから、はっとした顔つきになった。

——やっぱり、そうだったか。おれは青磁の茶壺と言っただけで、壺の形については何も言わなかった。なのに、梨絵は自分から多嘴壺《たしこ》と口走った。これで、野間に頼まれて二つの古美術品を探し歩いてることがはっきりしたわけだ。

神は確信を深めた。

収穫があったことは喜ばしい。ただ、素直に喜べない感情も胸のどこかで揺れていた。関心のある女が野間という男に一途《いちず》な想いを寄せている事実を認めるのは、なんとはなしに辛かった。哀《かな》しくもあった。

「価格については、彦坂さんに再考してもらいたいわね」

「話してみるよ、奴に」

「何日か時間をもらえれば、多分、興味を示すコレクターがいるでしょう」

「よろしく頼むぜ。商談が成立したら、彦坂から幾らかコミッションを取ってやるよ」

「どうせなら、がっぽり手数料をふんだくってよ。それで、あなたに何かご馳走してあげる。フォアグラでも、キャビアでもいいわ」

「それも悪かねえけど、どうせなら、活《い》きのいい赤貝を喰いてえな」

「それじゃ、銀座の『勘八』あたりでご馳走してあげるわよ」

「このカマトトが！　おれが喰いてえのは……」

「ストップ！　その先まで言っちゃったら、もう救いようのない男だわ。はい、お帰りはあちら！」

梨絵が勢いよく立ち上がって、ドアの方に手を泳がせた。

神はいかつい顔を崩し、腰を浮かせた。梨絵に見送られて、店長室を出る。

神は待合室の白人女たちに際どいジョークを飛ばして、蟹股《がにまた》で店の玄関ロビーに向かった。

女たちが母国語で何か罵《ののし》った。聴《き》き取れたのは、クレージーという言葉だけだった。

神は階段を降りると、ビルの専用駐車場に急いだ。

夜気は蒸《む》れていた。

――梨絵は間違いなく、野間に連絡するだろう。野間が荒っぽい男たちを伸やんの自宅に向かわせるかどうかだな。おれの仕掛けた罠が見抜かれなきゃ、きっと誰かが伸やんの家《ヤサ》に押し入るはずだ。

神は車に乗り込むと、携帯電話を取り出した。

彦坂の自宅に電話をかける。飲みに出かけているかもしれない。そう思いながら、神はコールサインを鳴らしつづけた。
七、八回目で、当の彦坂が受話器を取った。
神は名乗って、事の経過をつぶさに話した。話し終えると、彦坂が言った。

「おれ、これから女のとこに出かけるんだよ」

「女は女でも、ゴールデン街の名物婆さんがやってる居酒屋に行くんだろ?」

「げっ、冗談はよしてくれ! きのう、スナックで若い未亡人と仲良くなっちゃってさ、ぼくちゃん、彼女の家にお招《よ》ばれしてるわけよ」

「伸やん、マジかい?」

「大マジさ。でも、ロックしないで出かけるから、適当に部屋に入ってくれよ」

「それじゃ、そうさせてもらうぜ」

「鬼脚《おにあし》の旦那、部屋ん中で立ち回りは遠慮してくれよな。家主が細かい奴で、柱に釘一本打っても厭《いや》な顔すんだよ」

「わかったよ。未亡人とやらと、よろしくやってくれ」

神は電話を切って、エンジンをかけた。

ほどなくパジェロを走らせはじめた。表参道を走り、明治通りに入る。上板橋までは、三十分前後かかりそうだ。

戸塚二丁目の交差点を過ぎたとき、携帯電話が鳴った。

神はこころもち減速して、モバイルフォンを耳に当てた。

発信者は美寿々だった。

「わたし、やっぱり自首はできなかったわ」

「自首する必要はねえって言ったじゃねえか。秩父じゃ、何もなかったんだ」

「あのときのことは忘れられるはずないと思うけど、わたし、考えを変えたの。あんな屑どものために、何も刑に服することもないかなってね」

「その通りだよ。それでいいんだ」

神は声に力を込めた。

「それでね、わたし、倉敷《くらしき》に帰ることにしたの。田舎の暮らしって、とっても退屈だけど、彼との思い出に浸《ひた》るにはちょうどいいと思って」

「そうか。なんか淋しくなるけど、そのほうがいいよ」

「ええ」

「しかし、そのうち真《まこと》のこともふっ切らねえとな。いつまでも演歌の世界に浸ってると、あっという間におばさんになっちまうぞ」

「もう心の中は、おばさんよ」

　美寿々が暗い笑い声を響かせた。

「何を言ってやがるんだ。まだ、これからじゃねえか。田舎で、いい男を見っけろや」

「いつかその気になったらね」

「いい野郎がいなかったら、おれが面倒見てやらあ。この通りの男だから、そっちにウェディングドレスを着せてやることはできねえと思うけどさ」

「優しくしてくれて、ありがとう。ほんのちょっぴり元気が出てきたわ」

「その調子、その調子！」

　神は、できるだけ明るい声を出した。

「いろいろお世話になりました。神さん、お元気でね」

「そっちもな！　何か困ったことがあったら、おれを真《まこと》の兄貴だと思って、なんでも相談してくれ」

「そう言ってもらえると、心強いわ。でも、ひとまずお別れをします。さよなら、お元気で！」

美寿々が静かに電話を切った。

神は感傷的な気分を断ち切って、受話器を置いた。

スピードを一気に上げると、たちまち池袋の六つ又《むつまた》陸橋に達した。そこから、川越街道に入る。そのまま街道を突っ走って、環七通りを横切った。少し進むと、上板橋の町に入った。

彦坂のマンションは、東上《とうじょう》線の上板橋駅ときわ台《だい》駅のほぼ中間地点にある。といっても、線路沿いではない。川越街道寄りにあった。

車を右折させ、住宅街に入った。割に家屋は密集している。空き地はなかった。

数百メートル走ると、目的の小さなマンションの前に出た。

駐車場はない。神は四、五十メートル離れた路上にパジェロを駐《と》め、マンションに足を向けた。まだ十時にはなっていなかった。

彦坂の部屋は一〇五号室だった。

一階の奥にある角部屋だ。部屋の主はいなかったが、電灯は点いていた。１Ｋだ。

狭い部屋をベッドが占領し、ほとんど足の踏み場もない。ベッドの下には、いかがわしい雑誌や裏ビデオが積み上げてあった。

ファンシーケースがあるだけで、家具らしいものは見当たらない。

ケースの上には、埃《ほこり》を被《かぶ》った黒い楽器入れが載《の》っている。中身のアルトサックスは、とうの昔に酒代に化けたはずだ。

──いつ来ても、ひでえ部屋だぜ。ここに入ってから、伸やんは一度も掃除してねえんじゃねえのか。

神はエアコンのスイッチを入れ、ベッドに腰かけた。

古ぼけたテレビを点けて、煙草をくわえる。テレビの上に、彦坂が飲み屋からくすねてきた灰皿が五つも重ねてあった。

神は、そのうちの一つをベッドの上に移した。

肌掛け蒲団は、あちこち染《し》みだらけだった。縁《ふち》のあたりは垢《あか》に塗れている。

三十分が流れ、一時間が過ぎた。

しかし、襲撃者が迫ってくる気配は少しもうかがえない。仕掛けた罠を看破《かんぱ》されてしまったのか。

──だとしたら、こんな所に長居してても意味ねえな。

神は立ち上がって、テレビのスイッチを切った。

その直後だった。玄関先で、かすかな物音がした。

神は足音を殺しながら、ユニット式の浴室兼手洗いに近づいた。ドアをそっと開け、中に入った。

内側から、ドアを静かに閉《し》める。息を潜めて、じっと待った。

一分ほど経《た》ったころ、玄関のスチール・ドアを荒々しく開ける音がした。

すぐに土足で部屋の中に踏み込む足音が響いてきた。靴音は複数だった。どうやら二人組らしい。

「誰もいねえぜ」

「どっかに隠れてやがるんだろ。ドアもロックされてねえし、クーラーも点いてるからな」

「おれたち、気づかれちまったのか」

「そうらしいな。彦坂とかって野郎は、とっさにどこかに隠れやがったんだよ。捜してみようや」

男たちが囁き声で交し合った。

神はドアにへばりついた。男たちの足音が、ドアの向こう側で止まった。すぐにノブが回り、ドアが押し開けられた。電灯の光が射し込む。

男のひとりが、中を覗き込む気配がした。

神は力任せにドアを押し返した。ドアが額にぶち当たる音が響き、人の倒れる音が聞こえた。

「この野郎、出て来い！」

男の怒声が轟き、ふたたびドアが開けられた。

神は肩でドアを押し返した。無言だった。

ドア越しに、男の呻き声がした。ドアの隙間に挟《はさ》まれた右腕の先には、刃物が光っている。

フォールディング・ナイフだった。刃渡りは十五、六センチだ。

神は肩口でドアを押さえつけたまま、ナイフを奪い取った。柄の両側には、浮《レ》か《リ》せ《ー》彫《フ》りを施《ほどこ》した象牙板が貼《は》ってあった。

神は贅沢《ぜいたく》な折り畳み式ナイフを握るなり、男の手の甲を斜めに斬りつけた。裂け目から鮮血が盛り上がり、幾条《いくすじ》かの赤い糸が生まれた。

男が野太く唸って、ドアをこじ開けようと力《りき》みはじめた。神はわざと体の力を緩《ゆる》め、すぐにドアを思い切り押し返した。

血の雫《しずく》を滴《したた》らせている男はまたもや腕を強く挟まれ、その場にうずくまった。

すかさず神はドアをいっぱいに開け、しゃがみ込んでいる角刈りの男の頭を蹴った。もろにヒットした。男が後ろに転がった。

もうひとりの男が起き上がり、腰から白鞘《しらさや》を引き抜いた。痩せこけ、頬の肉がくぼんでいる。眉《まゆ》は剃り落とされていた。

どちらも、荒っぽい稼業の男たちだ。ともに二十七、八歳だった。

痩せた男が鞘《さや》を払った。

ほとんど同時に、神は男の足を大きく払っていた。

足払いは、きれいに決まった。男が横倒れにフローリングの床に転がった。

神は片膝を落とし、男の大腿部《だいたいぶ》にフォールディング・ナイフを突き立てた。血の粒が飛んだ。

少しもためらわなかった。やくざを相手にする場合は、非情にならなければならない。わずかでも隙を見せたら、必ずそこを衝《つ》かれる。

痩せた男が凄まじい声を放ち、手から短刀を落とした。

神は、それを掴み上げた。刃渡りは四十センチ近かった。

「青磁の壺も水差しも、ここにはねえぜ。てめえら、どこの者《もん》だっ」

神は左手の掌《てのひら》でフォールディング・ナイフの柄尻《えじり》を押さえ、右手の刃物を角刈りの男の首筋に宛《あ》てがった。

男たちは、どちらも口を開かない。

神は奥目を片方だけ細め、無言で角刈りの男の首筋を浅く匕首《あいくち》で斬った。男が血をにじませながら、尻で後ろに逃げた。

「早く白状《ゲロ》しねえと、てめえらのアキレス腱《けん》を切断しちまうぞ」

「お、おれたちは、極忠会《きよくちゆうかい》の者《もん》だ」

痩せた男が言った。極忠会は都内の城西地区や埼玉県の南部を縄張りにしているテキ屋系の暴力団である。構成員は二千人ほどだ。

「誰に頼まれた？　野間友樹か、それとも有賀宏太郎かい？　どっちなんだっ」

「おれたちは上の人に頼まれただけだから、詳しいことは知らねえんだ。ただ、大幹部は電話中に野間さんなんて喋ってたから、多分、手を借りてえと言ってきたのは野間という人だと思うよ。けど、おれたちは、その人の顔を知らねえんだ」

「大幹部は、なんて奴だ？」

「福富《ふくとみ》さんだよ」

「そいつと野間は、どういうつき合いなんだ？」

「よくはわからねえけど、ラスベガスのカジノかなんかで知り合ったみてえだな」

「そうかい。福富って野郎は、茶壺の中身のことで何か言ってなかったか？」

「それは……」

痩せた男が言い澱《よど》んだ。

「最後まで喋んねえと、ドスでてめえの手の甲を床板に縫《ぬ》いつけちまうぜ」

「言う、言うよ。福富さんは、青磁の壺の中にＵＳＢメモリーが入ってるかもしれねえって言ったんだ」

「メモリーの内容については？」

「それは何も言わなかったけど、そいつがいちばん大事なもんだから、徹底的に家捜《やさが》ししてこいって言われたんだよ」

「てめえら、ヤー公にゃ向いてねえ。踏ん張りってやつが足りねえからな」

神は男の大腿部からナイフを抜き、ゆっくりと立ち上がった。刃先が血糊で赤い。

二人の男はそれぞれ傷口に手を当て、怯《おび》え戦《おのの》いている。神は男たちの札入れを抜き出し、万札だけを抓《つま》み出した。合わせて十三万円だった。

「この金は、部屋のクリーニング代だ」

神は男たちに言ってから、肝心なことを思い出した。

「そうだ、てめえらんとこの人間が虎ノ門の轟外科医院で何か事件《ヤマ》を踏んだんじゃねえのか？」

「それ、うちの会の者じゃないっすよ」

角刈りの男が言った。

「その口ぶりだと、何か知ってやがるな」

「いや、おれは何も知らない」

「ドスで鼻をそっくり削《そ》いでもらいてえかっ」

「やめてくれよ、そんなこと。その仕事《ゴト》やったのは、ある組を破門になった一匹狼の鉄砲玉っすよ。福富の兄貴が誰かに頼まれて、そいつに声をかけたみたいだね」

「誰かってのは、野間のことだろっ」

「おれは、そこまでは知らないんだ」

「そうだな。チンピラのてめえらが知るわけねえやな」

「おれ、これでも三人の舎弟を……」

「だから、チンピラじゃねえと言いてえわけか」

「ええ、まあ」

「消え失《う》せろ、チンピラども！」

神は声を張った。

すると、角刈りの男が慌てて仲間を抱え起こした。二人はもつれ合うような感じで、外に出ていった。

——野間は地引に何か弱みを握られてるな。だから、地引を襲わせたんだろう。いや、ちょっと待てよ。もしかしたら、あの野郎は地引の集めた強請《ゆすり》の材料を横盗《よこど》りする気なのかもしれねえぞ。冗談じゃねえ。そうはさせねえ。野間にかっさらわれねえうちに、なんとか例の暗号を解《と》かなきゃな。

神はそう考えながら、二つの血まみれの刃物を近くにあった新聞紙でくるみはじめた。床の血を雑巾《ぞうきん》で拭《ぬぐ》い取り、十三枚の一万札を彦坂の黄ばんだ枕カバーの下に滑り込ませる。

――こうしておきゃ、伸やんも気がつくはずだ。どうせ朝帰りだろう。

神はクーラーと電灯のスイッチを切り、部屋を出た。新聞紙に包んだ凶器は車に乗る前に、どこかに捨てるつもりだった。

二人組の姿はどこにも見当たらない。神は何事もなかったような顔で、マンションから遠のきはじめた。

4

「第二次大戦のとき、アメリカは敵国の無線傍受《ぼうじゅ》を警戒して、インディアンの部族語を暗号に採《と》り入れたそうだ」

沢渡が言った。

神は黙って聞いていた。『創雅堂』の店先である。極忠会の二人組を痛めつけた翌日の昼下がりだ。

神は前夜、まんじりともしていなかった。

二十の算用数字と睨めっこをしているうちに、夜が明けてしまったのだ。結局、暗号は解けなかった。そこで、沢渡の知恵を借りる気になったのだった。

「ナバホ族の部族語が多く使われたようだね。このように、暗号には想像もつかないようなトリックが隠されてることが多いんだ」

「おやっさん、能書《のうが》きはそのくらいにして、そろそろ謎を解いてくれねえか」

「鬼脚《おにあし》は、せっかちでいかんな」

「そういうけどさ、おれがここに来たのは二時間以上も前だぜ。便秘《べんぴ》みてえに唸《うな》ってばかりいたんじゃ、日が暮れちまうよ」

「謎というものは解けてしまったら、どれもつまらんもんさ。解明するまでが愉《たの》しいんじゃないか」

「さっきから見てても、愉しんでるようには思えねえけどな」

「いや、大いに愉しんでるよ。たとえ一年かかっても、この不可解な数字の謎を解きたい気分だね」

「そんな呑気に構えられちゃ、おれは困るんだよ。とにかく、早く解いてもらいてえんだ。頼むよ、おやっさん！」

神は、ごっつい手を合わせた。

「ちょっと息抜きしようじゃないか。鬼脚、昼食は？」

「朝、コーヒーを一杯飲んだきりだよ」

「それは体によくない。この近くに、オムライスとハヤシライスのうまい店があるんだ。一緒に喰いに行こう」

「オムライスにハヤシライス？　なんか食欲が湧かねえな」

「どちらも絶品《ぜっぴん》だよ。昔懐かしい味つけでな、死んだ母親や家内を思い出させてくれるんだ。さ、行こう、行こう！」

沢渡が暗号めいた数字を書いた紙きれを甚兵衛の袂《たもと》に突っ込み、上がり框《かまち》から降りた。

「おやっさん、店はどうするんだい？」

「どうせ客など来《こ》んさ。ラテン民族に倣《なら》って、午後三時までシエスタタイムだ」

「これじゃ、貧乏するはずだぜ」

神は上がり框に据《す》えていた尻を持ち上げ、麻の白い上着を摑み上げた。

ダンガリーのシャツに、下は山葵《わさび》色のチノクロスパンツだ。靴は、いつもの保全《ほぜん》靴タイプのワークブーツだった。

沢渡が下駄を鳴らし、店のガラス戸に駆け寄る。

手早く戸締まりをして、カーテンで店内を隠した。店内が仄暗《ほのぐら》くなった。

二人は外に出た。

そのとたん、神はうだるような暑さを感じた。沢渡の行きつけの小さな洋食屋は、歩いて七、八分の所にあった。

二人は中ほどのテーブル席につき、どちらもハヤシライスを注文した。客席は、半分しか埋まっていない。
六、七分待つと、オーダーしたものが運ばれてきた。
沢渡は味をゆっくりと愉しむように、一口ずつ食べている。神は、わずか数分で掻っ込んだ。確かにノスタルジックな気分にさせられる味だった。

神は食べ終えると、煙草に火を点けた。

そのとき、通路の横の席に三歳ぐらいの男の子を連れた三十前後の女が坐った。親子のようだ。顔立ちがよく似ている。

テーブルに二つのコップが置かれると、女が真向かいの男の子に声をかけた。

「タックン、コップの中に入っているのは?」

「ウォーラー」

男の子が、すかさず本格的な発音で答えた。幼児英語教室にでも通わされているのだろう。

「はい、よくできました。ウォーターじゃなく、ウォーラーと発音するのよ」

「わかってる」

「それじゃ、また少しアルファベットのおさらいをしてみようか?」

「いいよ。ぼく、ぜんぶ言えるもん」

「すごいのね。それじゃ、三番さんは?」

「Cだよ」

「じゃ、九番さんは？」

「Iでしょ？」

「そうです。それじゃ、逆に訊《き》くわよ。Kは何番さんかな？」

「十一番さん！」

男の子が得意気に大声で答えた。

何人かの客が、親子連れのテーブルに目をやった。子連れの女は顔を赤らめ、急に声をひそめた。

——そうか！　もしかしたら、例の数字はアルファベットの順位を示すものなのかもしれねえぞ。

神はそう閃《ひらめ》き、沢渡の顔を見た。

沢渡がスプーンを宙で静止させ、黙って大きくうなずいた。

神は上着のポケットから、せっかちにボールペンを引き抜いた。沢渡が袂を探《さぐ》って、紙切れを抓《つま》み出した。

二人は顔を寄せ合って、二十の数字に一つずつアルファベットの順位の英字を置いていった。何度も、指を折って数えた。

結果は、次のようになった。

〈HIMITSUWA　HACHINONAKA〉

英文ではなかった。ローマ字読みをすると、〝ひみつは　はちのなか〟となる。

「おやっさん、これで解けたんじゃねえか？」

神は、沢渡に笑いかけた。

「ああ、解けたようだな。〝秘密は鉢の中〟って意味だろう」

「うん、間違いねえよ」

「なんだか拍子抜けしてしまったな。まさかこれほど子供騙《だま》しのトリックだとは思わなかったよ。何か、いっぺんに気が抜けてしまったね」

沢渡が西洋人のように両手を拡《ひろ》げ、大きく肩を竦めた。

――おそらく地引は、恐喝の材料を植木鉢の土の中に埋めたんだろう。そして隠し場所を忘れねえように、USBメモリーに暗号のメモを登録したにちがいねえ。いや、それだけの理由じゃなさそうだ。わざわざ面倒なことをしたのは、誰かに強請《ゆすり》の材料を奪われる気配を感じてたんだろう。地引は自分に何かあったときのことを考えて、誰か親しい人間に恐喝のネタを相続させる気だったのかもしれねえな。

神は水で喉を潤《うるお》し、さらに考えつづけた。

問題は、その鉢をどうやって探すかだ。

自宅、職場、愛人宅のそれぞれに、一つや二つは植木鉢があるだろう。いったい〝秘密〟は、どの鉢に隠されているのか。

けさ詩織に電話で聞いた話によると、地引は一命を取り留めたものの、生きる屍《しかばね》に近い状態らしい。脳神経の一部が破壊されてしまっては、もはや病院からは出られないだろう。

地引の妻や娘は、轟外科医院に泊まり込んでいるらしい。

自宅には使用人がいるはずだが、うまくすれば忍び込めるだろう。オフィスに入り込むことはたやすい。鉢という鉢を調べてみるより、手はなさそうだ。

「鬼脚《おにあし》、隣の親子連れに感謝しなければな」

沢渡が小声で言った。

「おやっさんから、よろしく言っといてくれよ。おれ、ちょっと行くとこがあるんだ」

「もう少し待てんかね。あと二口《ふたくち》ほどで食べ終わるから、一緒に出ようじゃないか」

「ミミちゃんをこの店に呼び出して、オムライスでも奢《おご》ってやんなよ」

神はテーブルの上に一万円札を投げ出すと、小走りに店を出た。

パジェロは沢渡の店の近くの路上に駐《と》めてある。

そこまで一気に駆けた。運転席に入ると、神は彦坂の自宅に電話をかけた。

コールサインが十数度鳴ってから、ようやく部屋の主の寝ぼけ声が響いてきた。

「はあい」

「やっぱり、事務所には出てなかったな。昨夜《ゆうべ》のお招《よ》ばれは、どうだったんだい？」

「愉《たの》しかったけど、腰がガクガクだよ。ついさっき、ここに戻ってきたんだ。そうそう、気を遣《つか》ってもらっちゃったな。枕カバーの下の十三万円、きのうの謝礼だろ？」

「いや、そいつは仕事の前払い金だよ」

神は言った。とっさに思いついたことだった。

「仕事って、なんだい？」

「伸やん、これからすぐに柿の木坂の地引の家《ヤサ》に行ってくれ。そうだな、できたら花屋か植木屋になりすましてくれねえか。それで、家の中にある植木鉢をそっくり外に持ち出して欲しいんだ」

「もっとよく説明してくれよ。なんかよく理解できないんだ」

彦坂が言った。

「ゆっくり喋ってる時間がねえんだよ。とにかく、どっかで二トン車かワゴン車を調達して、地引んとこにある植木鉢を残らずかっぱらってくれ」

「待てよ、鬼脚の旦那！　まだ言ってる意味が、よくわからねえんだ」

「何も考えねえで、まずベッドから出てくれ。地引んとこから鉢をかっぱらってこなかったら、十三万は返してもらうぜ。それじゃ、よろしく！」

神は一息に喋り、通話を切り上げた。

四輪駆動車を急発進させ、銀座に向かう。

二十分そこそこで、目的地に着いた。車を有料駐車場に預け、全国消費者生活改善推進会に急いだ。神はオフィスに入ると、無断で奥に歩を進めた。すぐに男のスタッフが咎《とが》めた。押し問答していると、衝立《ついたて》の向こうから詩織が走ってきた。

神は笑いかけた。詩織がほほえみ返し、同僚に澄ました顔で言った。

「こちらは会長の親類の方よ」

「そうでしたか。大変、失礼なことをいたしました。どうかお赦《ゆる》しください」

男が神に深く詫びた。出世欲が強いらしい。

「まあ、気にしないでくれ」

「ありがとうございます。今後は気をつけます。ところで、会長のご容態は？」

「半年も経《た》てば、職場に復帰できると思うよ」

「それを聞いて、安心しました。会長に、もしものことがあったら、ここはどうなるんだろうと心配してたんですよ」

「何も心配はないと思うね」

神は男に言って、奥にある会長室に足を向けた。

詩織が小走りに追ってきて、小声で訊いた。

「ここには何しにきたの？」

「会長室に観葉植物の鉢はあるか?」

「四つあるけど、それがどうかしたの?」

「おれが手に入れてえと思ってるものが、鉢の中に隠してあるかもしれねえんだ。いま、会長室には誰もいねえな?」

「ええ」

「おれが会長室に入ったら、誰も部屋に近づかさせねえでくれ。頼んだぜ」

神は言いおいて、会長室のドアを開けた。

会長室の手前の小部屋に、詩織の机が置いてあった。会長室に入る。神はドア・ノブのフックを押し込み、室内を見回した。

二十五畳ほどの広さで、備品も立派だ。書棚と机は、赤茶のマホガニーだった。応接ソファセットも国産品ではなさそうだ。壁には、著名な洋画家の五十号ほどの油彩画が飾られている。

神は最初に机の脇にある観葉植物の鉢に歩み寄り、根元から引き抜いた。腐葉土《ふようど》と黒土が崩れて、四方に飛び散った。

ごっつい靴の先で根にこびりついた泥を蹴り落としてみたが、何も出てこない。ゴムの木に似た観葉植物を床にそのまま転がし、応接ソファのそばに置かれたベゴニアの鉢の中を検《しら》べる。やはり、何も隠されてはいなかった。

書棚のかたわらに置かれたベンジャミンに近寄り、鉢の中をチェックした。目的のものは、そこに埋まっていた。

氷袋によく似た半透明のゴム製の袋の中に、ネガの束とICレコーダーが納まっている。ゴムの口は、二重にきつく結ばれていた。

どうやら女性用のコンドームらしかった。ヨーロッパではとっくに市販され、愛用者が少なくないという話だ。

地引が欧州に出かけたときにでも、興味本位に買い求めたのだろう。

神はゴムの袋を爪で引き破り、中身を取り出した。すぐにも録音音声を聴きたい気分だったが、あまり長居はしないほうがよさそうだ。

ネガの束とICレコーダーを上着のポケットに突っ込み、すぐさま会長室を出た。

「探し物はあったの？」

詩織が机から離れ、駆け寄ってきた。

「ああ、あったよ。詳しいことは言えねえけどな」

「別に知りたくないわ。それより、今夜、わたしのお部屋に来て。あなたの胸の中で眠りたいの」

「今夜は、ちょっとまずいんだ」

「いつなら、いいの？」

「四、五日したら、会いに行けると思うよ。それまで辛抱してくれ」

神は詩織の股間を下から軽く撫で上げ、すぐに歩きだした。大急ぎで事務所を出て、有料駐車場まで突っ走る。

パジェロに乗り込むと、まず神はネガを光に翳《かざ》した。陰画が透《す》けて像を結んだ。

高級住宅街の路上やマンションの駐車場で、拳銃を持った男が若い女を脅している姿が十数カット写っている。おそらく高感度フィルムを使って、夜間や明け方に盗み撮りしたものだろう。

数人の男が外車の後部座席やトランクルームから、旅行鞄やゴルフバッグを運び出す光景も鮮明に撮影されている。段ボール箱やジュラルミンケースを抱えた男たちの顔は、いずれもアップで撮られていた。

男たちの車も何カットか、写されている。ナンバープレートの大写しもあった。車は、七台とも車種が異なっている。

だが、七台の車は共通して『誠和グループ』の傘下企業の営業所や倉庫に行き着いていた。

——どうやら『グローバル・コーポレーション』の横尾が言ってた話は、事実らしいな。有賀はプロの犯罪グループを使って、横尾の会社の裏献金を横盗《よこど》りさせてやがったんだ。被害額は二十三億円にのぼるとかって話だったな。有賀は、奪った銭《ぜに》をてめえが支持してる寺本総理の新和会に不正献金してやがったんだろう。

神はネガ・フィルムの耳を揃えながら、胸の奥で呟いた。

――地引は、このネガをどっから手に入れやがったんだろう？『誠和グループ』の誰かを脅し、裏献金強奪計画を事前にキャッチして、この写真を売れないカメラマンにでも隠し撮りさせたのかもしれねえな。情報をこっそり地引に流してたのは、いったい誰なんだろう？

ネガの束を上着の内ポケットに戻し、神はグローブボックスからＩＣレコーダーを摑み出した。

すぐに録音音声を再生してみる。耳障《みみざわ》りな雑音《ノイズ》が消えると、男同士の会話が流れてきた。

――わたしです。例のお金は、ぶじに新和会の寺本先生の第一秘書のご自宅のほうに届けました。

――ご苦労さん。いつもきみに汚れ役を押しつけてしまって、心苦しく思っとるよ。

――こちらこそ、お世話になるばかりで……。

――それで、恩田んとこの次の配達日はいつだって？

――まだ、その情報は摑んでおりません。

――きみが抱き込んだ男、恩田に怪しまれたんだろうか？

――いいえ、そのご心配はありません。ただ、わたしは、このへんでひと休みしておいたほうがいいのではないかと考えております。すでに二十三億もいただいてますので、この先も派手にやりますと、先方も凄腕の調査員を雇うかもしれません。わたしは、それを恐れているのです。

――そうだね。こっちの尻尾を摑まれたんじゃ、元も子もない。しばらく作戦は中止だ。

――わかりました。それじゃ、仕事師たちにもそのことを伝えておきます。

――頼む。それにしても、彼らの仕事はみごとだったね。

――彼らは、それぞれ裏社会で〝伝説〟をもつプロ中のプロばかりですから、仕事は完璧ですよ。

――リーダーの男は、陸自《りくじ》のレンジャー部隊員崩れだったね。

――ええ。サブの男は数年前まで、内閣情報調査室で内外情勢の分析と工作をしていました。

――そうかね。それはそうと、近いうちに倫子《のりこ》を連れて国立《くにたち》の方に遊びに来んか?

――ありがとうございます。そのうち、お邪魔させてもらいます。

受話器を置く音がして、音声が途絶えた。

いまのテープは、野間と有賀の遣り取りにちがいない。地引が野間の女関係のスキャンダルをちらつかせて、野間の電話機に盗聴器を仕掛けさせたのだろう。

神は再生ボタンを押し込んだ。

二番目も、男同士の密談だった。音声がくぐもり、ひどく聴き取りにくい。神は耳を澄ませた。

──ここは会員制のサウナだから、他人《ひと》の目を気にすることはねえよ。

──そうだな。で、どうだった？

──有賀は、あっさり一億五千万出すって言ったよ。だが、それだけじゃ、旨味がねえからな。で、宋代の青磁の茶壺と古代ペルシャの水差しもいただいたってわけさ。

──仕入部の前責任者のキックバックの件もちらつかせたんだろ？

──ああ、それがジャブで、時期をみて、次回は三億要求するつもりさ。できりゃ、倍々ゲームといきてえな。

──肚《はら》を据えてかかれば、三十億は搾《しぼ》れるよ。いや、もう少しいけそうだな。せしめた金は約束通りに折半だぜ。

──わかってるよ。

──強請《ゆすり》のネタは、ちゃんと保管してあるんだろうね？

──心配ねえさ。おれに万が一のことがあったら、あんたの手に渡るようにしてあるんだ。

――それは、ありがたいね。

――それにしても、あんたも相当な玉だな。有賀は、あんたの女房の叔父さんじゃねえか。忠義面して顧問なんかやってても、裏じゃ、『誠和グループ』の命取りになるようなスキャンダルの情報をおれに流してるんだからな。

――おれは、まとまった事業資金を手に入れたいんだよ。気象情報サービスやビジネスセミナーだけじゃ、面白みがないからね。おれは、東南アジア向けの衛星テレビ局をシンガポールあたりに開設したいんだ。

――儲かんのかい、そんな事業？

――将来はビッグビジネスになるね。日本と違って、東南アジアの国々はどこもテレビのチャンネル数が少ないんだよ。だから、空きチャンネルを使って、契約家庭にアメリカやヨーロッパ各国で制作されたテレビ番組を一日二十四時間流しっ放しにしてやるのさ。番組の放映権は、意外に安く買えるんだよ。

――あんた、アイディアマンだな。そりゃそうだよな、ベンチャービジネスで大成功収めた男なんだもんなあ。

――なあに、すでに先駆者がいるんだよ。香港の財閥の二代目社長がやりはじめてるし、非合法だけど、台湾にもケーブルテレビ局が幾つか生まれてる。あの国は電波法がうるさくって、外国のテレビ番組を観《み》ることは禁じられてるんだ。

――あんたが金を握ったら、なんかどでけえことをやらかしそうだな。

――ああ、やるとも。このまま沈んでたまるかっ。だから、金が必要なんだ。有賀から、搾《ゆす》れるだけ搾ってくれよ。それから、『グローバル・コーポレーション』のほうも強請れるだけ強請ってほしいね。あの会社の総務部次長は金と女に弱いから、脅迫材料はいくらでも提供してくれるよ。

――そっちもやるさ。いっそ二人で組んで、民憲党の池畑派も揺さぶるか。恩田とのことをちらつかせりゃ、何億かの口止め料はせびれそうだぜ。

――それも悪くないが、おれはそのうち利権を手に入れるつもりだよ。まだ決定はしてないが、政府が後押しして新たに地球環境保護組織が生まれそうなんだ。その理事長のポストを手に入れれば、産業汚染を撒《ま》き散らしてる大企業から莫大な〝お目こぼし料〟が転がり込んでくるからな。

――なるほどね。あんた、怖《こえ》え男だな。うっかりしてると、寝首を掻かれそうだぜ。

――あんたこそ、油断ならない悪党だよ。おれの女関係をすっかり調べ上げて、脱税の証拠まで押さえたんだから。なんか息苦しくなってきたな。少し水風呂に入らないか？

――先に行っててくれ。後から、すぐに行くよ。

何かがぶつかる音がして、男たちの話が消えた。

神は停止ボタンを押した。

——梨絵の惚れた野郎は、どうしようもねえ狸だな。まさか野間が、地引に強請《ゆすり》のネタを提供してたとはな。梨絵もさんざん利用されて、捨てられちまうんじゃねえのか。梨絵から、野間を引き離してやんなきゃ。

神はそう思いながら、三番目の録音音声を再生させはじめた。

二番目と同じく、地引と野間の遣り取りだった。

——自宅に電話は困るよ。

——用件だけ言うぜ。あんたの取り分は一割にしてもらう。いいな！

——それじゃ、約束が違うじゃないかっ。

——文句があるなら、あんたが裏でやってきたことを有賀に密告《チク》るぜ。

——汚い奴だっ。どんな手段を使ってでも……。

——おれを殺す気かい？　それとも、おれの弱みを何か押さえるかい？　おれは、もう弱みを晒《さら》してらあ。でも、そっちも下手にゃ動けねえぜ。あんたと会うときは、おれ、いつもピーナッツぐらいの大きさの盗聴マイクを仕込んでたんだよ。滅びるときは、あんたと一緒さ。ともに地獄まで堕《お》ちようや。

——くそっ！

——あんたの分け前は一割だぜ。それじゃ、お寝《やす》み！

受話器を乱暴に置く音が響き、音声は熄《や》んだ。

——野間はてめえの悪事が有賀にバレるのが怖くて、極忠会の福富に頼んで虎ノ門の轟外科医院にヒットマンを送り込んでもらったんだな。ＵＳＢメモリーのことは、この密談の前に地引が仄《ほの》めかしたんだろう。複製した音声を有賀宏太郎の自宅に送りつけて、向こうの出方を待つか。

神はレコーダーを停止させ、にんまりと笑った。

その後、彦坂に電話をかけた。受話器は外れない。

すでに彦坂は部屋を出てしまったらしかった。探し物が見つかったことを告げるつもりだったが、もう遅い。

——伸やんは、いまごろどこかで二トン・トラックを借りてるんだろう。だったら、十三万円分、駆けずり回ってもらうか。

神は受話器を置き、煙草をくわえた。

5

残弾は四発だった。

神はステアリングの下で、弾倉《マガジン》を銃把《グリップ》に押し戻した。パジェロの中だ。

拳銃は、鳥羽組の組員から奪ったノーリンコ54だった。

車は『誠和商事』の近くに駐《と》めてあった。まだエンジンは切っていない。

ネガと録音音声を入手してから、五日が過ぎていた。

夕闇が濃い。あと十数分で、午後七時になる。

神は三億円の預金小切手と引き換えに、有賀にネガ・フィルムと三種の録音音声を売り渡すことになっていた。

写真のプリントとダビングテープを国立《くにたち》の有賀邸のポストに直《じか》に投げ込んだのは、四日前の午後だった。

その翌日の夜、野間友樹が爆殺された。帰宅の途中、ジャガーごと高性能炸薬で噴《ふ》き飛ばされたのである。

未《いま》だに犯人は逮捕されていないが、飼い犬に手を噛まれた有賀宏太郎が何者かにやらせた犯行に間違いないだろう。

神は、有賀が野間を消すことをほとんど確信していた。そう仕向けたのは自分だった。これで、梨絵を永久に野間から引き離すことができたわけだ。しばらく梨絵は悲しみから逃《のが》れられないだろうが、それは仕方がない。

どのような悲しみも時間の流れとともに、次第に薄れていくものだ。もともと梨絵はセンチメンタリストではない。心配することもないだろう。

神は間接的に野間を死に追いつめたことに対して、なんら罪悪感は覚えなかった。むしろ腹黒い野心家をこの世から消したことに、ある種の誇らしささえ感じていた。すがすがしい気分だった。

神は拳銃をベルトの下に突っ込んだ。

麻の黒い上着のボタンを掛け、ノーリンコ54を隠す。有賀に渡す物は、内ポケットの中だ。エンジンを切る。

神は車を降り、素早く周《まわ》りに視線を向けた。

襲撃者らしい男たちの影はなかった。致命的な弱みを握られ、『誠和グループ』の総帥《そうすい》も観念する気になったのだろう。神はそれを抜け目なく見抜き、大胆にも預金小切手による支払いを要求したのである。

預金小切手は、銀行の各支店長が責任を持って振り出すものだ。不渡りになる心配は万に一つもない。どの銀行でも、確実に現金化できる。

神は『誠和グループ』の本拠地に向かった。

歩きながらも、前後左右をさりげなく見回す。やはり、怪しい人影の気配はない。

ほどなくビルに足を踏み入れた。

受付嬢の姿はなく、初老の守衛がいた。その男が内線電話で、面会の約束の有無を確認した。

神は、あっさり通された。

エレベーターで最上階をめざす。エレベーターの中には、神のほかは誰もいない。

神は拳銃のスライドを引いて、素早く初弾を薬室に送り込んだ。

エレベーターが停止する前に、壁の隅に身を寄せる。

ホールからは目に入らない場所だった。敵の奇襲攻撃を警戒したわけだ。

エレベーターが停まり、扉が左右に開いた。

ホールは静まり返っていた。誰かが待ち伏せている様子はなかった。エレベーターが閉《し》まりかけたとき、神はホールに降りた。

すぐ目の前に会長室があった。

神は無言でドアを開けた。会長室は二つに仕切られていた。手前の部屋は、広い応接室だった。ソファは二十近くある。

奥に、会長のプライベートルームがあった。

有賀は長大な両袖机に向かっていた。酒器らしい漆器の蒔絵《まきえ》を目を細めて眺めている。

雑誌のグラビアで見た顔より、だいぶ老いが目立った。体も小さい。卓球台よりも長そうな机が、貧相さを強調させている。

「約束したものは持ってきてくれたかね？」

有賀が顔を上げた。

神は有賀の真っ正面に立ち止まり、上着の内ポケットに手を入れた。ネガの束と三種の録音音声の入った茶封筒を摑み出す。

「それを机の上に置いて、すぐに帰りたまえ」

「なんだと！　じじいっ、どういうつもりなんだ」

「おとなしく帰らないと、松居奈緒って女性が仏様になってしまうぞ」

「てめえ、約束を破りやがったな！」

神は茶封筒を内ポケットに戻し、上着の左ポケットに手を滑らせた。

そこには、ＩＣレコーダーが入っている。マイクの集音能力はきわめて高い。神は、そっと録音スイッチを押した。

「きみ、わたしは数多くの海千山千《うみせんやません》たちと商売をしてきた男だよ。少しわたしを甘く見すぎたんじゃないのかね」

「てめえも悪党だな。姪の亭主の野間を始末させやがったんだからな」

「きみが野間を殺したようなもんだ。密談音声を聴かなければ、わたしは、あの男の車に時限爆破装置を仕掛けてくれとは頼まなかったさ」

　有賀がうそぶく。

「ふざけたことを言うな！」

「実際、惜しい男を亡くしたよ。野間は切れ者だったし、商才にも恵まれてた。いずれは、野間に系列会社の一つぐらいは任せるつもりだったんだよ。しかし、あいつが陰で地引と共謀してたと知った以上、生かしておくわけにはいかないじゃないか。弁明の余地のない裏切り行為だからな」

「誰に野間を殺させたんだっ」

「愚かな質問だな。口が裂けたって、その質問には答えんよ」

「いま、喋らせてやらあ」

　神は上着のボタンを外し、腰の後ろからノーリンコ54を素早く引き抜いた。銃口を向けると、有賀が手にしていた漆器を落とした。

　それは机の上で跳《は》ね、神の足許に転げ落ちた。

　すかさず神は不細工な靴で、蒔絵のあしらわれた由緒ありげな漆器を踏み潰《つぶ》した。

「な、なんてことをするんだ！　それは、加賀前田藩の……」

有賀が重厚な革の椅子から腰を浮かせ、金壺眼《かなつぼまなこ》を剝《む》いた。額には青筋が浮き立っている。口は半開きのままだった。

「騒ぐんじゃねえ！　尻《けつ》を椅子に戻しやがれっ」

「ああ、国宝級の蒔絵が……」

有賀が虚《うつ》ろに呟き、椅子に腰かけた。神は落ちくぼんだ目に蔑《さげす》みの色をにじませ、低く凄んだ。

「野間殺しを誰に頼んだんだ！　喋らなきゃ、てめえを撃つぜ」

「た、短気を起こすな。わたしは菱垣是善《ひしがきこれよし》先生にお願いしたんだよ。直接、手を汚したのは先生のとこの書生さんだと思う」

有賀が椅子ごと退《さ》がりながら、震え声で言った。頰の肉が醜く引き攣《つ》っている。

神は皮肉な巡り合わせを感じ、思わず低く唸っていた。

菱垣是善は利権右翼の超大物だ。すでに九十を幾つか超えた高齢だが、いまなお政財界のフィクサーとして暗躍している。歴代の総理大臣たちも、菱垣には一目置いてきた。広域暴力団も同じだった。

神に八百長レースを強《し》いた暴力団の組長の背後にも、菱垣の影が見え隠れしていた。怪物と世間から恐れられている巨悪を闇の奥から引きずり出すことは、きわめて難かしい。たとえ牙を剝いたところで、菱垣の肉を喰い千切ることはできないだろう。

しかし、尻尾《しっぽ》を丸めるわけにはいかない。それでは男が廃《すた》ってしまう。意地を見せてやる。

神は、心の中から怖気を追い払った。

「き、きみの彼女は菱垣先生の真鶴《まなづる》の別荘に軟禁されてるんだ。すぐに彼女を解放するから、撃たないでくれ」

有賀が命乞いをした。

「三億円の小切手を渡せ。そいつが先だ」

「高すぎるよ、三億円は。一億、いや二億まで出そう」

「ディスカウントショップじゃねえんだっ。値引きはしねえぜ。きっちり約束の三億を貰う。早くしろ！」

「しかし、きみ……」

「渋ると、この録音音声をてめえの姪の野間倫子に聴かせることになるぜ」

神はそう言い、ポケットからＩＣレコーダーを取り出した。すぐに再生させる。

「わたしたちの話を録音しておったのか⁉」

「そういうわけだ。おれも海千山千なんだよ。てめえが野間を葬《ほうむ》らせたって話が録音されてるはずだ」

「ああ、なんてことなんだ」

有賀が両手で頭を抱えた。

「この音声を野間の女房に聴かせたら、どんなリアクションを起こすかな。たとえ亭主に非があっても、てめえを赦《ゆる》さねえだろうよ。この密談音声を持って警察に駆け込むか、てめえを殺しに来るかのどっちかだな」

「そ、その密談音声も譲ってくれ。倫子は、わが子も同然なんだ。あの子には、どうしても知られたくないんだよ」

「この音声は売れねえ。こいつは、おれの身を守る保険みてえなもんだからな」

「それじゃ、わたしは一生、きみに弱みを握られたことになるじゃないか」

「それが厭なら、刑務所《ムショ》で余生を送るんだな」

「わかったよ。三億円の預手《よて》を渡そう」

「やっとその気になりやがったか」

神は大きく口をたわめ、ＩＣレコーダーをポケットに戻した。

有賀が引き出しから小切手帳を掴み出し、金額を書き入れはじめた。三億円也と記し、実印を捺《お》す。

神は預金小切手を受け取り、ネガ・フィルムだけを有賀に渡した。

すると、有賀が弱々しく抗議した。

「それじゃ、話が違うじゃないか」

「おれの女を救い出したら、三種の密談音声は渡してやらあ。真鶴の菱垣の別荘は、どのあたりにあるんだ？」

「サボテンランドは知ってるかね？　湯河原側にあるんだが……」

「ああ、知ってる。竜宮城みてえな朱塗りの水族館の上の方にあるサボテン公園だな？」

神は確かめた。

「そうだよ。そこから、さらに少し登った場所に要塞《ようさい》のような大きな建物がある。その白い家が先生の別荘だよ。ひときわ大きな建物だから、すぐにわかるはずだ」

「菱垣も、そこにいるのか？」

「いや、先生は成城か鎌倉のどちらかにいらっしゃるはずだよ。真鶴の別荘には、先生が主宰されてる政治結社の若い人たちが三、四人いるだけだ」

「真鶴に電話しろ。そうだな、十時ちょうどに奈緒を門の前に立たせるように言いな」

「わかったよ」

有賀が受話器を持ち上げ、タッチ・コールボタンを押しはじめた。

神はノーリンコ54をベルトの下に戻し、キャメルに火を点けた。煙草を喫《す》いながら、有賀の声に耳をそばだてる。有賀は神の言ったことを正確に伝えると、じきに電話を切った。

「おれに妙なことを仕掛けさせたら、てめえは一巻の終わりだぜ」

「わかってるよ。だから、きみの意に従ったんじゃないか」

「てめえは死ぬまで、おれの貯金箱だぜ」

「それも仕方ないな」

「よし、契約の成立だ。握手しようじゃねえか」

「いいとも」

　有賀が立ち上がって、右手を差し出した。

　神は有賀の右手首を摑むなり、その掌《てのひら》に煙草の火を押しつけた。火の粉が散り、肉の焦《こ》げる臭《にお》いが鼻腔《びこう》を撲《う》った。神は薄く笑った。

　有賀が悲鳴を放ち、机の上に上体を伏せた。神は手を放し、大股で出口に向かった。

　表に出ても、走らなかった。いくらか足早にパジェロに戻った。

　神は、いったん代々木八幡の自宅に向かった。

　大急ぎでマンションに戻り、奪った預金小切手をプラスチック容器に納め、冷蔵庫の奥に突っ込んだ。こうしておけば、たとえ家捜《やさが》しされても発見される心配は少ない。

　次に神は物入れに走り、携行《けいこう》バッグを引っ張り出した。

　中身は、分解してある競輪用自転車《レーサー》のパーツだ。むろん、二つの車輪も入っていた。

　バッグのポケットには、組み立てに必要な工具が一式揃っている。

　ヘルメットやユニフォームなどの詰まったバッグを手に持ち、携行バッグを肩から吊るした。そのまま部屋を出て、地下駐車場に降りた。

荷物を後部座席に投げ入れ、ＩＣレコーダーや密談音声をグローブボックスに納める。

神は車を荒っぽくスタートさせた。

東名高速道路の東京料金所から、大井松田ＩＣまで飛ばしに飛ばした。ＩＣを降りると、国道二五五号線をひたすら下《くだ》った。さらに真鶴新道を走った。

目的の場所は、真鶴半島の岬寄りにあった。

そのあたりは、県立の自然公園に指定されている。

いつも行楽客が多い。今夜もドライブを楽しむ車があふれていた。

神は抜け道を利用しながら、サボテンランドまで走り通した。

サボテンランドの裏側の暗がりに車を駐め、そこで競輪用自転車《レーサー》を組み立てた。ユニフォームに着替え、靴も替えた。頭にはヘルメットを載せた。

ノーリンコ54をパンツの腹のあたりに突っ込み、自転車に跨《また》がる。ペダルを大きく踏み込んで、神は猛然と坂道を登りはじめた。

勾配《こうばい》の急な坂だった。

体力のない者なら、長くは走れない。

しかし、かつて競輪のＳ級スター選手だった神には苦もない坂道だった。平坦地を走っているのと、たいして変わらない。現役時代には、トレーニングで数えきれないほど山の中を走っている。いくらペダルを漕いでも、少しも息は乱れなかった。

十分近く坂道を登ると、右手前方に白い要塞じみた外観の建物が見えてきた。

菱垣の別荘だろう。敷地は、とてつもなく広い。

路上に人影が一つ見えた。

白っぽい服を着た奈緒だった。神はやや顔を伏せて、別荘の広い門の前をわざと通り抜けた。門柱の陰に、三つの黒い影が見えた。

——やっぱり、待ち伏せてやがったな。有賀は、おれを殺《や》れと電話で命じやがったんだろう。パジェロでのこのこやって来たら、シュートされてたかもしれねえな。

神は百メートルあまり先まで走って、ペダルを逆に踏みつけた。

急激に速度が落ち、前輪が浮いた。馬が嘶《いなな》くような恰好になった。

神は片方の足を路面につき、器用に車体をスピンさせた。

競輪用自転車《レーサー》には、グリップブレーキがない。ペダルを逆回転させることで、スピードを殺す仕組みになっていた。

神はペダルで速度を加減しながら、坂道を下《くだ》りはじめた。

奈緒に近づくと、故意にドロップハンドルをふらつかせた。車体ごと路面に倒れる。

体はどこも傷《いた》めなかった。

ようやく奈緒が神に気がつき、口に手を当てた。

「おれの背中に乗れ！」

神はゆっくりと起き上がりながら、小声で言った。

しかし、奈緒は意味がわからなかったようだ。中腰になって、低く訊《き》き返してきた。

「え？　どうするの？」

「おんぶだ、おんぶだよ。おれが奈緒を背負うんだ」

神は言いながら、片腕で奈緒を引き寄せた。奈緒がおぶさってきた。神は片手で、車体を軽々と引き起こした。

そのとき、男たちの喚《わめ》き声があがった。

神は自転車に打ち跨がった。ほとんど同時に、暗がりで銃口炎《マズル・フラッシュ》が瞬《また》いた。

銃声は聞こえなかった。消音器を嚙ませているようだ。

「しっかりしがみついてろ」

「だめよ、走らないで。お尻がタイヤに擦《こす》られそうで、怖いわ」

「それじゃ、いったん降りて、前に来い。コアラみてえに、おれに抱きつくんだ」

「そんなこと無理よ。わたし、できない！」

奈緒が泣き出しそうな声で言った。

その直後、また赤い小さな炎が闇の中で光った。

今度は二つだった。銃弾の衝撃波が、神の頭上を掠めた。奈緒が高い悲鳴をあげた。

「くそったれどもが！」

神は吼《ほ》えて、拳銃を引き抜いた。

素早くスライドを引き、すぐに撃ち返した。轟音が夜気を震わせた。鋭い金属音が長く尾を曳《ひ》いた。放った弾丸《だんがん》が鉄扉《てっぴ》のどこかに当たったらしい。敵の二梃の銃が相前後して、火を噴《ふ》いた。

神は残りの三発を連射した。

狙いをつける余裕はなかった。だが、三人のうちの誰かが呻いて倒れた。命中したようだ。

数秒後、斜め後ろの繁みで白っぽい閃光が走った。

神は振り向いた。だが、繁みは暗かった。動く人影も見当たらない。

「この野郎！」

「ぶっ殺してやるっ」

拳銃を手にした二人の男が口々《くちぐち》に怒声を張り上げながら、門から飛び出してきた。

神は弾《たま》の切れたノーリンコ54を男たちに投げつけ、奈緒を背負い直した。奈緒が強くしがみつき、両腿で神の胴を挟んだ。

神は片腕で奈緒の尻を支え、片手ハンドルで自転車を走らせはじめた。

男たちが背後から、銃弾を浴びせてきた。神はS字を描きながら、坂道を一気に走り降りた。銃弾は、どちらにも当たらなかった。

弾丸の唸りが不気味だ。

パジェロのある場所まで走り通して、すぐに競輪用自転車をばらした。

ほんの数分しかかからなかった。携行バッグを車内に放り込む。

神は着替えずに運転席に乗り込んだ。奈緒が助手席に坐る。

「ねえ、いったい何があったの？　なんでわたしがこんな目に遭《あ》わなければならないのよ」

「別荘の中で何かされたのか？」

「三人の中でいちばん若い男が一度だけキスしかけてきたけど、年嵩《としかさ》の男にぶん殴られてからは近づいてこなかったわ」

「それじゃ、無傷だったわけだ」

「体はね。だけど、恐怖心で生きた心地がしなかったわ」

「済まなかったな。赦《ゆる》してくれ。この借りは、何かで必ず返すよ」

「そんなことより、何があったのか教えてちょうだい」

「東京まで道中は長《なげ》えんだ。あとで、ゆっくり話してやるよ」

神は鍵《キー》を差し込んだ。エンジンを始動させかけて、ふと彼は思いとどまった。

このまま東京に逃げ帰っても、有賀は別の殺し屋を差し向けてくるにちがいない。菱垣の書生どもを徹底的にぶちのめして、こちらが捨て身になっていることを教える必要がある。

「ね、どうしたの？」

「奈緒、ここで待っててくれ。二、三十分で必ず戻ってくる」

神は語尾《ごび》とともに、車の外に飛び出した。

奈緒が何か言ったが、そのまま菱垣の別荘に引き返しはじめた。少し走ると、急な坂道の下に達した。

神は坂道を駆け上がりはじめた。

敵の姿は見当たらない。さきほど門の外まで追ってきた二人の男は、怪我をした仲間の手当てをしているのか。

しばらく全速力で走ると、要塞《ようさい》じみた建物が見えてきた。

神は門の前まで走った。鉄扉《てっぴ》は、かたく閉《と》ざされている。路上には、人っ子ひとりいない。

神は高い石塀《いしべい》をよじ登り、邸内に忍び込んだ。

樹木と葉の匂いが、肺の中に滑り込む。濃密な香りだった。

内庭は広かった。誘蛾灯《ゆうがとう》が、あちこちに見える。

その光は青みがかっていた。無数の蛾や蚊が乱舞していた。

神は中腰で内庭を進み、ドーム型の建物に近づいた。

灌木《かんぼく》の葉擦《ず》れの音が気になったが、まさか無防備にアプローチを歩くわけにもいかない。遠くで、地虫《じむし》が鳴いている。静かだった。足音だけが響く。

豪壮な白い建物が眼前に迫ったときだった。

突然、宏大な庭に鋭いブザーの音が鳴り渡った。どうやら赤外線警報装置のセンサーに引っかかってしまったらしい。

神は繁みの中にうずくまった。

足の下には、羊歯《しだ》がびっしりとはびこっている。草いきれが濃い。むせ返りそうだった。

別荘から、二つの影が躍《おど》り出てきた。

どちらも二十代後半の男だった。ひとりは、額にヘッドランプをつけていた。その腰には、小型のバッテリーがぶら下がっている。

二人とも、消音器を嚙《か》ませた拳銃を握りしめていた。

神は目を凝《こ》らした。ヘッケラー&コックP7だった。ドイツ製の自動拳銃だ。ガスピストンが採用されている。性能は悪くない。下手《へた》に動かさないほうがよさそうだ。

神は片膝を落としたまま、じっと息を殺した。

少し経つと、男たちが左右に散った。

ヘッドランプの円《まる》い光が揺れながら、ゆっくりと近づいてくる。光に照らされた葉の緑が鮮やかだった。光の加減で、葉脈《ようみゃく》まで透《す》けて見えることがあった。

神は接近してくる男に目を当てながら、あたりを手探《さぐ》りした。折り重なった病葉《わくらば》の下に、何か固い物があった。それは、拳《こぶし》ほどの大きさの石ころだった。

その石を拾い上げるなり、神は暗がりの奥に投げ放った。

十数メートル先で、石は太い樹木の幹に当たった。湿った音が静寂を突き破った。

「隠れてねえで、出て来やがれ！」

ヘッドランプの男が大声を張り上げ、音のした方に向かった。小走りに走りながら、消音器付きの拳銃の引き金を絞った。放たれた銃弾が、灌木の小枝や葉を弾《はじ》き飛ばす。

神は腰を屈《かが》めた姿勢で、男の背後に回り込んだ。

相手を羽交《はが》いじめにして、武器を奪うつもりだった。

距離がぐっと縮まったとき、神は地べたの枯れ枝を踏み砕《くだ》いてしまった。かなり大きな音がした。

ヘッドランプの男が体ごと振り返った。

ランプの光が闇を短く掃《は》いた。一瞬、近くの大木の樹皮が浮かび上がった。

逆光《いと》の向こうで、男が拳銃を構えていた。両手保持の姿勢だった。

挑《いど》みかかるには遠すぎる。

神は地を蹴り、繁みにダイビングした。

体の下で、丈《たけ》の低い木が何本か音をたてて折れた。その音に、かすかな発射音が被《かぶ》さった。

神は両腕で顔面を庇《かば》って、勢いよく横に転がった。

銃弾が近くの草を噴《ふ》き飛ばし、土塊《つちくれ》を四方に跳《と》ばす。神は一瞬、心臓がすぼんだ気がした。

「兄貴、こっちです！」

ヘッドランプの男が高く叫び、またもや九ミリ弾を浴びせてきた。

神は繁みの中を這《は》って逃げた。われながら、不様《ぶざま》な恰好《かっこう》だった。しかし、気取るだけの余裕はなかった。

銃弾が執拗《しつよう》に追ってきた。

強風に似た衝撃波が縺《もつ》れ合い、葉を揺さぶりつづけた。着弾音も近かった。

さすがに肌が粟立《あわだ》った。

――なんとか反撃しねえとな。

神は、自分に言い聞かせた。

ちょうどそのとき、発射音が熄《や》んだ。どうやら弾倉《マガジン》が空《から》になったらしい。

今度は、こちらが攻撃する番だ。

神は素早く起き上がった。

男が一瞬、たじろいだ。神は一気に駆け寄り、飛び蹴りを見舞った。

体を二つに折りながら、男が後方に吹っ飛んだ。栂《つが》の幹《みき》に腰を打ちつけ、その反動で弾き飛ばされた。

横倒れに転がった男は、重く呻いた。拳銃が手から落ちた。

神は踏み込んで、男のヘッドランプを蹴りつけた。男が声を放った。ガラスが砕《くだ》け、光が消えた。

男が転げ回りはじめた。額に、ガラスの破片が突き刺さっている。

神は長身をこごめて、ヘッケラー&コッホP7を拾い上げた。

消音器が熱を持っていた。弾倉《マガジン》を抜く。やはり、弾切《たまぎ》れだった。

「予備の弾倉《マガジン》を出しな！」

神はしゃがみ込んで、男に低く命じた。

「マガジンクリップは持ち歩いてねえんだよ」

「そうかい」

神は眉《まゆ》ひとつ動かさずに、男のこめかみを銃把《グリップ》の角で強打した。

骨と肉が鳴り、男が長く呻いた。神は、男のポケットのすべてに手を突っ込んでみた。

確かに予備のクリップは携帯していなかった。その代わり、男は懐にサバイバル・ナイフを忍ばせていた。

刃の片側は、鋸歯《きょし》状になっている。もう一方は、ごく普通の刃だ。

神は男を俯《うつぶ》せに押さえ込むと、右の足首にナイフの刃を当てた。鋸歯刃《セレーション》のほうだった。切れ味は鈍いが、傷口のダメージは大きい。

「何をしやがるんだ!?」

男が首を捩《ねじ》って、震え声を発した。

神は無言で、男のアキレス腱《けん》を搔《か》っ切った。血しぶきが飛んだ。夜気に、血臭が混《ま》じった。

男が動物じみた唸り声を放ち、全身を震わせた。神は薄笑いを拡《ひろ》げながら、もう片方のアキレス腱を迷わず断ち切った。

男が悲鳴をあげ、のたうち回りはじめた。

アキレス腱を切断されても、ゆっくりと歩くことはできる。しかし、跳《と》びはねたり、走ることはできない。神はにっと笑って、千切った葉っぱでサバイバル・ナイフの血糊を拭《ぬぐ》った。

立ち上がったときだった。

近くの暗がりで、小さな銃口炎《マズル・フラッシュ》が明滅《めいめつ》した。

神は身を伏せた。

弾丸《だんがん》が唸《うな》りながら、頭の上を通過していった。硝煙が風に乗って、ゆっくりと流れてくる。

神はナイフをベルトの下に差し入れると、繁みの中を走った。足音が追ってきた。

体を反転させ、神は樫《かし》の太い枝に両手で飛びついた。

「止まらねえと、撃《ハジ》くぞ！」

男が喚《わめ》きながら、駆けてくる。

神は弾《はず》みをつけて、全身をスイングさせはじめた。

少しすると、男が勢いよく走ってきた。暗くて、神の姿は見えないようだ。

神は両足で、男の胸板を蹴り込んだ。

男がのけ反り、二度ほど後転した。途中で一発だけ、暴発した。

神は地に飛び降り、男に走り寄った。

ずんぐりむっくりの体型だったが、度胸はありそうだ。書生の中では、リーダー格なのだろう。

神はサバイバル・ナイフを引き抜いた。

男が跳《は》ね起きた。その瞬間、神はナイフを一閃《いっせん》させた。刃風《はかぜ》が湧いた。手応えがあった。男が呻いた。

切っ先は、男の顔面を斜めに抉《えぐ》っていた。返り血が神の喉《のど》のあたりを濡らした。生温かかった。

男が唸り声を撒《ま》きながら、膝から崩れた。

神はすかさず相手の腹を蹴り込み、消音器付きの拳銃を奪い取った。それをベルトの下に挟《はさ》み、男を腹這《ば》いにさせた。

神は、さっきと同じやり方で男のアキレス腱を切断した。男は体を丸めて、呻きはじめた。怯えたアルマジロのようだった。

神は二人の男から遠ざかり、要塞のような建物に向かった。

拳銃を構えながら、邸宅の中に入る。贅《ぜい》を尽くした別荘だ。高級ホテル並の造りだった。大理石がふんだんに使われている。

一階の広いサロンを覗《のぞ》くと、二十三、四の男が床に横たわっていた。

上半身は血みどろだった。奈緒を救出するときに、神が放った弾《たま》を喰《くら》ったのだろう。

男は血溜《だ》まりの中で仰向《あおむ》けになったまま、ほとんど動かない。もはや虫の息だった。

――死にかけてる野郎を痛めつけても、後味《あとあじ》が悪いだけだ。このまま放っといても、じきにくたばるだろう。

神はサロンを走り出て、別荘の中をくまなく調べ回った。しかし、ほかには誰もいなかった。

神はドーム型の建物を出た。

すると、車寄せに二つの人影が見えた。いましがた、神が痛めつけた男たちだった。

二人は体を支え合いながら、マスタード色のランドクルーザーに歩を進めていた。

「てめえら、仲間を捨てて逃げるつもりなのかっ」

神は、男たちに声をかけた。

二人が同時に立ち止まり、振り向いた。相前後して、ぎくりとした表情になった。

「こっちに来な！」

神は言った。

男たちは目配せし合うと、四輪駆動車のドアをあたふたと開けた。

――逃げられると思ってんのかよ。二人とも甘いぜ。

神は嘲笑して、ポーチの石段に腰を落とした。

ヘッドランプをつけていた男が、助手席に這い上がった。兄貴株らしい男は、運転席に入った。二つのドアが閉められた。

ランドクルーザーが走りはじめた。

危なっかしい走り方だった。アキレス腱を切られたために、ドライバーはアクセルをしっかり踏み込めないようだ。

それでも四輪駆動車は、徐々にスピードを上げていった。

神は立ち上がって、消音器付きの拳銃を両手で構えた。残弾の数は確かめていなかった。

——てめえらの運を試《ため》してやらあ。

神は胸中で呟き、無造作に引き金を絞った。

くぐもった小さな発射音がして、九ミリ弾が疾駆《しっく》した。弾き出された薬莢《やっきょう》が薄い煙を吐きながら、神の右横に舞い落ちた。

撃った弾は、車のリア・シールドを穿《うが》った。罅《ひび》の走る音がした。

神は、つづけざまにトリガーを引き手繰《たぐ》った。

反動《キック》で、両腕がわずかに跳《は》ねる。放った三発のうちの一発が、右の後輪に命中した。

タイヤの破裂音に、派手な激突音が重なった。

ランドクルーザーは数本の庭木を薙《な》ぎ倒し、ゆっくりと横転した。運転席側が下敷きになっていた。

神は弾の切れた自動拳銃を足許に捨て、蟹股《がにまた》で四輪駆動車に近寄った。片側のタイヤが唸りをたてて、空転していた。灌木の葉がタイヤに擦《こす》られ、小さく鳴っている。

ガソリンは洩《も》れていなかった。車内で、二人の男が苦しそうに呻いていた。

「長生きしたかったら、自力《じりき》で這い出すんだな」

神は言い放って、門扉《もんぴ》に足を向けた。

ヘッドランプをつけていた男が、大声で救いを求めてきた。神は黙殺して、足を速めた。

これで有賀は、もう下手なことはしないだろう。

神は歩きながら、奈緒にどう言い繕《つくろ》うべきかと考えはじめた。もっともらしい作り話を練るのは、決して下手ではなかった。

翌日の深夜である。

神は自分のベッドの上に、一万円札を並べていた。昼間、一億円分だけ現金化したのだ。二億円は別の銀行の自分の口座に振り込んでもらった。行員は少しも怪しまなかった。

三種の密談音声は、まだ手許にある。

有賀に引き渡す気は失せていた。命を狙われた分だけ、より多くの保険をかけておきたい気分が強くなったのだ。

もちろん、二つの美術品を有賀に返す気など端《はな》からない。

どちらも、二本松から買った物だ。結局、三十万円の手付け金を払っただけだが、所有権は自分にあると勝手に解釈している。

ほどなくベッドカバーは、一万円札で埋まって見えなくなった。いい眺めだ。

——当分、銭にゃ不自由しねえな。クルーザーでも買っちまうか。貯金箱が生きてるうちは、おれもリッチマンだ。二、三百万の金なんか、紙屑みてえなもんだ。

神は、持っている札束を天井に投げ上げた。

万札が宙でほぐれ、はらはらと舞い落ちてきた。寝室の床は、たちまち紙幣の海になった。

神は、にたりとした。

そのとき、インターフォンが鳴った。奈緒は明け方まで抱いてやった。彼女ではないだろう。

詩織が、この塒《ねぐら》を探し当てたのか。それとも窃盗グループのボスが焦《じ》れて、インゴットの売り込みにやってきたのか。

神は寝室のドアを閉ざし、玄関口まで大股で歩いた。

ドアを開けると、思いがけない客が立っていた。なんと梨絵だった。

「どういう風の吹き回しだい？」

「いいお部屋ね」

「そうか。ここに来たのは初めてだっけな」

「ええ。ちょっといいかしら？　少し話があるのよ」

「大歓迎だ。さ、上がってくれ」

神はスリッパラックに腕を伸ばし、来客用の涼しげなパナマ麻のスリッパを摑んだ。

梨絵が礼を言って、形のいい足をスリッパに突っ込んだ。

今夜は、オフホワイトのスーツだった。彫金のイヤリングが似合っている。いつ見ても、いい女だ。

神は梨絵を居間に案内した。

梨絵はソファに坐ると、すぐにクラッチバッグの留金を外した。神は煙草をくわえて、梨絵の手許を見つめた。

梨絵が抓《つま》み出したのは、一枚のカラー写真だった。

奈緒を背負った神が、ノーリンコ54を前方に突き出した姿で写っている。アングルから見て、斜め後ろから隠し撮りされたようだ。

「こ、こいつは!?　きのうの夜、繁みで光ったのはカメラのストロボだったのか」

神はくわえていたキャメルを足許に落とし、低く唸った。

「銃声もよく聞こえたわ。わたし、野間が殺された翌日から、こっそりあなたを尾けてたのよ」

「なんだって、おれを尾けたんだ？」

「野間はね、有賀宏太郎に消されるかもしれないって怯《おび》えてたのよ。殺される前日に有賀のところに行ったら、ひどく不機嫌だったらしいの。それで、自分の背信行為を悟られたと感じたのね」

「そこまではわかるが、なぜ、おれを追い回すことになるんだ？　そいつがわからねえな」

「簡単なことよ」

梨絵がウェービーヘアを軽く撫でつけ、すぐに言葉を重ねた。

「野間が地引と裏で繋がってることを有賀にリークした人間が必ずいると思ったわけよ。地引は昏睡状態だから、密告したくてもできないし、そんなことをしても意味がないわ。だけど、あなたは青磁の茶壺と古代ペルシャ時代の水差しを拾った知り合いがいると唐突にわたしの店にやってきた。それで、地引か野間のことを嗅ぎ回ってるなって察したってわけ」

「くそっ、おれの仕掛けた罠に気づいてやがったのか」

神は苦笑した。

「百パーセント、罠とは思わなかったわ。ひょっとしたら、あなたがなんらかの方法で手に入れた二つの古美術品を誰かに高く売りつけたいだけなのかなとも思ったの」

「しかし、そっちは野間に連絡を取ったってわけだ」

「そういうことね」

「おれを強請《ゆす》りに来たんだな！」

「人聞きの悪いこと言わないで。わたしは、五千万円を借りに来たのよ。ただし、金利も返済期限もなしでね」

「それじゃ、やっぱり強請《ゆすり》じゃねえか」

「毎月、三千円ずつ返済してもいいわ。わたし、早く支店を出したいのよ。野間を当てにしてたんだけど、こんなことになってしまったでしょ？　あなたが有賀から、いくら脅し取ったのかは訊かないことにするわ」

「おれが断ったら、どうする？」

神は梨絵の顔を見据えた。梨絵は余裕のある表情で言った。

「ある場所に保管してあるネガを持って、九段にある東京地検の特捜部を訪ねるわ。そして検事に地引が有賀の古美術品を脅し取ったことから話しはじめて、裏献金二十三億円の横盗りのことまで詳しく語るでしょうね。有賀が起訴される前に、おそらく捜査の手があなたにも伸びると思うわ」

「もういいよ。たいした悪女だぜ」

「それで、融資の件はどうかしら？」

「そっちの条件で五千万は融資してやろう。ただし、先にネガを渡してもらうぜ。それから、やっぱり担保が欲しいな。店の権利なんかじゃ、話にならねえ」

「要するに、わたしの体を担保にしたいってことね？」

「察しがいいじゃねえか」

「そう言われると思ったから、出がけにシャワーを浴びてきたの」

「それじゃ、さっそく担保の具合を調べてみてえな」

神はすぐに立ち上がり、梨絵の手首を取った。柔らかかった。梨絵が小さく微笑し、静かに腰を浮かせた。

神は梨絵を寝室に導いた。

札だらけの室内を見るなり、梨絵が陽気に口笛を吹いた。

神は梨絵をベッドに押し倒し、荒々しくのしかかった。梨絵の乳房が弾んだ。

唇を貪りながら、手早く梨絵の衣服を剝いでいく。

裸身を目にしたとたん、神はぞくりとした。にわかに欲望が猛《たけ》り立った。

神は十秒そこそこで全裸になった。

梨絵が神の昂《たか》まりを見て、また口笛を鳴らした。その魅惑的な瞳は、潤《うる》んだような光を放っている。

横たわった女体は、たいそう肉感的だった。ウエストのくびれが深く、腰は豊かに張っている。砂時計のような体型だった。飾り毛は、ほどよい濃さだ。文句のつけようのない〝担保〟だった。

「悪党ね、あなたって」

梨絵がそう言って、誘うように膝を立てた。赤い輝きを放つ秘部が露《あらわ》になった。合わせ目は、半ば綻《ほころ》んでいる。

「そっちも、かなりのもんだぜ」

「わたし、なぜか毒のある男に縁があるの」

「死んだ野間も、相当な奴だったよな」

「彼なんか、小悪党よ。結局、毒で毒を制することができなかったわけだもの。あなたこそ、毒を喰う男だわ。悪銭を喰いながら、ビッグになっていく大悪党よ。それも、狂犬みたいな極悪人ね」

「極悪狂犬ってわけか。悪くねえネーミングだな」

「そのネーミング、あなたにぴったりよ。あなたは極悪人だけど、闇の奥で汚いことをしてる紳士面の巨悪どもより、ずっと可愛げがあるわ」

「からかうなって。第一ラウンドはフルコースじゃなく、ア・ラ・カルトでいくぜ」

神は梨絵の膝を大きく割って、熱い塊《かたまり》を一気に埋めた。

梨絵の体は、とうに男を迎え入れる準備を整《ととの》えていた。潤み具合は、ほどよかった。

——おれにゃ、こういう強かな女がお似合いなのかもしれねえ。

神は腰を躍《おど》らせはじめた。

梨絵が甘やかに呻き、腿《もも》を神の腰に深く巻きつけた。火照《ほて》った腿は、むっちりとしている。

神の動きに合わせて、梨絵が腰をくねらせはじめた。彼女の体の下で、一万円札が次々に捩《よじ》れる音が響いてきた。揉まれて千切れるのは時間の問題だろう。

しかし、神は気にも留《と》めなかった。

金は貯金箱にたっぷりある。数千枚の万札など惜《お》しくもない。

神は本能の赴《おもむ》くままに動いた。いくらも経たないうちに、腰全体に快感の漣《さざなみ》がひたひたと押し寄せてきた。首筋の後ろも熱くなった。

神は、がむしゃらに突きまくった。

いつもより、ずっと早く弾《はじ》けそうだった。頭の芯が熱く霞みはじめた。

本書は一九九六年八月に勁文社より刊行された『極悪狂犬』を改題し、大幅に加筆・修正しました。

なお本作品はフィクションであり、実在の個人・団体などとは一切関係がありません。

文芸社文庫

悪銭 Easy Money

二〇一四年八月十五日　初版第一刷発行

著　者　南英男
発行者　瓜谷綱延
発行所　株式会社　文芸社
〒一六〇-〇〇二二
東京都新宿区新宿一-一〇-一
電話　〇三-五三六九-三〇六〇（編集）
〇三-五三六九-二二九九（販売）
印刷所　図書印刷株式会社
装幀者　三村淳

ISBN978-4-286-15687-3